СРЦЕ ДИНАРЕ

СРЦЕ ДИНАРЕ

Борис Мишић

Globland Books

РЕЧ АУТОРА

Драге читатељке и читаоци, пред вама је моја трећа збирка прича фантастике и хорора.

Протекла година, као што сви знамо, изменила је свет из темеља. Не сумњам да ће много аутора писати сада, а и у годинама које долазе, о вирусу, пандемији и променама које је пандемија донела и доноси. Ја сам изабрао да у овој књизи не пишем о томе. На свету постоје и другачије таме од те. А и другачије светлости, лепоте. Мислим да смо жељни лепоте, при том не мислим само на ону просту, површну лепоту, већ на духовну лепоту. А она је свуда око нас. У драгим људима, драгим стварима, успоменама, она је у зидовима Хиландара, Грачанице, Оптине пустиње, на врховима Овчара, Каблара, Јелице, Динаре, Старетине, Уилице, Јадовника, Вукана, у зеленим и златним врбацима Мораве, под блиставоплавим небом Арарата, под песком пустиња Ирана, у светлима Новог Сада и на пропланцима Фрушке горе... Ова књига води вас на путовања душе, њени јунаци трагају за духовном лепотом, трагају за оним што ће их оплеменити, и неће одустајати, упркос препрекама, тами и демонима који их вребају на том путу.

Или боље речено — Стази. Јер све је повезано, невидљивим и нераскидивим нитима.

Често ћете у овој збирци пронаћи различите људе који се препознају, делују и осећају као да су једна иста особа. Свако од нас је некад имао осећај да некога зна одувек, као да му је и физички и мисаоно сличан или готово идентичан. Душе су повезане тим невидљивим нитима Стазе, као и њихова физичка тела у којима обитавају. Нема веће радости него када препознаш онога ко је део и твоје душе. И ти његове. Надам се да ће вам ова књига пружити барем мрвицу душе и лепоте, у овом времену безнађа, страха и несигурности.

На крају, ове књиге не би ни било да није вас, читалаца. Ваша љубав према ономе што сам досада писао утицала је да не посустанем, да и даље пишем, да и даље сматрам да упркос свему, у писању прича има смисла.

Хвала вам. Уживајте. Пронађите у овој збирци неки комадић лепоте за себе.

Пролеће 2021. године,
Нови Сад

Борис Мишић

И би звук.

Долазио је одасвуд, тихо, постојано али неумољиво. Извирао
је из купола, припрате, лукова, наоса, доследан, упоран али
благ, смирујући, нежан, топао, угодно топао — ако се звук
могао одредити помоћу топлоте. Јелена се осмехну. Заправо
ју је највише подсећао на кошницу, на звук пчела, умилни и
љуљушкајући, безбрижни звук детињства. Сладак попут меда,
тих али блистав, полако јој је будио сва чула. И није никакво
чудо, помисли, што је такав звук чула управо овде, јер успомене
из детињства су најјача веза човекова са небеским, а где би јој Бог
био ближи него под сводом анђеоских купола Грачанице.

Звук се лагано рашири, разли по зидовима, поду, фрескама,
стопи се са бојама, јер:

Звук је боја. И би боја.

Боје су биле чудноватe, тихе и делом полутамне, као што
је на први поглед била и унутрашњост овог места. Али испод
те таме, сеновитих, мрких и сивкастих тонова Страшног суда,
Изгона из раја, строгих и достојанствених лица владарске лозе
Немањића, испод свега тога чекала је светлост, нешто дубоко
и величанствено, што је чинило да јој лице буде озарено. Неке
силе које раније није примећивала биле су ту на делу, и није
их се плашила, осећала је њихову чистоту, неисквареност, њихов

позив да им се препусти који није тражио ништа више осим једне једине ствари. Љубави. Само љубави и увек љубави. Јер ништа друго овде није било важно. Једино љубав. Препустила се свим чулима тој Небеској литургији, и подигавши очи према луку, између припрате и наоса, угледавши лица краља Милутина и миле и тужне краљице Симониде, којој круну дариваше анђели, она све схвати, виде прошлост, садашњост и будућност, јер ово је било место на коме се све испреплитало, а из тих чудесних боја изрони светло, јер:

Боја је светло. И би светло.

И сада све блесну пред њом, у јасној, савршеној светлости и хармонији. Док је гледала у благо Симонидино лице, док су се пред њом отпетљавале нити времена, проживљеног, доживљеног и оног што ће тек бити, све се испреплело и повезало, као што је све и повезано у Једно; и звукови, и боје, и куполе, и фреске и лица, и светло, на крају увек светло, јер:

Светло је Грачаница. И би Грачаница — јуче, данас, сутра, и увек — заувек.

Са Симонидиног лица на фрески кану крупна, чиста суза. Јеленина пробуђена чула није изненадило што је јасно видела кроз ту сузу, као кроз неко чаробно стакло, оно што је било и оно што је одредило њен пут. Заронила је погледом кроз блиставу сузу у светлост, светлост која је запљуснула и раширила се пред њом попут небеског свода, омогућивши јој поглед у детињство.

Ах, ти безбрижни дивни дани. Родитељска брига, жамор деце, топлота огњишта, радост првог снега, игра и јурцање по питомим ливадама и пропланцима Грмеча, светлост завичајног неба, сада јој се све то чинило као диван и далек сан, као земља вечитог пролећа. Школски дани, прве љубави. И звук пчелињака. Увек звук пчелињака, звук, боја и мирис који је означавао детињство. Оне истински срећне дане.

Кану још једна суза. Сан је прекинут, а детињи свет снова и одушевљења заменио је сурови свет одраслих. Дошли су неки други звуци, дубоки и страшни, неке боје мрачне и ужасне, светла као да су на тренутак згаснула; ни небо више није било исто. Као да су замрле и пчеле, одбијајући да своје чаробно појање дарују полуделим људима. Деведесете су је дочекале једва пунолетну. Као болничарка, спознала је све ужасе које је човек успевао да замисли и спроведе у дело. Млади момци умирали су на њеним нежним рукама; надала се да су им њене очи и топли осмех помагали да се у тај последњи час осете вољеним.

Сада је плакала и она, заједно са Симонидом. Слике су се ређале. Све је било узалуд, чинило јој се, читав тај бесмислени рат. Гледала је даље. Издаја, дугачка и суморна избегличка колона, отимање завичаја, одлазак у неки нови, непознати свет.

Свет широких војвођанских пејзажа, сунца које је бескрајно тонуло у равницу дајући јој црвенкасти сјај, свет плавих фрушкогорских брда која су крила у својим недрима најблиставије драгуље — манастире. Али тада за њих није марила. Живот се будио у њој, успаван, жељан свега. Била је превише млада да би дуго патила за изгубљеним. Уписала је факултет, стекла ново друштво, нову љубав, и живот је поново кренуо својим уобичајеним, чинило се, предодређеним током.

Али нешто је хтело другачије.

Тог марта деведесет и девете небо над Новим Садом запарали су злочиначки авиони, и Јелена је поново осетила зов Отаџбине. Готово три месеца проведена на Косову донела су јој репризу свега што је већ доживела. И крај је био потпуно исти, готово потпуно исти: издаја, тужна избегличка колона, осећање горчине, пораза и неправде.

Но у сваком поразу, у сваком злу, неправди и страдању зачне се и нешто добро, клица и заметак новог живота, обнове, доброте, правде и светлости. Чудни су и недокучиви путеви Господњи. Тог пролећа деведесет девете, њена јединица је у повлачењу прошла поред древне задужбине краља Милутина — манастира и цркве Грачанице.

Никада до тада није видела нешто тако лепо, стамено, величанствено. Стајало је ту вековима, комад Небеса на земљи, диван, величанствен, изнад сваког зла, изнад сваког поимања моћи, славе, богатства, већ на први поглед јој је било јасно да је то место много, много више од пуке заоставштине земаљског моћника. У њеним савршеним петокуполама, апсидама, облицима, текла је и разливала се вечност, и било јој је јасно већ тада, да оваква хармонија облика није могла настати тек тако, већ да се могла постићи само уз Небеску руку. Са пута су их гледала мирна, достојанствена лица монахиња. Зачудило је што на њима не види никаквог страха, иако су несумњиво очекивале и долазак непријатеља. Погледала их је поново. Не, на њиховим лицима није било страха. Само спокој, спокој и прихватање света, своје судбе и места у њој. Завидела им је на томе, и на трен је обузела срамота, Она одлази, а оне остају, препуштене на милост и немилост, препуштене заштити туђина — на чему да им завиди? Па ипак, изгледало је као да оне њој шаљу погледима снагу, одлучност и охрабрење, као да је то много потребније њој него њима. Зачуђено их је посматрала и дуго пошто су напустили Грачаницу, мислила о томе. Тада није знала шта ће се десити и колико је оно што изгледа моћно, снажно и богато заправо крхко, само лист на ветру, зрнце у прашини, а оно што је наизглед беспомоћно, препуштено на милост и немилост сили, али и врани, у ствари вечно и постојано.

Нова суза.

Косовски дани остали су иза ње. Завршила је факултет. Удала се. Фирма коју је основала заједно са мужем одлично је пословала. Почео је да пристиже новац, а са њим и путовања, скупи аутомобили, станови, куће. Раскош. Крајичком ума, увек је мислила о Грачаници. Величанствена петокуполна црква походила је у сновима, али није јој одлазила у госте. Некако је осећала да није време. Нико од оних који су је окруживали за таква места није марио. Успех у њеном свету није имао никакве везе са душом и лепотом.

Нове сузе. Гледала је кроз то магично светло Симонидиних суза свој живот као на длану. Путовања на која је ишла са мужем. Прво Европа. Све значајније престонице, Рим, Париз, Мадрид, Лондон. Онда Америка. Канада. Дубаи, Тајланд. Куба, Антили, Малдиви.

Гледала је те слике и њихове намештене, лажне осмехе. Као да их је свако следеће путовање удаљавало, као да су заправо бежали једно од другог по свету, што је више новца стизало, бивали су све даље и даље једно од другога. Како се то десило? Када тачно су престали да се воле? Није знала. Није могла да се сети је ли то био тренутак, или процес који је трајао. Лажна љубав, лажни брак, лажни лицемерни пријатељи. Живела је у лажи.

Онда су почеле преваре. Сумњиви телефонски позиви, сумњиве поруке, трагови и мириси других жена на његовом лицу, телу, одећи. Онда је и она узвраћала истом мером. Скупе хотелске собе, много млађи љубавници. Тонули су све дубље у бунар без дна. Само су још пред лажним пријатељима и пословним партнерима глумили срећан пар.

Са лица краљице откотрља се, чинило се, најкрупнија суза. Знала је шта долази сада.

Дуго су покушавали да добију дете. Из неког разлога, није успевало. На крају, када је већ готово одустала од наде да ће икада постати мајка, затруднела је. Добили су мушко дете, коме су дали име Милош. Помислила је да ће рођење детета бити шанса и за њихов посрнули брак. Испрва се и чинило тако. Њихови односи су се полако поправљали. Престале су преваре, увреде, пребацивања. Нешто топлине почело се враћати у породични дом.

Није нам било суђено, помисли гледајући кроз светлост сузе. Та врста љубави није била за нас. Само смо унесрећивали и себе и друге.

Над том обновљеном срећом убрзо су се надвили тамни облаци. Дуге бесане ноћи проведене уз дете и симптоми који нису слутили на добро. Коначно, дијагноза која је потврдила њихове најцрње слутње. Најтежа болест. Уследила је дугогодишња борба. Државне клинике, приватне клинике, клинике у иностранству, најскупље клинике.

Ништа није помогло. Изгубили су ту борбу.

После тога ништа више није било исто. Њихов брак се поново, овај пут неповратно урушио. Фирму су поделили на два дела, и растали се на колико-толико цивилизован начин. Више није било никаквог контакта, губитак детета био је превише болан да би иједно могло подносити и успомену на оно друго. Убрзо су јој умрли и родитељи, и Јелена се у једном моменту нашла потпуно сама на свету.

Имала је новац, славу, друштвени положај и углед, али у ствари, схватала је, није имала ништа. Била је сама и незаштићена попут листа на ветру. Пријатељи, пословни партнери, познаници, убрзо су јој нестали са видика. Нису имали ни жеље ни времена за саосећајност. Није се бунила ни жалила, чак ни осећала повређено. Добро је знала правила која су функционисала у свету коме су припадали. Знала је да је испала из игре.

Сузе су капале даље, и у њима је гледала најтеже дане свог живота. Дуге, бесане ноћи у које није долазио сан. Прве проблеме са алкохолом и таблетама. Осећање изгубљености, неприпадања, дезоријентације. Осећала се као биљка ишчупана из корена и препуштена на милост и немилост ветру. На милост и немилост свету. Окрутном свету. Више у њему није препознавала, ни могла да нађе лепоту.

Уследили су најгори дани и ноћи, дани и ноћи у којима је размишљала како да себи прекрати муке, да попије више таблета него што треба и једноставно заспе заувек, или да се баци с моста у вечну, хладну и бешћутну воду и напусти ову позорницу бола.

Није више имала воље, мотива ни жеље за животом. Још само корак делио је од смрти.

А онда јој је у сан дошло благо, мило и напаћено лице грачаничке краљице.

И та ју је краљица звала. Краљица коју су од детињства прогањали, наметали јој брак из државног интереса, наметали јој власт, силу и моћ, које није желела. Та ју је краљица дозивала својим сузама, својим тужним погледом и сетним осмехом који је упркос свему, био жељан живота. Дозивала ју је кроз векове, кроз копрене времена, али зачудо није се тога плашила. Није се плашила ни што се времена мешају и што је дозива лице из прошлости; негде дубоко у себи знала је да је време Једно, и да је део Једног, да је све повезано одувек.

У том сну поново је видела величанствену петокуполну грађевину, видела је блага али одлучна лица монахиња, и у том безвременом тренутку сна схватила је да је свако зло, туга и бол пролазно, да је само делић прашине под светлошћу звезда и под милошћу небеса.

И ево је сада ту, у унутрашњости Грачанице, њене очи гледају све те анђеле, Немањиће, краљеве, краљице, упијају боје које се сливају и теку попут непрекидне, вечне топле кише, њене уши чују звукове кошнице, звукове среће и детињства и све се то претаче у једно тихо али попут малог сунца блиставо светло, које је гледа са лука, са лица краљице Симониде.

„Отвори своје срце. Само отвори своје срце, и наћи ћеш пут који треба да следиш", то јој је рекла сестра Јефимија. Без икакве присиле, без наговарања, без икаквог очекивања у погледу. То ју је растеретило, није ни желела никаква очекивања, желела је потпуну слободу.

И слободу је и пронашла. Ту, у том тихом полумраку, али ипак окупаном бојама, звуковима и светлом детињства, нашла је оно најлепше, што је било дубоко запретено у њеној души. Зидови су јој поручивали, лукови, наос, припрата, фреске, куполе, све јој је поручивало, на крају и сва та лица, и строго лице краља Милутина и благо, анђеоско лице краљице Симониде, сви они поручивали су јој једно: није крај животу, увек има смисла, и поред све боли и страдања има смисла у животу, и још увек у њему има лепоте, увек је било и биће.

Осмехнула се и тихо помолила за Симонидину душу. Сетила се свих својих талената које је толико дуго потискивала, како је лепо цртала и писала у детињству, како је њен анђеоски глас одјекивао родним брдима и пропланцима. Колико још дивних песама у славу Божију може да отпева, колико дивних слика да наслика и речи да напише. Колико још љубави може да дâ монахињама и сваком путнику намернику који дође у манастир, и сваком живом бићу са којим дође у контакт. Не, није заборавила да воли, још увек у њеном срцу има љубави.

Само је живела погрешно. Схватила је да љубав није бескрајна грабеж и узимање, да успех нису куће, кола, викендице, путовања, да је све мерила погрешним кантаром и тркала се у унапред изгубљеној трци. Та је трка одвела далеко од њене душе и скоро јој потрошила живот.

Скоро, али још није касно, помисли са осмехом. Угледала је сестру Јефимију на улазу, и по изразу њеног лица би јој јасно да сестра зна шта је одлучила.

„Добро дошла нам", осмехну јој се сестра Јефимија.

Нека буде, помисли Јелена, срећна први пут после дуго, дуго година. Нека остатак живота проведем у давању, чињењем среће другима. Доста сам узимала. Нека буде сада и до краја земног живота другачије. Нека буде светло, боја и музика кошнице, анђеоског и божанског, а не пролазног, вештачког и површног.

И би звук. И би боја. И би светло.

И би Грачаница.

Сада, одувек и заувек.

Иза палата и зидина древног града Есхафана, далеко у пустињи испод сивих и браонкастих планинских литица, у склепаној колиби у највећем сиромаштву живео је Мајстор. Сељани и сточари-номади који су понекад наилазили и свраћали у његов дом, тврдили су да је Мајстор стар више хиљада година, да памти славу персијских великана и да се сећа Есхафана из времена када је тај град био центар постојећег света. Кажу, није га хтела ни болест ни непогода, а мач великаша, силника, освајача и разбојника, волшебно би се зауставио над његовом главом, иако већ исукан из канија. Смрт га није узимала, јер Мајстор просто није желео да умре, барем не док не заврши свој Мозаик, за који је сматрао да му неће бити премца не само у Есхафану, већ на целом свету.

Иако није имао, нити желео материјално богатство, Мајстор је ипак могао несметано да ствара. Вести о његовој великој вештини и умећу, посебно у прављењу минијатура, годинама, деценијама и вековима проносиле су се низ пустињски песак и стизале су до ушију оних који су му могли помоћи. Тако су стизали ученици које је Мајстор подучавао у изради минијатура и других уметничких форми, а заузврат су му они и њихови покровитељи остављали храну, воду и алатке потребне за његову уметност. То је прихватао, одећу и обућу је одбијао; ходао је бос, умотан у дроњаву, искрзану прашњавосиву одору. Његов спољашњи изглед није га занимао, није му придавао никаквог значаја.

Ученици у Есхафан пронесоше глас о његовом великом таленту, али и необичним склоностима. Мајстор је наиме, подучавао друге, али сам није волео да ствара по религијским и друштвено општеприхваћеним мотивима. Није сликао ни птице, псе, мачке, стоку, камиле, козе, антилопе, ништа од људима потребног и омиљеног им животињског света којег су волели. Моћници из Есхафана у чуду су гледали Мајсторове минијатуре. Иза вишеслојне димензионалности његових слика, испод наизглед светлог тона и јасних плавих боја окупаних сунцем, указивало се сивило пустиње и у њему безбројни, ситни, од човека презрени организми. Мајстор је наиме, сликао шкорпије, пауке, црве, стоноге, инсекте, глисте, мале сисаре, пужеве, жабе, змије, гуштере и друга убога и људима углавном одвратна створења. На стотине таквих дела је стварао и у свакоме су биле заступљене само те животиње са руба људског света. Моћни покровитељи убрзо одлучише да његова опсесија тим најнижим облицима живота није добродошла на двору, и да може ученике одвести на криви пут. И тако га вратише у самоћу његове пустињске колибе, али он се није жалио. Пустињи је и припадао. Дворова и палата се грозио. А ученици, сматрао је, нису истински ни били приврежни уметности. Тежили су пролазној слави и површности. Истинска уметност, сматрао је Мајстор, може бити само стварање живота, живих организама, јер је само божанска креација која се оваплоћује у живим бићима — уметност. Све минијатуре које је стварао, биле су само пут до спознаје; све оне треба једног дана да се уклопе у савршену целину, која ће представљати Мозаик живота, а када се то догоди, мислио је, онда може коначно умрети, и допустити својим костима да се претворе у прах.

Једном су га питали, неки образовани службеници из власти, зашто слика та ситна, убога створења, створења без разума, мисли и осећања, кога то занима и шта они представљају уопште, осим досадне сметње која може убости и ујести, и коју је најбоље згазити ногом. Мајсторове обрве су се извиле у презрив лук док је храпавим гласом старим вековима, одговарао: „Та убога створења, како их називате... насељавала су овај свет давно пре нас. И биће овде и када нас одавно више не буде. Шкорпије су овде биле милионима година пре људи. Преживеће и атомски рат, када на површини све буде спржено и мртво од зрачења, када људи више не буде, оне ће и даље бити ту. Па ко је онда убог, они или ми?"

Током векова у којима су његове кости одбијале да се претворе у прах, Мајстор је пуштао створењима која је волео да насељавају његову колибу. Повремено су долазила и одлазила, служећи му као модели. Последњих дана његовог живота, било их је, међутим, све више. Долазили су у бескрајним колонама, мрави, пауци, шкорпије, црви, змије, као да желе да му одају пошту, да искажу поштовање ономе који их је одувек и једини волео. Од малих ногу Мајстор је био опчињен овим створењима нижег реда — само наизглед нижег, мислио је. У само једном мравињаку или пчелињаку владала је хармонија и организованост какве није било ни у најсавршенијим људским друштвима. Бројност тих сићушних животиња у старту је надомештавала сваки њихов губитак. У свему томе Мајстор је видео руку стварања, јер нешто тако савршено створено и оспособљено за вечито обнављање било је најближе искри вечности за којом је трагао. У тим је створењима несумњиво и била та искра, мислио је, али људи нису били у стању да је уоче, јер њихове очи нису могле да продру даље од најпростије физичке појавности. Све што није било лепо, у старту су одбацивали.

Ноћ пред своју смрт, Мајстор је исту и сањао. Сањао је како му се растачу кости, мишићи, нерви, како га полако и постепено разлажу црви и бактерије. И могао је да их види и голим оком, могао је да проникне у суштину стварања, јер и смрт је била само нови почетак, и открио је да сада коначно поседује највећи дар. Дар да види и она најситнија створења, створења без облика која се не могу видети голим оком, све те сићушне црве, бактерије и вирусе који сваким даном нашег постојања невидљиви пролазе кроз нас, сва та етерична, вилинска бића атома, сада су се отварала пред њим и више се нису скривала, и Мајстору је дошло да крикне од радости, јер је схватио да је куцнуо час да коначно створи свој Мозаик, и да све своје безбројне минијатуре уклопи у једну, вечну целину. Више се није плашио смртног часа.

Ујутру је прионуо на рад.

Мозаик је завршио предвече. У њега су стале милијарде, трилиони најситнијих и на еволутивном ланцу формално најпростијих, најнижих облика живота. Бактерије, вируси, црви, гусенице, пауци, шкорпије, мрави, змије, глодари, све је то заузело своје место, гмизало кроз сиву пустињу, копало подземне канале, трчкарало и ходило песком, струјало кроз хладни и блистави пустињски ваздух, и никад уистину, у целој људској историји не беше таквог Мозаика, са толико димензија, облика и живота који је бујао испод преламајућих површина. Мајстор је био свестан да је коначно завршио своје животно дело, оно због кога је и рођен, јер сврха његовог рођења, знао је, и није ништа друго него да за вечност оваплоти стварање. А снага стварања је била највећа управо у тим, за људе најнижим створењима, управо они су били савршени систем и неуништиви поредак који је надживео и надживеће свако људско дело и царство.

Увече је Мајстор спокојно испустио душу, а процес његовог растакања временом ће се уткати у Мозаик, и тако ће Мајстор остварити највећи сан сваког уметника, постаће део властитог дела.

Не зна се ко је пронашао Мозаик. Неки тврде да су га украли, и касније препродали разбојници, и да је завршио на црном тржишту уметнина. Други кажу да се налази негде у древним палатама и музејима Есхафана, али да се не излаже јавно, већ да га могу видети само очи моћних. Неки се куну да су га видели у Лувру. Постоје чак и тврдње да га има на више места, да је Мајстор лудачки упорно радио последњег дана свог живота, те да је начинио неколико савршених копија, у потпуности истоветних са оригиналом. Ипак нема поузданог доказа да је ико уистину видео Мозаик. Нема доказа ни да је Мајстор уопште живео, нити где је, и да ли је сахрањен, нити да је постојало његово тело, нити се може утврдити да ли је заиста памтио Персеполис, Персију, Александра Македонског, Рим, Вавилон и древни град Ур. Али сви који тврде да су видели Есхафански мозаик који је начинио Мајстор, ипак се слажу у једном.

Ништа лепше ни савршеније од Есхафанског мозаика на овом свету не постоји, није постојало, нити ће постојати.

3. децембар 1994. године, Равни подови, Старетина

Гранате су падале од раног јутра, али око преподнева је баш
ескалирало. Знали смо по звуку, по силини детонација, да су
близу, да не подбацују, да погађају наше положаје изнад села,
горе на планини Старетини. Били смо већ довољно искусни да
се нисмо заваравали лажним надама. Знао сам да је пред нама
паклен дан. Не само искуство, не само интуиција, него нешто
дубоко подсвесно, нешто далеко иза површине обичних страхова
и слутњи говорило ми је да је данас дан за умирање. Смрт је
стизала на Старетину.

На вратима куће у којој смо били смештени, убрзо се појавио
Зоран. „Горе има рањених (и мртвих, није изговорио, али знао
сам, сви су то знали и осећали), ко хоће да помогне, да их
извучемо, нека крене", кратко је рекао. Моји другови се подижу,
грабе пушке и крећу. Крећем за њима, али онда на тренутак
застанем и окренем се ка старцу који машицама џара по ватри
старе пећи. Видим да се не подиже, нити показује намеру да хоће.

„Хоћемо ли?", прилично гласно кажем. Наглув је, можда не
чује, или се прави да не чује.

„Јоле, хоћемо ли?", сада вичем толико гласно да би ме чуо и
педесет метара даље, а не са пар метара удаљености. Не реагује,
савија главу, која као да улази у врат, увлачи се попут корњаче у

свој оклоп, наставља да цара машицом ватру, окренутих ми леђа, и та ме леђа боле, уједају ме попут змије отровнице.

У том тренутку сам мрзео његове године. Мрзео сам његову старост. Мрзео сам ту хладну, немилосрдну, застрашујућу, с његове тачке гледишта сигурно рационалну логику старости, али опет толико себичну, нељудску, одвратно кукавичку. У моменту налета немоћи и беса, питао сам се шта би његова паметна и усрана логика рекла када бих му сада спрашио рафал у леђа. Не бих то наравно могао урадити. Био је то само тренутак очаја. Али није вредело беснети, нити губити даље време. Оставио сам га да ужива крај топле пећи, и кренуо, из села Бојмуната, узбрдо за друговима стазом ка Старетини и рововима.

Убрзо смо већ наишли на уморне људе који су носили рањенике. Преузимамо од њих, носимо их низ планину, враћамо се. Пристижу нови. Понављају се исте радње, истим путем. Не знам о чему сам мислио у тим тренуцима. Није било пуно времена за мисли, адреналин нас је вукао, даље и даље, још и још, чинило се да је и гранатирање стало.

Знам само да су моји другови отишли у једном тренутку, носили су рањеног низ планину, раздвојили смо се, а ја сам набасао на ров... кратер... шта год да је то било, у коме је било више непомичних тела, и Пјер, који је био жив, који је сигурно покушао да им помогне, али спаса више није било.

У том стравичном кратеру лежали су изгинули студенти. Шок ме је ударио свом силином, одједном, без икаквог времена да се припремим и да му се супротставим. А онда схватих да се једно тело покреће, неко је још увек био жив, и познавао сам га. Дејан, израњаван гелерима, јечао је, глас као да је долазио из лимба, из неког ужасног амбиса између живота и смрти. Подигли смо га Пјер и ја, покушали смо га носити, али ја више нисам имао снаге. Исцрпљен од неколико узастопних горе-доле бауљања низ планину, нисам више био способан да носим никога. Само бих му додатно погоршао стање, ако бих негде насред пута клонуо. Након што тај покушај није успео, Пјер је отишао по помоћ, а ја сам остао у рову. Рачунао сам да ће на стази или у селу сигурно налетети на некога одморнијег, ко ће доћи по Дејана и изнети га. Неко је морао да остане. Нисам могао да оставим Дејана у таквом стању самог, можда мислио сам, у том бунилу кога је рањеног обузело, може ипак бар да наслути близину другог људског бића — живог људског бића, и да ће га то држати у животу. Нисам имао воље ни да напуштам студенте, док неко не дође и њих да снесе низ планину. Чинило ми се да би било скрнављење њихове смрти да их напустим и не сачекам помоћ по коју је Пјер отишао.

Када сам остао сам са њима и Дејаном у кратеру, све ме погоди снагом која је мрвила ум, вољу и тело. Схватио сам где се налазим, шта се догодило, и у шта гледам.

Гледам у лице смрти. Студенти су лежали заједно, на хрпи, лица окренутих ка земљи. Заједно, као што су се дружили у животу, заједно су отишли и у смрт. Бесмисао, неправедност, ужасна неправедност тих смрти натера ми сузе на очи и мук у грло. Сви су били поштени, примерни момци, момци који ни мрава нису згазили. Дошло ми је да заурлам, заурлам горе у небо, и да Га питам: Зашто си ово дозволио? Зашто? Где си био када се ово догодило? Зашто ниси спречио ове покварене, бесмислене смрти? С којим правом си себи узео слободу да не реагујеш?

Хулио сам на Бога, тада, али не судите ми, да сте били горе, и ви бисте, верујте ми.

И онда ме је шок узео под своје. Одједном постадох свестан стравичне тишине. Ништа се није чуло, ни гранате, ни повици, ни ветар, нити било какав природни звук. Небо је било ведро и плаво, иако је било хладно, пржило је зубато децембарско сунце. Преда мном су биле велике камените висоравни, пуне кржљаве траве и грмља, висије и брда су се пружале у недоглед; већи врхови и праве шуме биле су даље, тамо према Гламочу. То пространство сада је претило својом отвореношћу, и одједном схватих колико је заправо Старетина огромна, колико је високо изнад цесте и Ливањског поља. Схватих и да сам на ничијој земљи, далеко од било какве сигурности и да сам сâм, потпуно сам усред планине, са неколико мртвих момака у рову и полуживим Дејаном и да заправо и не знам када ће, и да ли ће, уопште и стићи нека помоћ. Било је сасвим могуће, то ми је јасно прошло кроз главу, да ОНИ стигну овде пре наших. На овом терену, на овој страни Ливањског поља и на Старетини, на фронту према нашој 9. Граховској бригади биле су углавном јединице ХВО и специјална полиција из Западне Херцеговине. Нисам имао никаквих илузија да ће јединице из Западне Херцеговине узимати заробљенике, али могућност заробљавања сам ионако искључио унапред. Ветровку сам одбацио одавно, пењући се и силазећи низ планинску стазу, да ме не успорава, али бомбу сам задржао у џепу. Ако Херцеговци наиђу, ту је, да спречим заробљавање и било какво мучење и иживљавање. Али сва та сазнања су ме погодила истовремено. Све се окретало око мене, Старетина, камење, кржљаво голо грање, ров, мртви у рову, Дејан, небо, оштро децембарско сунце, све, као у сулудом рингишпилу. Никад раније нисам толико изгубио контролу над собом на ратишту, а није био први тешки моменат. Виђао сам већ и погинуле и рањене, али све скупа, сама атмосфера свега унаоколо, осећај потпуне усамљености на том ужасном месту, све је то допринело да ми се вољни моменат почне топити, и да се питам шта ће бити ако нико не дође, докле да чекам, и ако одлучим да кренем назад, да ли ћу уопште пронаћи пут. Све ми се помешало, плашио сам се да ћу упасти у минско поље, залутати, или да ће ми просто нека хрватска извидница пресећи повлачење и окружити ме.

Из размишљања ме прену осећај да ме неко посматра, ваздух као да је треперио, иако није било летње врућине, него је бледо зимско сунце сијало, а негде тамо на ивици видности чинило ми се да стоји — старица. Била је то без сумње, старица, црне сељачке сукње, црне мараме, у руци је држала срп. Лудим, помислих, наравно да никакве старице не може бити насред Старетине, усред линије, мина и граната које падају, нити би је било ко од војника пустио да дође горе. Нисам знао ни шта би радила са тим српом, није било време лишћа и зеленила за прехрану било какве ситне стоке и домаће животиње. Па ипак је стајала тамо и церила се. Безуба уста раширише се у злокобан осмех. Лице јој је било пуно бора, боју очију нисам могао распознати на тој удаљености, али била је стара несумњиво, страшно стара. Наборана попут древног, квргавог дрвета. По други пут тог дана, силно сам мрзео старост. Откуда она ту, зашто се цери и зашто је жива?

Из размишљања о сабласној прикази која се ниоткуда појавила насред Старетине, прену ме Дејаново јечање: „Воде, воде", дозивао је. То ме прену и поврати ме у стварност. Схватих да морам под хитно да повратим контролу над собом, да дођем себи, иначе се нећу извући из овога. Притрчах Дејану. Нешто сам му говорио, да се не плаши, да се не боји, да ће помоћ сигурно стићи, управо долазе по њега, извући ће га, живеће. Не знам да ли ме је у том бунилу у којем је био уопште чуо и разумео. Не знам ни да ли сам сâм веровао у то што сам говорио. Али говорио сам. Делом да охрабрим њега, а делом и самог себе. Да повратим веру, снагу, сигурност.

Подигох главу, бабе са српом више није било. Сигурно је била причина, помислих, слика коју је паником начет ум сам произвео. Одлучих да не мислим више о њој. Чекао сам и даље на помоћ.

***

3. децембар 2014. године, Бојмунте, Старетина

Гране су ударале по ретровизору, крову кола, вратима. Пружале су своје голе, чворноват зимске канџе као да желе да нас уграбе из кола и однесу пут неког свог мрачног краљевства. Људи су повремено крчили дрвеће и зарасло шибље око пута, оно би се привремено повлачило, али би се поново вратило. Било ми је јасно да ће на крају и победити. Села су умирала, опустошене, празне зидине и рушевине зуриле су у нас испод хладног децембарског сунца. Тек покоја обновљена или полуобновљена кућа, понегде човек испред куће, возило или домаћа животиња. Срце ми је јаче убрзало када смо ушли у Бојмунте. Долазио сам овамо и после рата, неколико пута, али никада на овај датум... а сада је још и двадесетогодишњица. У стомаку сам осећао нервозни грч, нешто је треперило и пулсирало из најдубљих дубина свести и у тренутку сам поново био мали, уплашени дечак.

Страх.

„То је та кућа, стани ту”, рекох Шонету. Он заустави возило. Гледао сам у ту чудну, смешну, малу кућицу, која је била начета зубом времена, али је ипак опстала. Донела ми је срећу, не могу порицати. Као да је нека чудна сила бдела тих дана над њом. Иако су готово све куће у селу погођене, на кућу у којој је смештен наш вод није пала ниједна граната. Ни касније, кад смо се повукли из села, није запаљена. У тој кући сам гледао у леђа Јолету док је џарао ватру и прећутно одбијао да пође по рањенике. Из те куће сам кренуо стазом ка зони смрти.

„Кад да дођем по тебе? Колико планираш остати?“, питао је Шоне. Помно ме је посматрао својим радозналим, интелигентним плавим очима. Слутио сам да ме чита као отворену књигу, и желео сам да што пре оде и да што пре завршимо овај разговор.

„Дођи за четири сата“, одговорих му. „Буди код ове куће око петнаест часова. Мало ћу процуњати по кући, селу. Овде сам ратовао, хоћу мало да будем сам, да евоцирам неке успомене.“

„Успомене“, тупо је поновио моје речи. Није баш био задовољан, а ни убеђен мојим објашњењем. „Видиш у каквом је стању све овде. Изгледа као да се рат јуче завршио, а не пре двадесет година. Чувај се паса луталица, знају пролазити у чопорима. Кажу да вукови и шакали све чешће силазе са Старетине у село.“

„Не бојим се животиња. Људи се само бојим“, рекох му. Заиста нисам осећао никакав страх од животиња. Након свега што сам преживео, помисао да ме неки шакал или вук може уплашити готово ме натера да се насмејем.

„Доћи ћу по тебе онда око три“, рече Шоне. „Преспаваћемо вечерас код мене у Нуглашици, па ћемо сутра мало на Шатор. Лепо је време, скокнућемо и до језера.“

„Важи“, рекох. „Ајде сад, ’оћу мало да процуњам овуда.“

„Слушај“, рече Шоне. Још није показивао намеру да крене. „Немој да изводиш неке глупости. Знам те, не отварај уста. Лоше лажеш. Немој се зајебавати да идеш горе. Знаш ли да је Старетина терен са највећим нерашчишћеним минским пољима у читавој Европи? Немаш више двадесет година, ни младалачку снагу, интуицију, покретљивост. Један погрешан корак и купићу твоје делове одавде до Богдаша.“

„Шоне, не зановетај. Бићу у селу, рекао сам ти“, лагао сам, и он је знао да лажем.

„Како хоћеш”, попустио је. Ипак, пре него што је кренуо, добацио ми је кроз прозор: „Ако већ идеш горе, не скрећи са стазе. Нипошто. Ниједан корак. Мине могу бити свуда около.”

Ништа му нисам одговорио. Гледао сам дуго за његовим колима, која су јурила низ прашњави, шипражјем зарасли пут. Када сам га изгубио из вида, кренуо сам стазом уз Старетину. Знао сам је напамет, урезала се у сваки делић мог бића, препознао бих је и завезаних очију, и зараслу и затравуљану. Кренуо сам на Равне подове.

***

3. децембар 1994. године, Равни подови, Старетина
Окупиран бригом око Дејана, нисам их одмах ни приметио. Тек када сам подигао главу, спазио сам групицу војника како ми долази у сусрет.

Камена тишина Старетине и њеног пространства ми је искидала живце, и што је најгоре, потпуно ми је пореметила осећај за простор. Све ми је деловало исто, као да нигде нисам могао уочити никакву разлику у пејзажу. Чинило ми се да нису дошли стазом којом сам се ја попео на планину. Као да је пут којим су стигли завијао кружно са неке скроз друге стране. Кроз главу ми муњевито прође муња панике. Шта ако то није помоћ по коју је отишао Пјер, већ...?

Били су још увек предалеко, нисам могао да им препознам униформе и лица. За неких стотињак секунди биће довољно близу да са сигурношћу могу знати ко су, али тада може већ бити касно.

Ако су њихови... још увек су предалеко да пуцам. Колико да чекам, колико да их пустим да приђу? Једина ми је шанса да први реагујем. Више их је. Ако их пустим преблизу, тада ће већ бити касно. Онда могу једино да легнем на бомбу. Да спасем и себе и Дејана мучења. Али шта ако су наши? Ако запуцам, а испостави се да су наши, нема ми живота. Не би ме могли опрати ни Дунав ни Сава. Ништа не би вредело да спомињем „нисам добро видео ко је”, „морао сам реаговати”, „мислио сам да су усташе, било је они или ја”.

Приближавали су се, и морао сам донети неку одлуку. Поново осетих неко мучно треперење у ваздуху. Мислио сам да је то од силине нервне напетости којој сам био изложен. Крајичком ока опазих неко кретање на супротној страни од војника, и поново спазих старицу. Овај пут је стајала нешто ближе.

Схватих, у шоку, да то није старица. И јесте, и није. Носила је мушку одећу овај пут, и лице јој је било мушко, слика и прилика квргавог, збораног старца под теретом рата и година, али у његовим цртама лица савршено сам распознавао њене, иако сам је видео само једном пре тога. Погледах поново у војнике, деловало је као да је уопште не примећују.

Њене/његове безвремене, зле очи, упиљише се у моје, и у глави зачух неизговорене речи, није их изговарала, али јасно сам их чуо: „Побиј их. Шта чекаш? Чекаш да ти приђу? Кад приђу, биће касно. То су усташе. Пуцај први. То ти једина шанса”.

Тај глас је био хипнотички, разуман, пун бриге, пун искрене жеље да ме заштити... али негде иза те бриге осетих његов прави, скривени звук, звук исконске таме, звук смрти, и копрена ми спаде. Спаде и терета Старетине с мене; одједном је нестало и панике. Поново сам био свој. Повратих разум.

„Не”, одлучно одговорих том злом гласу у мислима. „Нећу пуцати док им не видим лица. Низашта на свету нећу ризиковати да побијем своје. Ако се испостави да нису наши, нека буде како је судбина одредила. Али да ризикујем и побијем своје, нећу. Нипошто. Ни по цену живота.”

То је наљутило глас. Осетио сам. Осетио сам бес и разочарање у том древном, злоћудно наредбодавном гласу. Кад сам поново погледао, деде испод чијих црта лица се назирала сабласна старица, више није било. Војници се примакоше још ближе. Длланови су ми се знојили. Али није то био врели, већ хладан зној, зној ишчекивања — живот, или смртна пресуда.

Коначно им јасно распознах униформе и лица. Одахнух. Помоћ је ипак стигла. Били су то момци из мог вода и још пар људи из наше бригаде.

Дејана ставише на носила, њих четворо га понесоше низ планину према селу. Заустих да их питам да ли су приметили икакву необичну појаву, али одустадох чим им пажљивије погледах у лица. Било је јасно да ништа нису видели, ни чули. Привиђење је било само моје. И тај глас сам само ја чуо, тај аветињски глас који сигурно није могао постојати, али та злоћудна воља... осетио сам њену снагу. Стресох се. Реших да се тиме бавим касније. Сада се прво извући одавде.

Како је попустио први талас напетости, и Дејана понели низ планину, адреналин и снага ми се повратише. Милијана, Стевиша и ја кренусмо даље напред, да обиђемо још ровова, још положаја, да видимо има ли још неко рањен. Још неко жив. Не знам колико смо дуго тако ходали. Успут смо купили одбачене ствари и оружје, које смо могли понети.

Дођосмо до једног удубљења. У њему је горела ватра. Нисам знао је ли то од експлозије гранате. Није било никога. Иза удубљења је било неке шибље. Одједном је све опет било тихо. Без икаквог шума. Злоћудно тихо. Величина Старетине, са свим својим километрима дужине и ширине, и са хиљаду шест стотина и кусур метара висине, као да се опет наднела над мене. Над нас. Чинило ми се да смо у том заносу и узбуђењу, отишли предалеко.

„Хајде да се вратимо", прошапутах им. „Отишли смо предалеко. Улетећемо им право у шаке." Или ће нас, мислио сам, заобићи с бокова и пресећи нам одступницу. Њих двоје се сагласише. Кренусмо назад. И тада тишина престаде.

Чим смо направили први корак, поново поче гранатирање.

***

3. децембар 2014. године, Равни подови, Старетина

Стајао сам поново у кратеру на Равним подовима, на Старетини, прошло је двадесет година откако сам први пут био овде, а као да није прошло ни дана. Исто бескрајно, огромно небо, сунце које пржи усред децембра, сабласно пусто пространство Старетине — и тишина. Тишина која притиска и боли, мрви ум, мишиће, кости и нерве. Готово да сам могао поново видети изгинуле студенте, који су лежали у углу рова, чути Дејана који је јечао полусвестан, видети Пјера и себе самог како се очајнички гледамо и питамо шта и како сада... могао сам поново видети колону војника који ми прилазе и осетити нарастајућу напетост у стомаку, док сам се питао јесу ли наши, или њихови.

А била је ту, и она застрашујућа прилика старости... смрти, прилика од чијег сам се гласа, стаса и постојања гнушао једнако сада као и пре двадесет година. Осећао сам како ме поново обузима ово место, које као да се никако није мењало, као да је било одувек и заувек старо. Затворио сам очи, настојећи да не гледам у ту пусту, крашку беживотну планинску површ. Покушао сам умирити дрхтање и лупање срца неким лепшим мислима. Чудно како сам на овом, злом и смрћу окованом месту, помислио на Ивану. Ивану сам упознао пре три дана, непосредно пре него што сам сео са Шонетом у кола и кренуо за завичај. Дошао сам на кафу и пиво у свој омиљени кафић у

Ћирпановој улици, недалеко од самог центра Новог Сада. Ивана је била нова конобарица, био јој је то тек трећи дан на послу, али некако смо се брзо сконтали. Није била посебно лепа, заправо готово да уопште није била лепа. Просечно лице, просечно тело, обичан глас, никакав необични и заводнички поглед, никакви слапови бујне, дугачке косе, али било је нешто у њој што је чинило да ништа од тога није било важно. Начин како је брзо, спонтано, опуштено и потпуно природно ступала у комуникацију, топли, нежни осмех, тај приступ, не другарице, него готово сестрински, то како је свакоме са поверењем приступала, све ме је то одушевило и после дуго времена осетих искрено интересовање према особи супротног пола. Њена обичност, њена нормалност, људскост, то је било оно што ми је требало, да развеје мој свет сенки и бола, тужни свет ружних ратних успомена. Успео сам од ње искамчити број телефона и адресу, договорили смо се да се видимо кад се вратим из завичаја.

Али кад сам отворио очи, преда мном није стајала Ивана, него злокобна старица.

Не, није стајала, да будем прецизан — седела је и куцкала лагано српом по камену. Њена одећа, лице, очи све је то било потпуно исто. Као да није остарила ни секунде од оног пакленог дана деведесет и четврте. Али испод коже њеног лица нешто се константно померало, брчкало, кретало... Био сам свестан да то лице сваког тренутка може да промени свој облик.

„Дошао си”, прошишта старица. Био је то храпав, шиштећи, безуби глас старице, али ме то није могло заварати. Испод тог привида лежала је смртоносна, злурада снага.

„Дошао сам”, проговорих. „Не знам шта хоћеш од мене. Не знам зашто ме прогониш у сновима. Прошло је двадесет година. Шта хоћеш?”

„Не знаш?", насмејала се злобно, старачки пакосно. „Јеси ли се плашио онда... када си био овде потпуно сам, с њима у рову?", питала ме је. Шта је ово, помислио сам, неки тест? Шта је очекивала да кажем? Да лажем, да је импресионирам својом лажном храброшћу? Био сам сигуран да може да прочита истину у мом погледу, лицу, чак и у мислима.

„Наравно да сам се плашио", одговорих. „Ко се не би плашио?"

„Сада многи говоре, и пишу другачије", рече старица. „Да се нису плашили ничега и никога. Да би непријатеља косили као жито. Јављају се и млади који тада нису били ни рођени, и говоре исто. А ти кажеш да си се плашио."

Из неког разлога осећао сам да је бесмислено да лажем. И осећао сам да сам у смртној опасности, ако одговорим неистинито.

„Тог дана плашио сам се више него икада. Душа ми је замрла, а и срце. Мислио сам да ми нема спаса, да ћу сигурно завршити као студенти. Као Дејан. Умро је, знаш, неких недељу дана пошто су га санели са планине." Погледах около, у кржљаво дрвеће и грмље и тамо даље према спајању са Шатором и према Гламочу, где су почињале мрачне шуме. „Није ме брига шта ко пише. Знам добро како је било. Знам да је десетак, двадесетак људи тај дан шпартало горе-доле, под гранатама, носећи рањене и мртве. Друге нисам видео. Сад су сви специјалци и неустрашиви на Фејсбуку. Тако је увек. После сваког рата. Ја немам потребу да глумим. Плашио сам се. И те како сам се плашио."

На челу, тачно изнад очију, набра јој се љутита бора. Као да ју је мој одговор разљутио, као да је очекивала неко разметање храброшћу, подвизима. То смежурано лице поче да тече, покреће се, и преда мном се створи лице старца. Променила је и одећу и обућу у мушку.

„Ниси пуцао у твоје када су се приближили", рече старац. Глас је био идентичан старичином, само са дубљим, мушким призвуком. Као да су у једном телу била два злоћудна близанца различитог пола. „Иако сам то захтевао од тебе", настави. „Не волим када не извршавају моја наређења."

„Стварно?", упитах, пецкајућим тоном, али језик ми се скоро завеза у чвор. Осећао сам нарастајући гнев у тој језивој прилици, схватао сам да је, из неког разлога, којег још не могу да докучим, моји одговори љуте.

Почела је да тресе главом лево, десно, дивље, необуздано, помислио сам да ће се та глава просто одвалити са тог танког врата, али онда се умири, и ја видех да јој је лице сада двополно, лева половина је била мушка, а десна женска.

„Шта си ти?", крикнух. „Шта си? Шта хоћеш?"

„Знаш ти", рече и заврте главом још једном. Те половине се измешаше и ускомешаше, и када ме је поново погледала, са њеног лица посматрао ме је Јоле. Посматрао и смејао ми се директно у лице.

***

3. децембар 1994. године, Равни подови, Старетина

Као да су чекали само да коракнемо, па да почну. Небо се отворило. Земља се тресла. Тукло је све што може да туче. Минобацачи, тенкови, топови, хаубице, вишецевни бацачи ракета. Ваљда све осим авиона. Ужасно је тутњало, као да се неки дивовски земљотрес управо спремао да на комаде поцепа земљу. Схватих да нигде немамо заклона. Сув, раван терен на планини, са кржљавим грмљем и дрвећем, посут камењем, није нудио никакав заклон. Кад фијукне, само се бациш на мајчицу земљу. Као да нас она може заштитити. Глава би да се увуче у врат, а врат у тело, попут неког пужа или корњаче. Али спаса нема. Изложени смо механичкој, неумитној сили коју ништа не може зауставити. Или ће нас погодити, или неће. Гранате падају буквално на сваких минут-два. Онолико колико им је потребно да је убаце у цев, и да стигне до нас. Помислио сам да цеви мора да су им усијане од непрекидног коришћења; можда ће се распасти, или једноставно експлодирати, ако наставе овако. Била је то слабашна нада. Бљували су челичну ватру без прекида. У једном тренутку, док сам лежао на земљи, схватио сам да нешто пада по нама... ситне гранчице, камење, земља. Нисам знао је ли то долазило од ударних таласа, је ли негде близу експлодирало па нас зато засипа. Али гелери су нас заобилазили. Залегали смо и устајали буквално сваких шездесет секунди. Лежемо. Устајемо. Лежемо. Устајемо. Лежемо. Устајемо. И тако без прекида. Неко од њих двоје шапуће да нема шансе да у Бојмунте сиђемо живи. Тешка срца се слажем с њима. Изложени смо ураганској артиљеријској ватри, а заклона нема нигде. Немогуће да нас не погоди.

Ипак, не погађа нас. После неког времена престајемо да залежемо. Нема више сврхе. Ако ће нас погодити, залегање нам неће помоћи. Молимо се само драгом Богу, ако нас граната стигне, да смрт бар буде тренутна, да не останемо искидани и немоћни насред ничије земље.

Али напредујемо полако. Угледах кратер у коме сам нашао Дејана и студенте. На његовој ивици, видех ужасну старицу како седи. Али више није била само старица. Вртела је својом језивом главом и схватих како јој се мења лице, час јој је лева половина лица била мушка, а десна женска, а час је лева била женска, а десна половина мушка. Смејала се шкрипаво, гласом који је одавао пакост, радост због наше боли и немоћи, и сигурност у своју снагу и неумитност. Погледах у њих двоје, и схватих да је нити виде, нити чују. Одлучих да је игноришем. Имали смо преча посла — како да сачувамо властите главе. Пут је већ полако савијао ка селу. И гранатирање је почињало да јењава. Осврнух се још једном према рову, приказе више није било. Ускоро се деси немогуће. Сишли смо из зоне смрти, живи, здрави, ни огребани.

Ах, како су ми тад лепе биле Бојмунте! Као да су најлепши град на свету, а не већ разорено и гранатама преорано село. Дођох у нашу кућицу, свалих се на кревет. Приметих Јолета, избегавао је мој поглед, зурио у под. Као да бих му нешто и рекао. Био сам потпуно празан, у том тренутку, чинило ми се, испражњен од сваке емоције, осећања, а камоли воље за пребацивањем или свађом. Требао ми је одмор, сан, требало ми је време да схватим да сам жив, жив и неким чудом потпуно неповређен.

***

3. децембар 2014. године, Равни подови, Старетина

„Пуцај”, шишти Јолетовим гласом, са Јолетовог лица, створ преда мном. „Пуцај, шта чекаш? Одавно се тај бес накупља у теби. Бес због погинулих другова... бес због оваквих као што сам ја, који нису хтели мрднути дупетом да их спасу... бес због издаје, бес због оних који се данас јуначе, а у оним данима су се крили по подрумима и кућама... бес на цео неправедни свет”, настављао је тираду. „Потребно ти је да се на неком искалиш. Стар сам и уморан. Свима сам већ само на терету. Неће ме нико превише жалити.”

Осетио сам нешто чврсто, хладно и метално у рукама и запрепаштен схватих да држим аутоматску пушку. Био је то чудан, нелагодан осећај, нисам је двадесет година држао у рукама. Погледах пажљивије. Два пуна оквира с муницијом, више него довољно да од овог сасушеног старчића остане само крвава каша.

„Хајде, учини то”, рече, окренувши ми леђа. „Можда ће ти бити лакше ако ме не гледаш у лице.”

И стајао је тако, окренут ми леђима, и године су се вратиле поново, могао сам да га видим онако погрбљеног, кукавног, згрбљеног, једино што нисмо били у кући, него у рову на Старетини, све остало је било исто, али чудно, у мени се није рађао бес, него неко сажаљење према Јолету, замишљао сам га управо онаквим каквим га је ова илузија сада приказала. Онда је имао педесетак, шездесетак година, сада је морао бити већ у дубокој старости. Можда је све те године и провео стидећи се свог кукавичлука и себичности, можда му је то била већа и тежа казна него све муке које смо ми који смо горе отишли доживели.

„Хајде, пуцај”, чуло се нестрпљење у гласу. Као да га је изнервирало моје сажаљење. „Некада си мрзео старост. Када ти је окренуо леђа, мрзео си старост.”

„Некада”, рекох. Прсти су ми још стезали пушку, додир с њом био ми је све гадљивији, мучнији. „Пре двадесет година. У међувремену сам и ја остарио, ако ниси приметио. Моја мајка је сада његових година. Имам драге људе који су стари.”

„Не подржаваш ваљда оно што је урадио? Тачније — оно што није урадио, оно што је одбио да уради?”

Гледао ме је бледим, отровним, безвременим очима, очима које више нису биле Јолетове. Осећао сам у њима опасност, моћ да ме смрви, моћ која је чекала само један лажан одговор.

„Не”, рекох. „Не подржавам. Али сам му опростио. Било је давно, био је стар, и опростио сам му. Не желим никоме да судим, нити да кажњавам.” Бацих пушку на земљу. „Доста ми је убијања. Желим да живим. Имам право да живим.”

Насмејао се, а онда се то лице још једном промени, и поново је било мрачно, злокобно, лице вештице, лице ружног сна, лице патње и бола.

„Да си пуцао”, рече ми, „заиста би га убио. Тамо где сада живи, пао би истог трена, као покошен. Јеси ли знао то?”

„Наслућивао сам”, рекох. Посматрала ме је неколико тренутака, језива тишина потраја, а онда претећи истисну кроз зубе: „А ако ти кажем да ћу те сад убити, и не само убити, него ти ишчупати душу, а веруј ми да то могу, ако не подигнеш ту пушку и пуцаш... хоћеш ли пуцати?”

Загледала се у мене претећи, онај силни осећај опасности ме поново притисну, и готово да сам могао поново да видим Јолета како згурено седи код пећи, окрећући ми леђа, себе самог како јурим уз брдо, стравични кратер у коме леже изгинули студенти, могао сам да чујем Дејана како јечи, гледао сам Пјера како одлзи по помоћ, хладан зној ме обливао док су ми прилазили војници чија лица, ни униформе нисам препознавао. Поново сам накратко ходио пустим стазама са Милијаном и Стевишом, обилазећи р

Поново сам залегао на земљу, и живци су ми пуцали док су безбројне гранате падале свуда око нас, а на нас падале исецкане гране, земља и камење. Њихове страшне детонације цепале су земљу. Силазак у село. Помислих на мајку, на њене бескрајне, бесане ноћи за које се нисам усуђивао ни да је питам како их је уопште изгурала и одакле јој снага да их издржи. Помислих на Ивану, њену веселу, раздрагану нарав, њено тако мило, обично лице.

„Чупај шта хоћеш”, рекох пркосно. „Завршио сам са ратом. Нећу више да пуцам ни у кога и ни у шта. Ни у конзерву пива.”

Дуго ме је посматрала, а онда прасну у смех. Али иза тог смеха осетио сам незадовољство. Хранила се мраком, болом, огорченошћу. Казном, осветом. Не праштањем.

„Иди онда”, рече коначно. „Није још твоје време. Иди тој својој Ивани, или како се већ зове.”

Заустих да је питам откуд зна за Ивану и њено име али угризох се за језик. Било је то бесмислено питање. Знала је све, о свима. Посматрао сам је док је одлазила, и више се није ни претварала; сељачку одећу на њој замени огромни, дугачки црни плашт са црном кукуљицом, а срп нарасте до огромне, високе и дугачке косе. Кренула је према гламочким странама планине, и тамо на граници видности, једноставно ишчезла.

Погледах у ров. Ни пушке више није било тамо.

Кренух стазом низ Старетину, да у Бојмунтама сачекам Шонета.

Слао сам Ивани поруке целим путем док смо се враћали за Србију. Шоне ме је нон-стоп задиркивао, али знао сам да му је у суштини било драго. Осетио је да сам скинуо неки терет с леђа, али није хтео да запиткује. С Иваном сам већ договорио да ћу вечерас доћи код ње са две флаше вина, чоколадом, цвећем. Биће и још неких поклона. Биће пуно добре воље да се нешто лепо деси. Писао сам Ивани о лепотама Шатор планине и Шаторског језера. Пристала је да једном заједно посетимо језеро. Да се заједно и купамо тамо. Сами.

Кад сам сишао са Старетине, у селу ме је чекао Шоне. Преспавали смо у Нуглашици. Сутрадан смо се попели на Шатор. Са Шатора сам имао фантастичан видик, јер се преко локалитета Међугорје, и тамнозелених црногоричних шума Старетина управо на Шатор и наставља. Видео сам је тада коначно, у њеној пуној величини и дивоти, засењујуће лепу, пуну високих валовитих брегова, травнатих врхова, тамних зелених шума, долина, увала и висова који су се уздизали далеко изнад тла и чинили природни зид, али и мост, између Ливањског и Гламочког поља. Видео сам игре светлости и сенке, неба и сунца на њеној огромној травнатој подлози и тада сам схватио колико је Старетина заправо прелепа, а ми смо је начинили страшном, наружили је нашим злом, минама посејаним по њеној мекој трави и планинском цвећу, неесплодираним гранатама, заглављеним тромблонима, мецима, кратерима од граната, рововима. Али све ће то проћи, све ће то иструлити, разложити се и нестати за стотине и хиљаде година, а стотине и хиљаде година су само трептај ока у вечности времена. И опет ће Старетина бити она стара, узвишена у својој лепоти и величанствености, без трага људског зла, без мина, граната, тромблона, метака, ровова, кратера. Биће поново онако лепа каква је била у зори човечанства. И пре.

Више се нисам плашио ни Старетине, ни страшне старице са косом. Ни старости. Прешли смо границу и журно, узбуђено отипках бројеве на мобилном. Са друге стране везе, дочека ме весели Иванин глас.

Стојан Маљковић је те судбоносне ноћи која је одредила даљи ток његовог живота сањао сивог сокола, змију и вука. Соко је кликтао, шиређи своја крила високо изнад тла, чинило се на самој граници између небеског плаветнила и сунчевих зрака; кликтао је и кружио, да би се коначно спустио на високе, наборане стене које као да су у слојевима прекривале једна другу, спустио и смирио; одатле је са највишег врхунца мотрио на околину. Змија је сиктала, брзо вијугајући кроз високу планинску траву, успешно заобилазећи назубљено камење и трновито грмље; њене шаре пресијавале су се на јарком сунцу и Стојан је знао да се ради о отровници. Дошавши до огромних камених плоча, готово правоугаоног облика, поређаних по трави, змија је брзо шмугнула кроз процеп који се отворио између плоча, и нестала у тами каменог царства. Вук је завијао, високо, високо у планини; завијао је на месец, на звезде, на блештавило сунчевих зрака, на дан и ноћ, а онда се његово хитро тело покренуло и Стојан га је јасно могао видети у пуној величанствености. Стајао је на каменом врху који је штрчао изнад провалије, посматрајући с тог видиковца њиве, пашњаке и тресетна поља готово хиљаду метара ниже. Стојан није много веровао у снове, ни њихова знамења, али ови знаци били су непогрешиви. Сва три створа завршавала су на/у камену; сиве камене дивове, неизмерне литице које су се дизале у том сну добро је познавао, макар издалека, иако их никада није походио. Плашио их се, и дивио им се; али једно је знао; одувек, откако је проходао, а та жеља само је порасла временом када је постао вајар, желео је да спозна срце камене планине и да га обликује својим рукама.

Срце Динаре.

Али где је то срце? Није знао. Није се пењао на планину, дивио јој се издалека. Плашиле су га ћутљиве сиве и беле стене, провалије, густе шуме, камењари пуни змија. Живео је осамнаест година испод Динаре, не усудивши се да јој крене у походе. Неколико дана пре свог пунолетства, хиљаду девет стотина деведесет и пете године, заједно са својом породицом морао је, под кишом граната и пламених језика који су гутали куће, да напусти Босанско Грахово. Много година касније, посећиваће повремено свој родни град, али ни ти сусрети неће га повући динарским стазама. Стан у ком је живео са оцем и мајком у Босанском Грахову био је колико-толико у употребном стању. Бабина и дедина кућа подно саме Динаре, у селу Чапразлије, прошла је много горе. Изгорела, препуштена зубу времена, зјапила је жалосно напуштена. Од ње су остале само зидине, из којих је расло дрвеће и које су сада неометано посећивале дивље животиње. Жалио је што летње распусте које је проводио код бабе и деде није искористио за истраживање Динаре.

Желео је да у једној, каменој, можда мермерној скулптури (барељефе и рељефе није волео) ухвати саму срж, само срце камена Динаре, да ухвати и трајно представи њен најрепрезентативнији облик, стене које је издвајају и чине посебном, другачијом и јединственом. Оно што је видео, знао, сећао се, што је гледао са снимака, слика и фотографија, није му дало решење. Где је камено срце планине? Можда на Камешници, која се сматра посебном планином али је у неку руку и јужни огранак Динаре, или сам њен почетак, са које кажу пуца поглед на Далмацију и

Херцеговину? Да ли је то срце на Троглаву? На највишем врху Динаре, што поносно стоји изнад Ливањског поља? На тим велелепним каменим блоковима испод којих се мрви песак и камење и куда су некада текли ледници? Или се можда налази изнад Црног Луга, на стенама којима се Стојан увек дивио, које чудесно изгледају истовремено као да улазе једне у друге, и као да су окренуте једне од других! Да ли је срце Велики бат, сиви камени врх који доминира хоризонтом, чим се још од Ресановаца спустите према Босанском Грахову? Или је то Сињал, кога додирују сиње морске буре и који стражари над не тако далеким Јадраном? Јесу ли то Дерала, превој према Книну, одакле пуца поглед на динарске стене које ту готово чине пун круг, прстен, који опасује Далмацију и Босну. Где је то срце? Није знао.

Али решио је да ће сазнати. Сада, двадесет година касније, са пропалим браком иза себе, са безброј вајарских изложби које су му доносиле похвале колега и ласкава признања, али без новца, што је било у директној вези са пропашћу његовог брака — није имао сумње у то, са много седих у коси, кајањем и горчином која се годинама скупљала у грлу, и авионском картом за Аустралију у џепу (стриц му је платио карту; за тачно два месеца отпутоваће у Сидней, стриц му је неочекивано пружио шансу за нови, бољи живот, и прихватио ју је, одлучио је да је време да једном у животу послуша своје снове). Да сам истражи Динару и открије њено камено срце, средиште планине. Имао је нешто планинарског искуства, углавном по планинама Шумадије, западне и источне Србије, проучио је детаљно мапе, фотографије и снимке Динаре, и знао је да иако дивља и каменита, висока и због ратних дејстава и поратне напуштености и празног простора прилично изолована и скрајнута, планина је била добро маркирана, планинари су је често посећивали а стазе су биле уредно и јасно обележене. На крају, мислио је, није више незрело дете, да се боји планине коју посећују и много старији од њега. Надао се да ће пронаћи то што тражи; битно му је само да добије идеју, скулптуру не мора завршити у Београду. Може је израдити и у Аустралији, можда ће имати боље услове и више могућности тамо да тако нешто уради.

С тим плановима и мислима у срцу, петнаест дана након што је сањао сокола, змију, вука и камене динарске врхунце, наоружан неопходном планинарском опремом, петнаестог јуна две хиљаде петнаесте године, кренуо је на успон и путовање по Динари, с намером да је препешачи од југа до севера, од почетка до краја. Успон је почео на крајњем јужном огранку Динаре, којег су на картама означавали као посебну планину — Камешницу.

Уистину је Камешница оправдала своје име.

Високе, простране ливаде прошаране камењем и стењем увеле су га у динарски свет. Висина му је на моменте стварала готово вртоглавицу; питоме шумадијске планине које је походио деловале су сићушно за ову висину. Цеста која се протезала испод планине била је дубоко, дубоко утиснута у поље и то му је јасно говорило о висини масива. Послужило га је и време. Дан је био сунчан, без и једног јединог облачка, и пред њим се отворио видик од кога му је застао дах. Дубоко доле испод планине, прострло се Ливањско поље и Бушко Блато. Доле према југу, западу и истоку низали су се врхови, један за другим, од моћног Цинцара преко херцеговачких планина, а иза пространих кршева, винограда, поља и заравни Далмације, блескало је Јадранско море, и на ивици хоризонта, његова острва. А на северу, Камешница се настављала на Динару, и испред његових очију је стајао бело-сиви зид кречњачких стена, врхунаца, каменитих површи које као да су се низале у бескрај. Стојан, испрва усхићен призором мора и врхова који су се откривали на хоризонту, осети нагло налет малодушности пред призором тог дугачког каменог зида коме као да није било краја. Пробудише се сумње о томе је ли то за њега, и није ли било боље да је остао у свом београдском станчићу. Шта тражи у овој каменој пустињи? Пустињи — пронашао је праву реч. Нешто је осећао на самом почетку, неку слутњу која је нарастала сваким пређеним метром и сваком стотином метара успона. И сада је схватио шта му је то кварило лепоту хоризонта. Тишина. Дуга, непомична, самотна тишина која као да се заледила у простору. Осим пар поскока, нешто зелембаћа и сивих гуштера, ништа се није чуло ни видело на планини. Чак су и птице ретко прелетале изнад висова. Та га је самоћа већ на старту обесхрабрила, али зарекао се да неће одустати на старту. Знао је да га тек чекају најгори делови — пролазак кроз камену пустош Динаре пуну ровова и мина из прошлог рата, пролазак кроз тужна згаришта у њеном подножју, која некад беху села у Ливањском пољу. Једно од њих беше и дом његових баке и деде. Чапразлије, на самој граници некадашње линије раздвајања између српске и хрватске војске.

Стиснуо је зубе и наставио даље. На врху под именом Бурњача, први је пут упознао опасну и потенцијално злокобну ћуд планине. Бура — ужасно јак, продоран ветар, наишла је ниоткуда; готово га је одувала с врха док се грчевито држао за камење и бусење траве. Како је изненада наишла, бура се тако и зауставила, омогућивши му безбедан силазак.

Упамтио је ту лекцију, знајући да је у старту направио грешку. На планину моћну попут Динаре, не иде се никада сам. Такође, никада се не иде мимо маркираних стаза и утабаних путева. Ту другу грешку начиниће касније.

Након одмора у подножју, кренуо је изнад Рујана кроз оно што се називало правом Динаром. Дочекао га је сив и тмуран дан, ситна киша је ромињала од јутра, а по земљи се вукло нешто што је личило на маглу из научнофантастичних и хорор филмова. Као да је лето нестало у једном дану и преметнуло се у новембарско ружно доба. Није да му то нису говорили познаваоци планине, које је контактирао преко друштвених мрежа, да време зна изненада да се промени, рекли су, буквално за пола сата из лета можеш прећи у јесен и зиму. Нешто је ипак послушао, па је кабаницу и непромочиву обућу понео са собом. Пејзаж је био суморан. Ниско, доста кржљаво дрвеће, грмље и жбуње, и камење — камење и камење које се понављало и понављало и које као да је ницало из саме земљине утробе. Знао је да је у питању изразито крашки терен, и да поред змија, мора добро пазити на увале, вртаче и јаме. Пад и лом ноге у некој крашкој јами могао би да буде фаталан. Лети је додуше, више људи походило планину, али није се могао уздати да ће неко чути дозивање из понора.

Загледао се у своје чизме, помно посматрајући испред себе, да предупреди нежељени пад. Ипак, мисли су му полако одлутале од монотоног пејзажа и почеле су му навирати успомене из његовог београдског живота.

Сања. Кад се оженио са њом, имали су тако пуно планова и циљева испред себе. Будућности која их је чекала. Велеград нас је самлео, помислио је Стојан. Он једноставно није био рођен да прави новац, бар не у количини која се очекује за нормалан и складан брак двоје младих људи. Био је рођен за неке друге ствари. Сања није имала стрпљења ни разумевања, и није је кривио због тога. Желела је већи стан, бољи ауто, зимовања на Копаонику и летовања по тропским дестинацијама, а не одморе на Палићу, Сребрном језеру и Пефкохорију. Осећао је њену љубомору према пријатељицама, а и непријатељицама које су себи могле приуштити боље, скупље и лепше ствари. Трпела је неколико година, а онда су се њене жаоке преусмериле директно на њега. Растали су се на ружан начин, јер му је све сасула у лице и успут полупала и оштетила неколико скулптура на којима је радио месецима. Растали су се пре пет година, а она се пре три године поново удала. Видео је њене слике на Фејсбуку. Срећни брачни пар са бебицом, весело је позирао из Турске, Дубаија, Кубе... остварила се и као мајка у новој вези, постигла све оно што он није успео да јој пружи. Надао се да је заиста срећна и да ти осмеси нису лажни. Стојан се није поново женио.

Сиви облаци, киша и магла смањили су видљивост до те мере да није видео више од пар метара испред себе. Понесен размишљањима, последњих неколико корака није ни гледао испред себе, а онда се коначно случајно зауставио само неколико метара испред...

Стојан се стресе. Схватио је у шта гледа, и да га је још само неколико метара сањарења и размишљања о Сањи могло одвести право у понор...

Јаме. Зване Равни Долац. Стресе се још једном и нека језа прође му телом. То име — Равни Долац, спомињало се у селу и Грахову шапатом. У касним ноћним часовима, кад комшије оду својим кућама, а већина укућана буде већ у кревету. Запретено у магли сећања, свесно гушено да се не изговара, ипак је израњало из колективне свести и одбијало да потоне у таму заборава. Стојан је опчињен зурио у стравичну јаму која се налазила на свега неколико километара изнад његовог села. Задрхтао је од помисли да се могао поклизнути и упасти у понор који је 1941. године прогутао више од две стотине живота. Можда је умор учинио своје, можда киша, магла, монотони пејзаж крша, можда сећања на властити добрим делом прочердани живот, можда је све то деловало подсвесно, а можда није било ништа од свега тога; већ су на делу биле силе које није разумевао. Тек наишао је ветар, право ниоткуда, ни из чега, као што је ниоткуд сурнула бура на

Камешници, тако је и сад ветар дошао, и Стојану се чинило да кроз тај ветар чује крике; запомагање невиних жртава које су страшном смрћу скончале у јами, и урлике, нељудске, демонске, чудовишне урлике усташких убица, крволока који су их живе бацили у јаму. Стојан притисну рукама уши, и сам завришта, да заглуши ужасе који су избијали из јаме. Али они су већ престали, у секунди, више их није чуо, и више није био сигуран да ли их је уопште и чуо, или се његов уморни ум поигравао са њим, можда је у питању била некаква халуцинација. За тај дан је одлучио да му је доста пењања, и готово трчећи се стуштио низ планину ка Чапразлијама. Шта није у реду са овом планином, мислио је, шта? Је ли то због ратова који су овуда протутњали, због бездушних убијања као што су била она над јамом Равни Долац? Је ли због тих рушевних села, згаришта која су остала као траг последњег рата? Да ли та тишина, изолованост, страшна самоћа овог места утиче на људску подсвест? Није знао, али нешто је осећао. Нешто што се помаљало на ивици хоризонта, далеко иза очију, ушију, људских немоћних чула. Нешто зло. Памтио је другачију Динару, привлачну, прелепу титанску громаду којој се дивио издалека. Где је нестао тај осећај, та слика Динаре коју је осамнаест година имао у оку? Како онда да доживи њену лепоту, како да пронађе њено срце? Где је оно, и има ли га уопште? Можда га је неко ишчупао, трајно уклонио из груди планине?

Не, помисли, не може бити тако. Негде мора бити неке скривене лепоте. Планина је постојала миленијумима пре почетака људске расе. Ратова је било и пре ових последњих. Тако моћан, древан екосистем морао је развити механизме да се одбрани од људског зла и сачува своју суштину.

Лудим, помислио је Стојан. Негде у уму формирала му се мисао да је човечанство толико окружило и стисло сваки природни систем, да ни њихов опстанак, ни њихов крај више нису били могући без човека. Али негде је морала постојати нека дивља, нестварно лепа, фантастична стена, неки врх, нека чудновата фигура, камена тераса специфичног облика која није зависила од људи и која је представљала здраво срце које ће упумпати снажну крв кроз камене жиле планине. Дошло му је да плаче, да се смеје и да вришти, схватио је да прича сам са собом, да булазни како је планини потребно излечење; од чега тачно, није знао. Вероватно сам луд, помисли, продувала ми је бура и ветар не само уши него и мозак, није ме џаба Сања оставила, нисам ја за сурову, високу крашку планину, ја сам за питома брдашца и излете на Авалу.

Већ је пало вече када је стигао у Чапразлије.

Рушевине су деловале још аветније по месечини. Куће без кровова, без врата и прозора, без светла и топле ватре огњишта, својом тешком, злосрећном судбином као да су притискале и саму земљу око њих, која је упркос аветињским згариштима, бујала од живота. Трава је ницала до паса, дрвеће је расло из некадашњих соба и пузало по некадашњим крововима, а по тлу су гмизале и трчкарале животиње о којима није хтео ни да размишља. Ипак, комшије које су повремено долазиле покосиле би траву око бабине и дедине куће, и тиме барем привремено онемогућавале биљкама да у потпуности преузму остатке остатака некадашњег породичног дома. Зурио је у своју кућу, зидину помисли, готово љутито, то није више кућа, а онда га нагло пресече налет кајања — није имао никакво право да је назива зидином, та му је кућа пружила толико радости, није она крива што је запаљена, и покушавао је да се присети свих лепих успомена из ње. И око ње. Шоља помузеног млека, полица са кајмаком, кајгана са пекмезом, печеница, топлих мириса из бакине кухиње, дединих мајсторија око куће са дрвима, са разним алатом, растрчаних јагањаца, све је то сада промицало његовим сећањима и није знао како се осећа, да ли да се насмеши што се свега тога још увек сећа, или да вришти од бола и туге јер зна да се то више никада неће повратити, и да никада више неће бити тако срећан као што је био у Чапразлијама.

Везао је мрежу између две шљиве, довољно одигнуту од земље, ту ће се завући у врећу за спавање и провести ноћ. Апсолутне заштите није било, али надао се да ништа неће пузати или гмизати по њему. Желео је што пре да одагна гласове из јаме, да се одмори и ујутру продужи пут села Сајковића. Тамо би се још један дан одморио и преспавао код рођака-повратника, а за следеће јутро планирао је успон на Троглав. У Троглав, највиши врх Динаре, са његове три главе које су сигурно добиле име по древном словенском богу, полагао је извесне наде. Можда је управо највиши и највећи врх планине и био њено суштаство, можда ће му он отворити неки непознат, значајан видик.

Утонуо је у сан, а у сну је био поново дечак, и седео је на зидићу код Дома културе „Гаврило Принцип” у Босанском Грахову. Ишао је у средњу школу, рат је већ увелико трајао, али гранате још нису падале на град — хиљаду девет стотина деведесет и треће године линија фронта је била далеко од Босанског Грахова, много ближа Ливну него Грахову. Дом је био читав, поносан и леп, није био опљачкана рушевина пуна смећа каква је сада, две хиљаде петнаесте године. Град је још увек био пун живота и младости.

Био је јул, школа је скоро завршила, десет сати увече, оно најлепше летње време, вилинско, месечево време које буди сва чула, све осећаје.

На зидићу је седео са школском другарицом, Маријом, која је желела да му постане девојка. Ни он није био равнодушан према њој. Тихо су причали, готово шапутали, осећао је да му теме полако измичу и да долази неугодно ћутање. Марија га је гледала са поверењем, њене црне очи су му веровале, веровале да зна шта ради, и тим више је осећао страх да све не упрска. Некако је нервозно пружао руке и држао их уза себе, не знајући шта ће с њима. Марија је коначно схватила да га ипак мора мало погурати, па му је наслонила главу на раме. Тада се коначно одлучио и чврсто је загрлио једном руком. Још више се прибила уз њега. Лед је коначно био пробијен.

То топло јулско вече никада неће, и није заборавио. И данас му је будило најлепше и најдраже успомене, драже од сваке везе, секса, брака које је касније имао. Тај први, невини загрљај. До пољупца је дошло тек касније. Тада је све било другачије, мислио је, када се данима после присећао сна. Другачије него данас. Све је ишло спорије, поступније, али је у свему било много више дражи, ишчекивања, надања, узбуђења. Данас више нико није марио за загрљаје. Ни за пољупце. Брзо се ускакало у кревете, везе, шеме, бракове, а још брже искакало из њих.

Избегличке колоне и сурова борба за голу егзистенцију после рата, раздвојили су их. Много година касније видео је Маријине слике на Фејсбуку. Удала се, стекла породицу, двоје дивне деце. Деловала је срећно. Честитао јој је Нове године, Божић и рођендан — није хтео да иде даље од тога, да јој квари срећу. Љубазно је одговарала, са одговарајућим смајлијем, али мислио је да ту нема нити може бити ништа више од тога; он је за њу био само драга успомена из давних школских дана.

Долазили су и нови снови, другари и другарице из основне школе, бежање с часова, одлазак у Дом културе на пиће и слушање музике, први филмови које су гледали у биоскопу у Дому, библиотека у којој је уронио у магични свет књига — све се вртело око тог простора, зидић, степенице, зграда Дома која их је окупљала и била њихов прозор у свет. Боже, мислио је Стојан Маљковић у сну, колико лепих успомена их веже за тај Дом и колико генерација је кроз њега прошло, а сада лежи мрачан, напуштен, похаран, опљачкан...

Сада? Које време је *сада*?

Осећао је да лепе успомене одлазе, као да не може да их задржи, као да га нешто тамно и непознато притиска и трује га против лепоте, разноси му огорченост и љутњу кроз крвоток. Нешто... нешто што је вребало иза стварности, иза мрачних зидина сеоских рушевина, породичне куће, можда и из самог мрака опустошеног Дома културе, нешто што је зазивало стравичну прошлост из јама и јаукало кроз ветар; али није сада чуо ветар, чуо је као да вода капље однекуд, кап по кап, али није то била здрава, планинска вода, него нешто болесно, отровно, сиво, што се разливало кроз зидове, текло испод њива, гмизало испод камена. Сиво... жмиркао је, покушавајући схватити где је, у сну или на јави, сунце је блештало, јутро је значи, будио се, али нешто се померило из зидина... неко сиво обличје, без главе, без очију и уста, али са испруженим прстима — канџама? Нагло се усправи и крену — на чему? Није имало ноге... разливало се, *текло* према њему. Стојан Маљковић врисну.

И тог момента ошину га налет ваздуха, нешто залепрша испред његове лежаљке, и он осети мирис перја, док је нешто кликтало и кликтало, нападало испред њега и снажно убадало кљуном.

Стојан није био сасвим сигуран да сан и даље не траје на јави, али јасно је чуо готово људски врисак сиве приказе која је отицала из рушевина, док је птица немилосрдно убадала кљуном и оштрим канџама. На крају, сивило једноставно избледе, нестаде, некуда отече у последњем јауку који је више личио на немоћно цвиљење. Птица још једном закликта, очито прослављајући своју победу, помисли Стојан, а онда слети испред њега, на шљиву.

Стојан се није нешто претерано разумевао у птице, али било му је јасно да испред себе има сивог сокола.

Сивкасто, мрљасто тело, са плавичастим крилима, интелигентне бистре очи, импресивни жути кљун и жуте канџе несумњиво су упућивале да је реч о сивом соколу.

„Прелепа си!", оте му се против воље. Птица га је фиксирала погледом, као да покушава да му прочита мисли. Утом се сасвим разбудио, сетио се Марије, Дома, необјашњивог сивила, а онда се сетио и једног другог сна, сна који га је и потерао на овај пут. У том сну сањао је сокола. „Еј, чекај мало, лепотице", рекао је птици. „Дугујеш ми неке одговоре." Стварно сам полудео, помисли Стојан. Говорим са птицама. Можда не могу да се изборим са планином. Можда су последице које је рат овде оставио, превише за мене. Руше ми психу.

Али негде високо, тамо према Сокоцу и Самару, и још даље према стеновитим врховима огласи се неко кликтање, птица подиже прво главу, а затим и своја моћна крила и одлете, вероватно према свом гнезду, мужјаку или женки који су је чекали, помисли Стојан.

Брзо је спаковао ствари, није хтео да се дуже задржава, након што га је усред сунчаног јутра пробудила аветињска сива прилика, на коју је атаковала птица из његовог сна. Ипак није могао да дозволи себи такву бламажу да не посети бабин и дедин гроб. Обавио је то што је могао брже, стално страхујући да га каква змија не спопадне из високе траве. Када је коначно завршио, уморан и знојав, бацио је још један поглед на рушевине, да буде сигуран да га нико, или *ништа* не прати, и кренуо низ пут. Чекало га је дуго пешачење кроз неколико села.

На уласку у Прово једва се одбранио од чопора паса луталица. Бар је мислио да су то пси луталице; није био сасвим сигуран шта су тачно ти створови. Личили су помало и на шакале, вукове, псе, све заједно. Дивљина је овде потпуно завладала, мислио је, животиње сада слободно долазе до кућа и ко зна чега су све ово мешанци. Одахнуо је када је коначно стигао у Сајковић, код рођака Илије. Илија је био стар, али чио и причљив човек. Стојан је покушао од њега да измами информације да ли се можда нешто необично дешава на планини, и у самим селима, и шта, али Илија је само одмахнуо руком и насмејао се: „Овде ти је необично једино ако се нешто нормално дешава". Онда је опет окренуо причу на време, лопове политичаре и лошу, неродну годину. Стојан је схватио да нема смисла даље инсистирати. Одморио се, наспавао — није било узнемирујућих снова, окупао, најео, обновио залихе. Трећег дана након доласка у село, поздравио се са Илијом и кренуо шумским путем у успон ка Троглаву.

Тај успон поправио му је расположење и брисао ружне успомене из чапразлијске ноћи. Мање је мислио о чудној сивој сенци која се помаљала из зидина и о соколу који је долетео са врхова и искључао је, пославши је тамо одакле је дошла... где год било то *тамо*. Коначно је уживао у пуној лепоти и пуноћи планине. У мирисима дивљег цвећа, оштрог планинског ваздуха, у мирису шума, у своду неба и дивовских камено-пешчаних глава три врха Троглава, који су доминирали видиком. На том путу је сусрео групу бањалучких планинара, једну дружељубиву, веселу скупину људи свих узраста и годишта. Испрва је мислио да му се друштво неће допасти, желео је самоћу, али схватио је да му је у ствари баш и требало присуство више људи. Додатно су му скренули мисли од необјашњивих ствари које је доживео на планини. Ни њихова помоћ при успону није била за занемарити. Било је стрмина и стена које нису биле нимало наивне, те су му помоћ и близина другог људског бића и те како требале, и био је захвалан што их има. Ово су већ биле озбиљне висине, Троглав је био највиши у читавом ланцу Динаре, са више од хиљаду девет стотина метара изнад нивоа мора.

Вишечасовно пењање се исплатило када је ступио пред те камене колосе, пред сав тај камен и песак, ту где су некад текли ледници. Сунце као да је горело; на тој висини пржило је попут ужарене кугле, али то му није сметало. Био је опијен лепотом.

Планине на југу, истоку, десетинама и десетинама километара далеко. Дубоко доле, испод древних стена, дремала су порушена села и цеста, која је вијугала ободом Ливањског поља, које се распрострло попут џиновског тепиха. Иза његових леђа плавеле су се воде Перућког језера, под блештавим сунцем дремале су мученичка Далмација и Крајина, тамо у даљини је лежао Книн, а још даље блескале су воде Јадрана. Чинило се да га више ништа не може померити, да је све болесно и отровно нестало, поново је повратио здрав разум, пред овом лепотом свака је сенка немоћна и ништа што искрсне не може је начети.

А онда је погледао напред, и сва чврстина и снага за коју је веровао да му се вратила, ишчилела је поново из њега.

Испред Троглава, ка северу, пружало се, наизглед бескрајно, безвремено пространство белих, сивих и модроплавих кречњачких врхова, брда, висоравни, брегова који су се дизали један за другим, један изнад другога, један крај другога, и који су се коначно, и преплитали, сажимали у, чинило се, апсурдно великом низу. Величина тог каменог мора подсећала га је на модрозелену морску пучину и одузимала му је дах, сламала вољу и веру да са нечим толико великим може да изађе на крај. Пред њим се пружала исконска дивљина; планине које је до тада посећивао биле су питоме баште у односу на ову планину. Овуда су пролазили бројни народи, цивилизације и царства, овде је била међа, граница светова који су се додиривали и вековима сукобљавали. Није ово било место за свакога, помислио је.

Огромност пространства које се пружило пред њим, мислио је, поколебала би и неког много снажнијег од њега. Свела би свакога на праву меру. Према оваквој величини Динаре био је потпуно безначајан, једнако као што је црв или мрав сићушан и безначајан пред човеком.

Можда би тада и дефинитивно одустао, да је био сам, али некако га је било срамота пред планинарима, и својих мисли и усплахиреног и испијеног израза лица. Стегао је зубе и наставио даље. У силаску, стене и белине камена постепено су замениле црногоричне шуме, висоравни и пољане, и њихово зеленило му поново отера суморне мисли.

На висоравни Пољаница (добро је знао то име; на тој локацији одиграли су се најжешћи сукоби на граховској територији у последњем рату) ипак је застао, умор, несигурност, ненавикнутост на дивљину узели су данак. Рекао је планинарима да неће с њима даље, мало ће застати да се одмори, неких пола сата, терен је добар, зелене шуме, ливаде, сунчано је и топло, пријаће му. Били су сумњичави, нису хтели да га оставе, али на крају су попустили. Рекли су му где ће правити следећу паузу, и да ће га тамо чекати. Пристао је, уверавајући их да му је добро, и да му треба само мало предаха. Поздравили су се са њим, скрећући му пажњу да се држи означених стаза, и нипошто не скреће са њих, јер ово је било ратно подручје, никад се не зна.

Обећао је, мада није видео никаквог разлога за узбуну. Тешко му је било да такав пејзаж, пун дивних тамнозелених јела и смрча, зелених ливада прошараних камењем и стењем повеже са ратном трагедијом и масовном смрћу. Птичице су певале, инсекти цврчали, ветар је мирисао на здравље, на планински ваздух. Не, ово је живот, помисли, овде не може бити места никаквој смрти.

Спустио се испод једне џиновске јеле, сео и наслонио главу на њу, омамљен топлином сунчевих зрака, ветром и мирисима планине, исцрпљеног ума и тела, заспао је моментално. Снови су брзо пристигли, весели, раздрагани, немирни дечији дани. Снови и један градић који је тада био читав његов свет. Време је пролазило у том сну, чинило му се, чудесном брзином. Дошао је убрзо и рат. Али град је и даље био пун живота, младости и лепоте. Светла Дома културе привлачила су га као светиљка лептира. Дом је био његова друга кућа, у њему се осећао као у својој кући, као поред топлог огњишта. У њему, поред њега, све везано за Дом будило је лепа сећања. И Марија, увек Марија. Чудно, ни после више година колико су провели у браку, никада није сањао бившу жену, Сању. Никада. Увек и једино Марију. Миловао је њену дугачку, густу тамну косу, док је њена глава с пуно поверења почивала прво на његовом рамену, да би се онда интимније, слободније, још нежније, преселила на његове груди. Нека сенка тада се појави, нешто сиво и безлично, и Маријина коса исклизну му из прстију.

Дошли су тешки дани. Очево све дуже избивање од куће на ратишту. Мајчин плач и тихе молитве ноћу, пред спавање. Све масовније погибије. Плач и нарицања градом. Избегли, тужни и уморни људи из попаљених села у Ливањском пољу, који су без циља и смисла баульали градом. И гранате. Прве гранате које су почеле падати по граду. Стакла њиховог стана која се тресу. И звук. Звук готово сличан изненадној грмљавини. Грми. Грми. Грми. Грми.

То га је и пробудило. Тај звук, звук грмљавине. Као и нешто мокро, нешто што му је упадало у уста, нос... киша? Знао је где је и које је доба, знао је да је сишао с Троглава, да је застао да се одмори и тако заостао за планинарима, а небо је било ведро, ведро и сунчано толико да се плашио да ће добити опекотине на толикој висини, немогуће да су се за тако кратко време навукли облаци и киша, откуд грмљавина, зашто грми?

Само што то није била киша. У уста, очи, у ноздрве упадале су му пахуље снега. А грмљавина се појачавала, постајала уједначенија и он ју је све више препознавао, док су му се у уму палила црвена светла за узбуну. Не, помислио је, ово није могуће, ово се не догађа.

Отворио је очи и вриснуо, јер су му све кочнице попустиле од ужаса који је угледао. Све око њега било је бело, бело, стравично бело, снег је нападао, мећава му се сјурила у очи. Голо зимско дрвеће окруживало га је својим мртвим, сивим стаблима и гранама. Нигде живописних јела, зеленила, сунца. Све је нестало у трену. Није било ни циновске јеле под којом је спавао. Стајао је у некој ували окруженој шумом, у даљини се пружала уска трака пута, а са грмљавином су се сада чули и други звуци. Пушчана паљба. Сада му је коначно синуло. Препознао је грмљавину, само што то није била грмљавина. Била је то артиљеријска паљба.

Зацвилео је, попут пребијеног псета. Није знао шта треба да уради, да ли да почне са неком молитвом, да ли би то помогло, или да просто затвори очи, а када их отвори, нестаће и мећава и снег и пуцњава и биће поново на сунчаном пропланку. Покушао је, али ништа се није променило. Зацвилео је поново. Каква то сила обитава на планини и зашто му то ради?

Кренуо је у једном правцу низ пут, насумично, само да побегне из те ужасне увале, и већ после педесетак метара спотакао се о прва мртва тела. Изгледало је као да су скоро лишена живота; још је могао да препозна њихове црте лица, били су то српски војници, његове комшије, рођаци, пријатељи тек мало старији од њега. Све се то и догодило, знао је, само што не може да се догађа *сада*, већ се догодило пре двадесет и једну годину, само што он тада није био овде и није могао бити ту, јер је био премлад за пушку, његов отац је овде био.

Као пијан, тетурао се даље путем, не обазирући се више ни на експлозије граната и мина, ни на пушчану паљбу. Стотинак метара даље, наишао је на лешеве у белим зимским униформама, с модерним пушкама, и знао је да су то хрватски војници, знао је како су их описивали његови нешто старији другови који су преживели, да су добро опремљени и маскирани, прилагођени за зимско ратовање. Окренуо се и потрчао назад, плашећи се да не упадне у руке живих припадника хрватске војске (ово је сулудо, помислио је Стојан, да упаднем у руке некога ко је био овде пре двадесет година?), дошао је поново до пута где су лежали погођени српски војници. Није смео да их гледа дуже, ни помније, јер знао је, што дуже их буде посматрао, сећања на њих ће се вратити, препознаће их, мали је град, свако је свакога знао, сетиће се њихових имена и презимена, њихових породица, и онда ће се сломити, неће то издржати, полудеће, и неће никада наћи излаз са ове дивље планине која има моћ да те баци у прошлост, да ти потпуно поништи и обрише мозак, и претвори те у безумно чудовиште.

Мећава је бивала све гора, отпузао је готово четвороношке у увалу у којој се пробудио, и која је, чинило му се, пружала ипак какву-такву сигурност од гранатирања и пуцњаве.

Таман кад је хтео да се усправи, схватио је да га посматрају два ужарена, дивља ока, која несумњиво нису била човечија.

Биле су то вучије очи.

Заледио се. Није било говора о бежању; ни у пуној снази, одморан и концентрисан, не би имао никакве шансе да умакне снажној дивљој животињи од које га деле центиметри, а камоли исцрпљен вишечасовним пењањем и ума доведеног готово до лудила. Није знао ни како да се бори са вуком? Како га спречити да му једноставно не покида грљкан? Можда је ово само сан, мислио је, можда је и вук дошао из сна као што је ономад дошао и онај сиви соко. Ако уопште он и сања. Можда ова дивовска планина сања, он је у њеном сну, и он и ове животиње што се појављују, и урлици из јаме и сивило из рушевина, мртви ратници и време које је отекло двадесет година уназад, све је то Динарин сан, не његов, он је само опсена, причина, нестаће чим планина отвори своје камене, миленијумске очи.

Али вук је ипак био стваран; зарежао је и у једном хитром скоку окренуо се и појурио узбрдо. Чула се снажна експлозија и Стојана је засула земља и снег. Вриснуо је. Гранате су падале све ближе, а са њима, чинило се, приближавала се и пуцњава. Вук је застао на врху брда, забацио главу уназад и почео да завија. Затим је погледао у Стојана — Стојан се могао заклети да га гледа право у очи. Са брда се сјурио поново до увале, посматрао неколико тренутака Стојана, а онда поново јурнуо уз брдо. Окренуо се и помно мотрио Стојана; крзно му је било накострешено а њушка искежена; изгледало је као да жели нешто да му саопшти и да га ужасно фрустрира што га Стојан не схвата.

Пушчана паљба је била све ближа, и Стојан је почињао да схвата да, био ово сан или не, ако се ускоро не покрене, можда се више никада неће ни покренути ни пробудити. Ни овде, ни нигде друге.

Коначно му сину и он у наступу луцидности, ухвати смисао у вучијим очима.

„Желиш да те пратим?“, рече и појури узбрдо за вуком. Рафали ускоро затрешташе по ували у којој је до пре пар тренутака стајао, и он схвати да је у последњем тренутку кренуо кроз шуму. Пратио је вука даље кроз шуму, вук би му у тренутку готово измакнуо из видокруга, али би се онда вратио по њега, сачекао га, а онда поново почињао да трчи. Неко време је успевао да га прати, а онда је стаза нагло завила стрмо низбрдо; видео је вука како се спретно претурио и отклизао доле низ гребен; Стојан није поседовао такву спретност, снагу ни хитрину. Вриснуо је кад није успео да заустави на време ноге, запео је о нешто камените у снегу и полетео према бездану; снег се ковитлао око њега, упадао му у уста, међава му се поново сјурила у очи, за секунду-две ништа није видео. Ни где се налази, да ли се приземљио негде или је ударио главом, и да ли је још увек жив. Затворио је очи да не гледа како клизи у провалију, где је вук, помислио је, зашто га је довео овамо и зашто је јурио за њим?

Отворио је очи. Промену је осетио моментално, у костима, нервима, оку, уму, у блиставом сунцу које га је пржило, птицама које су весело певале, инсектима који су се дозивали, у плесу лептирових крила, у животу који је бујао свуд пред њим. Налазио се испод исте оне јеле испод које је и заспао. Није више било снега и међаве, експлозија граната, рафала аутомата, мртвих људи који су лежали у снегу. Знао је само једно, да није знао ни како се нашао тамо, ни како се вратио. Можда га је вук одвео стазом која из прошлости води у садашњост, али то је било бесмислено, мислио је.

Лудим, помисли Стојан. Начисто лудим, ова планина ће ме сломити.

Спаковао је опрему и ствари и одмах кренуо на уговорено место, за планинарима. Није више ни секунде желео да се задржава. Сада је више него икада желео близину других људских бића, и нипошто није желео да дочека вече на Пољаницама. Ако овде заноћим, помислио је, жив нећу зајутрити. Ово није било место на коме би се требало дуже задржавати. У ствари, најбоље би било — никако.

Одахнуо је када је наишао на планинаре на једној травнатој пољани испод нешто нижих врхова. Узнемирило их је бледило његовог лица и унезвереност у очима. Нису превише били задовољни његовим објашњењима о ружним сновима, али праву истину не би могао да им каже. Не би му поверовали, знао је, иако су се, слутио је, нагледали разних чудеса и наслушали чудних прича у путешествијама по Динари. У његову ипак не би поверовали.

Но, иако га нису превише испитивали, овог пута чврсто су одлучили да га не оставе поново самог у планини. Повели су га са собом у силаску ка Црном Лугу. Ту су се требали сусрести са неким пријатељима и заједно са њима кренути пут Нуглашице и Шатор планине. Морао је да им обећа да ће у Црном Лугу потражити преноћиште и да ће преспавати барем две вечери пре него што настави пењање по Динари. Нарочито је у тражењу тог обећања била упорна Бранка, ситна, кратко ошишана, плавокоса женица из Шипова. На растанку га је загрлила и тутнула му у руке неки папирић. Касније те вечери, у кући у којој је заноћио, отворио је и погледао папирић. У њему је био написан број телефона и адреса.

Плашио се да ће га у сновима јурити војници у белим зимским униформама, а он без пушке, усамљен и изгубљен дозиваће вукове да га спасу, али снова није било. Заспао је као беба, можда је и Бранкин папирић вратио нешто среће и разума у његову крхку психу, помислио је, и отерао ружне снове, барем за неко време.

Ујутру се рано пробудио, изашао из куће да протегне ноге и умије се. Пред њим се у пуној величанствености изнад села дизала Динара, и кулминирала у врховима које су мештани звали Точила. Ти врхови су га дозивали својом снагом, бели попут најквалитетнијег мермера.

Точила, Точило, како год да су их звали, одувек су привлачила његову пажњу. Још као дете, када су колима путовали из града до бабине и дедине куће, пролазећи кроз Црни Луг, увек је бацао чежњиве погледе ка њиховим врховима. Можда су они могли бити срце планине.

Два огромна блока стена стајала су окренута један према другом, на једном спајању су се чинило се и преплитали, а опет су се истовремено и раздвајали, одмицали и стајали насупрот; између њих је био усек, дугачка белина смрвљеног стења, камења, крашког сипара. Као да се планина на том месту раздвојила, као да се поцепала некаквом џиновском пукотином, земљотресом, неким силама које су њену огромну масу могле одвојити, а опет су је Точила спајала попут високог каменог моста. Лично их је волео највише од свих динарских врхова. Нису били међу највишим, али на њега су остављали импресивнији утисак и од много виших врхова. Тог јутра, после дуго времена донео је рационалну одлуку. Неће се пењати на Точила, наставиће даље. Успон на те беле, глатке и стрме, разломљене стране планине превазилазио је његове моћи. Запамтио је јучерашњу лекцију коју му је планина дала, и решио да не искушава нову. Ум му се наравно већ бранио — разум је почео да негира да је заспао и пробудио се у прошлости, а да га је затим вук шумском стазом вратио у садашњост. Приписивао је оно што се десило умору, сновима, исцрпљености, дезоријентацији, подсвести која је у његов ум привлачила слике са места масовне погибије. Ипак, негде дубоко у подсвести, чучало је упозорење да не искушава више срећу. Као што Пољанице нису биле место за одмор за оне са слабом психом и вољом, ни Точила свакако нису била за планинаре полуаматере. Тешка срца, решио је да им се диви издалека. Али знао је, дубоко у себи, да постоји још један разлог осим опрезности и можда чак и извесне дозе кукавичлука. Осећао је да ту није крај његове потраге, да срце Динаре ипак не спава у тим прелепим белим стенама, и да мора проћи још неке стазе и врхове, видети и доживети шта... није знао. Надао се да ће открити.

Следећег јутра пошао је даље уз планину, остављајући Точила и Црни Луг иза себе. Овог пута, планина му је отворила сва своја врата и показала му се у својој пуној лепоти.

Три дана је провео на том вилинском платоу, спавао у планинским склоништима, лутао високим осунчаним ливадама, дивио се бујности и лепоти дивљег цвећа, уживао је у складности и пропорцијама природних камених скулптура које су ницале око њега, као и врховима који су се поносно уздизали пут облака. Памтио је њихова имена и стазе које су водиле до њих. Буњевачко брдо, Лишањски врх, Зелено брдо, Јанково брдо. Цилитан. И онај највиши врх у тој групи, Велики бат, који је издалека подсећао на високи сиви камени шиљак, окружен бескрајем нижих истих таквих или сличних камених брда који су га запљускивали као море обалу. Призори су били величанствени и из његовог ума готово да су потпуно одагнали муку коју је доживео изнад Рујана, у Чапразлијама и на Пољаницама. Заборавио је крике мртвих, јауке из јаме, сенку из рушевина, тела мртвих војника на путу. Око њега је свуда бујао живот. Могао је да види и чује животиње. Виђао је змије, гуштере, орлове, соколе, мање птичице, неколико пута приметио је нешто што је личило на шакала. У даљини је завијао вук. Једном је угледао и срну, која се брзо склонила у сигурност густиша. Буба је било безброј; мрави су милели по њему чим би сео или залегао. Стојан се питао колико заправо милиона ситушних, појединачних светова садржи Динара. Колико бића ту обитава и колико јединки; почињао је да наслућује величину тог мноштва и безначајност властите умишљене величине пред свим тим. Ти минијатурни мехур-светови, засебни екосистеми у оквиру једног, заједничког и јединственог екосистема Динаре постојали су давно пре људи, и постојаће и кад једног дана људи ишчезну. Знао је да треба да је срећан што му се уопште пружила прилика да их посматра, да сведочи тим световима. Стајао је тако на тој ливади што се дизала у облаке окружена са свих страна каменитим врховима и посматрао све четири стране света, одатле је могао да шара погледом по Босни, Далмацији, Лици, било је то као да користиш бесплатни, природни, џиновски телескоп.

Ноћи су ипак биле најлепше, звездане, густе и светлуцаве, чинило му се да може да додирне свемир, да је Кумова слама одмах ту, изнад њега, надохват руке.

Снови које је сањао били су изнимно лепи. Почињали су сеоском идилом у Чапразлијама, благим и насмешеним лицима бабе и деде, а завршавали су се у Босанском Грахову. Шетње са друговима и другарицама по граду, одлазак у кафиће на сок и кафу, прва кришом попијена пива, и Дом, увек Дом културе, било да је био унутра, седео на степеницама или суседном зидићу, Дом је био централна оса њихових живота, њихов културни и духовни центар, у њему и поред њега су одрастали, ту поред тих степеница први пут се осмелио да пољуби Марију, брзо, плахо, детиње несигурно, поред тог зидића ју је први пут нежно ухватио за руку и повео у шетњу кроз град, поносан, коначно се не скривајући више, да их сви виде. Те су успомене биле толико драге и слатке да му се чинило да ће заплакати од среће.

Али круг среће и радости, патње и бола, врти се непрестано и наизменично у свом обртању. Сан је хтео наставак радости, а мозак је подсвесно одговарао шта се десило са том срећом и зашто је прекинута. Сиве сенке рата поново се пробише кроз површину и знао је да је време безбрижног лутања по Динари завршено. Када се пробудио, умио се, средио, спаковао, и затим долином и заравњеним делом кренуо ка ободу гребена који ће га одвести на Сињал, последњи високи врх који је намеравао походити на свом путу.

Сати су одмицали, а расположење му се мењало. Није могао да докучи да ли је узрок у њему, да ли је његов мозак неспособан да дуже одржи срећу, или то наилазе променљива расположења планине, можда се и њена сећања обрћу у наизменичним круговима памћења среће и памћења патње. Није знао, али је осећао да нешто долази поново, и да не може да му се одупре.

Прво је осетио у грлу неку стегнутост, немир, онда притисак у грудима, свраб око очију као да је алергија у питању, онда је почело и у околини. Ништа видљиво се наизглед није дешавало, али осећао је неко љуљушкање свуда около, као да неки пијани морнар навија чамац тамо-вамо усред морске олује. Погледао је поново врх Сињала и пут, означена стаза која је водила ка врху, сада је деловала много далеко... као да се издужила, продужила, обећавајући му још дупле сате и сате хода. Али била је ту још једна стаза, стаза коју раније није приметио, и која је, јасно је то видео, водила много ближе и много брже ка Сињалу. Како је није раније уочио, и зашто није била означена? Није могао да мозга о томе, намеравао је да је искористи, пре него што се поново нешто деси, јер веровао је да ће се нешто десити, и што мање се задржава ту где осећа немир, веће су шансе да ће проћи неоштећено.

Кренуо је путем који му се чинио ближим и краћим.

На самом почетку пута, крупан, дугачак поскок засиктао је травом и вијугнуо кроз процеп у каменој плочи. Стојан се за тренутак следи, у сећање му дође отровница из сна.

Корачао је даље, држећи на оку плочу и отвор кроз који је шмугнуо поскок, али ускоро му пажњу привуче још неко сиктање. Препознао их је по шарама, у трави поред пута лежало је још змија, поскока, шарки... Срце му је лудачки тукло, знојио се, оно љуљушкање се појачавало, осећај нечег погрешног. Свакако, тим путем не може да прође, то му је било сасвим јасно. Змије су буквално ницале из траве као печурке. Можда около... пробаће да их заобиђе. Али када је начинио прве кораке, змије као да су схватиле његову намеру; њихова тела изненада јурнуше кроз траву и устремише се према њему. На тренутак је стајао потпуно запрепашћен, мислећи, не, ово се не дешава, али дешавало се, змије су јуриле право ка њему, и он више није имао никаквог избора, са вриском на уснама трчао је назад.

Слушао је приче, као и сви у детињству, приче ловаца и шумара и доконих пијаница о поскоцима који су падали са дрвећа, јурили и скакали на људе, био је убеђен да су то најобичније глупости, али сада је осећао само страх, панични, ужасавајући страх од тих грозних тела-ужади и њихових смртоносних зуба.

Када је коначно дошао себи и застао, змија више није било. Али није желео, ни смео, поново да покуша још једном са пречицом. Слутио је да су се вратиле назад, и да попут пса чувара, чувају тај пут.

Нешто се огласи близу њега, мешавином режања, лајања и неког оглашавања које није могао јасно да дефинише. Онижи, мршави шакал стајао је недалеко иза његових леђа и бесно се оглашавао погледа упртог у пут са кога је Стојан управо побегао. Испустио је још пар гласова налик лавежу, а затим јурнуо низ пут. Очи су му лудачки блистале.

Као да је видео некога кога жели да зграби, помисли Стојан. Јадничак. Изујешаће га змије.

Али шакал је прескочио змије, одјурио иза њих, зарежао још гласније... а онда се у једном дугом, предугом скоку залетео на нешто... што је само он видео, јер Стојан није видео да му ишта стоји на путу.

Тај тренутак кад се приземљио и када су шакалове шапе поново додирнуле тло, заувек ће му остати урезан у сећање. Истог трена, одјекнуо је заглушујући прасак и шакал је нестао у гејзиру дима, земље, ватре и камења. Стојан шокирано схвати да је несрећни створ налетео на мину.

Још шокантнија помисао му се јави. Змије су ме спасиле, помисли. Јуриле су ме да ме отерају.

Зурио је још неколико тренутака, а онда се окренуо, и наставио правим, дужим путем ка Сињалу. Више није осећао стегнутост у грлу, притисак, необично морско љуљушкање. Знао је да је прошло, шта год да је било. Поново је погледао пречицу, и зинуо од запрепашћења. Није је било. Осмотрио је добро гребен, и било му је јасно, да је није ни могло бити. Као да му је изненада нека копрена била навучена преко очију, а сада је прогледао при дневној светлости. Али змије су биле стварне, помислио је. Шакал је био стваран. Експлозија је била стварна. Па где је онда нестала та стаза? Како се уопште отворила тамо где је није могло бити?

Можда и *тамо* има минских поља, момче, шапнуо му је неки глас у глави. А тамо није исто што и овде.

О томе ће мислити касније, одлучио је. Приметио је да га је планина за кратко време учинила виталнијим, снажнијим... прилагодљивијим. Овде није било пуно места ни времена за филозофирање, мислио је. Примиш ударац, деси ти се чудо, подигнеш се и идеш даље. То је закон опстанка на планини, у кршу. Они који делају, настављају, они који превише размишљају, падају у амбис.

Зато је наставио према Сињалу.

Није више мислио о змијама, шакалу и мини, морао је да пажљиво гледа испред себе, јер су камените падине којима се верао биле прилично стрме и незгодне. Али ширина пространства које се пред њим отварало одвлачила му је поглед. Динара се спуштала дубоко доле, час у стрмим обронцима и странама, час у степенасто извајаним каменим терасама. Кад би само могао свести сву ту силину и разноликост, на једно једино лице, скинути са тог лица гипсани одливак, у нади да му се укаже планина у свој својој суштаствености, али то, знао је, није било могуће. Систем којим је ходио био је толико сложен да је сумњао да ће га икад моћи сасвим разумети. Негде доле хиљаду и кусур метара ниже лежала је Главаш кула, Полача, Книнска Крајина и Книн су се пружали у даљини, а крас Далмације текао је у непрекидном кретању све до плавих вода Јадрана. Овуда су некада ходили Римљани, Илири, Далмати, Трибали, Стари Словени, овде се борило против Османлија и Вермахта, живот се изнова и изнова сукобљавао са смрћу, и увек се подизао као Феникс из пепела. Сада је, међутим, изгледало као да је тај живот на умору; као да се изморио од бесконачних ратова и битака, и дигао напокон руке од свега. Као да је последњи рат који је овуда протутњао био гори од свих других, и успео оно што није успело претходним — да готово у потпуности угаси искру живота која је одувек овде тињала. Нека болесна, неизмерно заглушујућа тишина полегла је по пространству Крајине и Далмације. Осети болан убод туге. Целом крајолику требало је излечење, излечење од туге, самоће и пустоши.

Када се попео на врх Сињала (сам врх је припадао Хрватској, и био највиши њен врх; већина осталих високих динарских врхова припадали су Босни; ако то овде, буквално испод облака уопште има икаквог значаја, помислио је; овде важе неке другачије мапе и границе) схватио је да има друштво. Неко се већ пре њега попео, и мирно посматрао пејзаж. Пушио је цигарету, и Стојан се закашља — никад није подносио дуван, а ово је очито била нека најгора варијанта за мотање. Примакао се ближе, да боље осмотри човека, а онда му лицем проструји паничан страх. Застао је, укопан.

Човек је био стар, седе косе, избораног лица, зуба пожутелих од лошег дувана, врло мршав, на себи је имао исфлекану, стару и одрпану маскирну униформу, и тешке војничке чизме.

Није то било ништа необично, ни његов изглед, обућа и одећа, необично је било што су свуда по њему гмизале змије.

Биле су му по раменима, око врата, по рукама, неке су му просто, склупчане, лежале у крилу, остале су гмизале по ногама и излежавале се на камену поред његових чизама. Било је ту свих врста, смукова разних дужина и боја, поскока, шарки, чак и неколико врло ретких примерака босанског шаргана — планинског жутокруга. Стојану се речи завезаше у грлу.

„Седи на тај камен", огласи се старац. И глас му је био старачки, сув, храпав, шиштећи. „Неће те дирати. Веруј ми."

Стојан је сео, али је и даље уплашен, опчињено посматрао покрете тих грозних тела.

„Ти си змијар?", обратио се старцу.

Овај се храпаво насмејао.

„Неки нас и тако зову."

„Чуо сам да у овим крајевима има један змијар", Стојан поче причу само да скрене мисли са змија које су пузиле по човеку. „Живи на Јадовнику. Али он је, кажу, слеп."

„Знамо се", рече човек. Чинило се да уопште не обраћа пажњу на змије, нити га је и најмање страх. „Виђамо се три-четири пута годишње, навратим повремено до њега, да се испричамо. Али постоје и други. Свака планина има свог змијара. Нарочито крашке планине попут Динаре."

Крупна, дебела шарка пузала је човеку испод врата. Повелики поскок висио му је око руке. Стојан се стресе.

„Извини”, рече одсутно. „Нисам се ни представио. Стојан Маљковић. Како се ти зовеш?”

Човек се насмеја.

„Не зовем се никако”, рече. „Овде горе”, он рукама показа на огромно камени́то пространство које их је окруживало, „имена нису важна. Некад сам био син, брат, момак, узоран муж и отац, добар пријатељ, био сам и коцкар, блудник, лош син, незахвалан брат, лош отац и муж, никакав пријатељ. Био сам студент, инжењер, ратник, свештеник. Сада сам ово што видиш. Само — змијар.”

„Ти... ти си их послао да ме појуре из минског поља?”, успео је да то питање истисне из себе.

„Типичан човек из цивилизације”, опет се насмејао змијар. „Само нешто питаш, и у својим питањима сам дајеш и одговор. Не могу ја никуда њих да *пошаљем*. Не функционише то тако. Оне нису пси. Оне само разумеју шта им говорим, као и ја њих. Шта ће урадити и где ће отићи, ја не могу да им наредим. Али, да, спасиле су те. Треба да им будеш захвалан. Оне нису пси, као што већ рекох, и не дугују човеку никакву верност. Као ни уосталом”, он се лукаво зашкиљи у Стојана, „ни соколови и вукови”.

Стојан љутито узврати:

„Ти... ти знаш шта ми се догодило? Читаш ми мисли?”

„Ех дечаче, дечаче”, рече старац и одсутно поглади једну змију по глави. „Не треба ми никакво читање мисли. Осетим, у мирису који шириш око себе, у оном што ти лежи буквално исписано на лицу и у очима... Ти си попут отворене књиге.” Застао је да угаси цигарету, а затим одмах припали нову. „Соколови... птице уопштено, су нешто најближе божанском и анђеоском на земљи. Оне могу да осете кад стигне нешто... *туђинско*. Могу и да прелазе границе између светова, мада нерадо то чине, али у сваком случају могу да отерају и повреде туђина. Змије и вукови без проблема прелазе те границе. Они су хтонска, вишедимензионална створења.”

Запрепашћено је слушао старца. Један омањи шарган, жутокруг, спустио се с њега и кренуо према Стојановим ногама. Стојан се изви уназад. „Не померај се”, рече старац. „Неће ти ништа. Допадаш му се. Мало ће ти се вртети око ногу, ништа не брини.”

Стојан је осетио ледене трнце када му је змијско тело прешло преко ногу а онда се умирио када се змија недалеко од њега склупчала у трави. Изненада му је било доста свега, одговора у загонеткама, речи чије значење није схватао. Из њега је потекла права бујица речи. Испричао је старцу све, разлог свог доласка на планину, осећај неспокојства који је кренуо још на Камешници, ветар који је доносио крикове давно убијених из јаме Равни Долац, аветно сивило из рушевина Чапразлија, како је под сунцем испод јеле заспао на Пољаницама и пробудио се бачен двадесет и једну годину уназад усред страшне мећаве и ратног окршаја; и на крају, поновио је о догађају у минском пољу, које заправо није могло ту ни постојати?

„Баш си се намучио”, није могао одгонетнути да ли му се сулуди старац подсмехује. Мотрио је пажљиво на шаргана који му се поново мотао око ногу, док је старац настављао.

„И сада желиш од мене све одговоре, зар не? Желиш да те умирим рационалним објашњењима? Или се заправо део тебе нада управо чуду? Ја ти не могу дати такве одговоре. Немам их и не знам их. Можда си све само сањао. Можда планина сања — знаш оне теорије да и места памте догађаје, зашто не би то могле и планине? Могуће је да се нешто дешава управо после ратова. Отворе се неке рупе, подеру се ткања у простору и времену, а оно што је лоше у другим световима... другим димензијама...

осети наш бол, патњу, и нагрне кроз те рупе овамо. Као да га наша несрећа призива. Понекад зато... могу да пређу. Или да се њихова стварност прелије овамо.”

„Минско поље”, био је упоран Стојан. „Оно у коме сам био... када су ме змије отерале. То није било на Динари. Не на *овој* Динари. Како си знао? Како си знао да их пошаљеш тамо где треба, у неку другу... у нешто друго, не знам шта тачно, нешто што личи на Динару, граничи с њом, али Динара — није?”

„Не слушаш ме дечаче”, одговори старац, сада готово очинским тоном... „Само питаш и питаш, без краја и почетка, чујеш ме, али заправо ме ни не слушаш. Нисам их ја послао. Саме су отишле, и саме су се вратиле.”

„Зашто?”, питао је Стојан. „Зашто сам им ја важан?”

„Можда зато”, одговори старац, „што желе да пронађеш оно што тражиш”.

Небо изнад њих изненада се мало затамни, и Стојан зачу неко кликтање. Птице. Змије се узнемирише, али старац им се обрати на неком чудном језику, који је био налик песми фруле, и оне се умирише. Птице су одлазиле према северу, и Стојану се учини да их по крилима и начину лета познаје. Соколови.

„Онамо”, старац је показивао руком на сиво-плаву трапезасту масу на хоризонту, „оно је планина Уилица. То је посебна планина, мада неки говоре да је заправо најсевернији продужетак Динаре. Не веруј тим географима, мали. Тамо је један врх, према Лици, према Личкој Калдрми. Зове се Соколова греда. Ту ће се окупити... одатле их чека дуг пут. Можда не баш данас, ни за пет дана, ни за месец, али ускоро их чека. Осећам то у костима. Пут до мора.”

„До Јадрана?”, упита Стојан. Јадран заправо није био далеко, видео се са већине врхова Динаре, а најверватније се видео и са Уилице. Шта је то за тако хитру птицу?

„Не”, рече старац. „Даље. Доста даље. До једног другог мора. Из кога израња огромна камена гора, висока до облака. Та је гора много важна за цео свет. Тамо морају отићи. Имају нека посла. Тамо.”

Ништа што је говорио старац није имало смисла, помисли Стојан. Хтео је да га пита зашто соколови лете ка тој каменој гори, и где је то море, али израз на старчевом лицу јасно му је говорио да он више неће одговорити ни на једно питање. Одједном му се чинио онакав какав је заправо сигурно и био; мршав, исцрпљени планински чудак, стар и највероватније болестан од свих могућих болести, а не као некакав демонски чаробњак који прича са змијама неизговорљивим језиком.

Наступи нелагодна тишина. Једно време нико није проговарао, а онда старац први прекину тишину.

„Ако немаш више питања, ја бих да пођем. Стар сам и уморан, не могу се цео дан пржити на ’иљаду и осамсто метара висине. Ако хоћеш, можеш поћи са мном. На сат времена хода одавде имам једну колибу. Могу ти понудити смештај, имам и нешто хране. Није богзна шта, ни смештај ни храна, али ваљало би ти да се одмориш и преноћиш пре него што кренеш даље. Наравно, осим ако”, старчеве усне се раширише у шеретски осмех, „се не бојиш превише ових мојих дражесних пријатељица”.

Испрва је хтео да одбије. Уистину, да му је пре само неколико дана неко рекао да ће преноћити у кући пуној змија, грлено би му се насмејао у лице и рекао му да је луд. Планина га је заиста променила. Потребан ми је одмор и сан, помислио је. Да су хтеле да ме изуједају, могле су то учинити у минском пољу, у оној *другој стварности.* Могле су га стотинама пута изујести на Сињалу, да су хтеле. Знао је да им никако не би могао умаћи.

Ово је сулудо, помислио је. Али је пристао.

„Плашим се”, рекао је. „Али мислим да ми неће наудити.”

Старац се насмејао, готово радосно.

„Искрен одговор”, рече. „Коначно нешто мудро и од тебе, дечаче. Неће ти наудити, обећавам ти. Мој си гост, а моје госте оне не дирају.”

Пошли су низ планину, два човека, младић и старац, уз шарену, гмижућу пратњу.

Зачудо, спавање у тој трошној, склепаној колиби где је једина светлост била месечина и жутило свећа, донело му је безбрижне и мирне снове. Није му сметало ни присуство гмижућих тела у кући. Осећао се спокојно и сигурно, знао је да су змије сконцентрисане око старчевог кревета и да га неће дирати. Понекад би кроз сан начуо да им се старац обраћа, неким неразумљивим језиком, комбинацијом мрмљања, тихог звиждукања и речи чије значење није знао. Ако би и пожелеле да га узнемиравају, био је убеђен да би им старац наредио да то не чине; он је могао да осети шта оне желе. Не, наредио, помисли, старац би пре рекао *замолио их*.

Када се пробудио, сунчеве зраке су већ улазиле кроз прозор, а на столу га је чекао доручак — нешто хлеба, сланине и сира које је старац вероватно искамчио негде по селима. Змија није било у кући. Старац одговори на његово непостављено питање:

„Отишле су својим послом. Вратиће се касније.”

Стојан одједном осети необичну наклоност, можда и сажаљивост према овом лудом старцу. Морао је бити луд, помисли, јер само луд би живео сам у овој дивљини, окружен змијама и далеко од сваког човека и насеља. Па ипак тај луди старац отворио му је врата свог скромног дома, ниједна његова змија га није повредила, а време проведено с њим и код њега као да му је избрисало све ружно што му је планина приредила. Планина, или оно што је кроз рупе у стварности повремено капало на њу.

„Много ти хвала на свему", рече Стојан. „Заиста то мислим. Могу ли икако да ти се одужим?"

„Заправо, можеш", рече старац, „да урадиш то због чега си дошао. Да не буде све то ломатање узалуд."

„Кад бих само знао где да тражим", правдао се Стојан. „Колико год био неки вајни уметник, не могу да ухватим где је суштина, срж планине. Превелика је за мене. Огромна, готово вечна. Не могу никад сазнати где је њено срце."

„О да, можеш", рече старац. „Само имај на уму да је то срце различито за различите врсте. За орла је то срце можда на Бурњачи, тамо где се додирују морски и континентални ветрови. За дивокозу и сокола је на литицама Троглава. За срну је срце планине негде дубоко у шумама испод Троглава. За вука у овом бескрајном пространству од Пољаница до Бата. Ко зна где је срце за мрава, неку ситну бубу, куну, ласицу? За змијско срце где је не питај ме, то ти не смем рећи. А ти види где је срце планине повезано с људским срцем, и пронаћи ћеш своју скулптуру вечности, за којом трагаш."

Старац је поново говорио у загонеткама, а Стојан је по изразу лица већ знао да су даља запиткивања узалудна. Онда старац поново проговори:

„Јутрос док си спавао, спаковао сам ти ствари и опрему. Драго ми је да си био мој гост, не бих да испаднем неуљудан, али боље ће бити да сада кренеш. Оне ће се ускоро вратити, а не воле да се предуго ремети њихов мир. Једно вече и јутро сам могао да тражим за тебе, за више не бих да гарантујем, нити да те доводим у опасност."

„Наравно", рече Стојан. „Разумем. Хвала ти још једном на свему." Пружио је старцу руку и он је прихвати.

„Кад одеш доле у Грахово", рече старац, „припази на њих. Ако се затекну где не треба, склони их. Не убијај их осим ако заиста неког не угрозе. Не убијај их, ни њих, ни друге животиње."

„Нећу никог убијати, не брини", одговори Стојан. „Ни змије, ни друге животиње. Мада, не верујем да ћу се дуго задржавати у Грахову. Ускоро летим за Аустралију. Тамо ћу живети."

Старац се насмеши, и на његовом лицу Стојан прочита да ни најмање не верује у то да ће Стојан завршити у Аустралији. Подигао је руку у поздрав, узео ствари и кренуо низ падину. Када се окренуо, старца више није било. Већ је ушао у колибу.

Стојан је продужио према Босанском Грахову. Динара је већ постајала блажа, велики и високи врхови остајали су далеко на видику, а литице и камене површи прелазиле су у листопадне и четинарске шуме, травнате пољане и дубоке долине. Понекад би тек на шумовитом пропланку избила каква камена формација, стена необичног облика, али било је то далеко од величине највећих динарских колоса. На тим се стенама могло и седети, без опасности од пада у амбис.

Ум му је сада био потпуно ослобођен од ужаса, као да су старац и његове змије отерале сву таму. Више није ни био сигуран да је заправо и доживео ишта натприродно. Сигурно је умислио гласове из јаме; кривац је несумњиво био ветар. У Чапразлијама је био исцрпљен, мислио је, а рушевине су саме по себи језиве. На Пољаницама је све било само сан. Једино није успео пронаћи објашњење за стазу која му се отворила пред Сињалом, у којој је упао у минско поље, и како су змије дошле до стазе која није могла постојати и која сигурно није била на Динари. Овој Динари, дошапну му неки бестелесни, зли шапат, али он га брзо потисну из мисли. Наћи ће неко објашњење и за тај догађај, мислио је. Само је питање времена.

Док је тако мозгао, пролазили су сати и угледао је пред собом град свог детињства. Ипак, још није био спреман за сусрет с њим. Заобишао је град испод Градине, пресекао преко печеначких бара, и избио на цесту Босанско Грахово — Книн. Пред њим се отварао превој Дерала, ту је почињала, или завршавала, зависи како се гледа, Динара; спуштала се даље у Далмацију, а висоравни у Босни су се настављале у планину Уилицу — ону куда иду соколови, сећао се да је старац то помињао.

Избио је на један високи брег, и пред њим се поново указа Динара, у свој својој пуноћи и големости. Невероватно колико се далеко пружала, помислио је. Сунце, небо и шуме правили су чудне комбинације боја, „подлога" планине се чинила сива и плава, а капе на тој колосалној глави биле су назубљене беле, модре и сиве кречњачке стене.

Пејзаж је одисао безвременошћу, миленијумима, попут каквог џиновског прстена обавијао је Далмацију и Босну, Книнску Крајину, и свака људска величина пред тим призором била је бесмислена. Могао је, наравно, да потражи научна објашњења, геологију, географију, тектонске силе, издизање копна, праживотиње које су се таложиле милионима година на дну мора, а онда уздизале у големе кречњачке масиве, али какво год објашњење да пронађе, то није могло да умањи величанственост призора, нити његову безвредност пред њим.

А опет није био сигуран ни да је то у шта гледа центар. Нешто је недостајало, нека карика, још увек није знао шта. Уздахнуо је, осетио се некако чудно празним. Није било више смисла да наставља даље Динаром; знао је да је обишао готово све што је било значајно и монументално на планини.

Кад је већ био ту, свакако је желео да посети град свог детињства. Била је готово поноћ када је стигао у Босанско Грахово.

Главна градска улица била је пуста. Трагова живота готово да није било. Свега два-три светла видела су се из станова. Самим центром сада је доминирао злокобни „криж”, споменик подигнут онима који су запалили, похарали и готово потпуно уништили град. Само неколико метара од тог морбидног здања зјапио је изгорели и потпуно напуштени хотел „Сарајево”.

А преко пута крижа, мрачан и некако тужно замишљен, био је Дом културе.

Стојана спопаде туга док је гледао његове, сада празне или у још горем случају пуне смећа просторије; из њега је исијавала празнина и напуштеност толико да је готово болело. Покушао је да у сећања призове његова светла, оне бескрајно драге дане и ноћи које је ту проводио са својим друштвом. Без Дома, светло у граду је било угашено. Град је био мртав без њега. Али степенице су и даље биле ту. И зидић. Попео се на њега и готово да је могао осетити, намирисати прошлост. Готово да је осетио мирис Маријине косе, њено ишчекивање и радост, тихо куцање њеног узбуђеног срца...

Срца. Срца. Срца. Понављао је у бунилу. А онда коначно, схвати све. И оно што му је змијар говорио — да је срце планине различито за људе и за остале створове.

Сазнање га погоди као маљ. Сазнање да је срце планине, оно које је нераскидиво повезано са људским срцима, готово на умору. Погледа поново у злокобни криж. Забоди су мач у само срце планине, и не знајући, помисли гледајући напуштени и опљачкани Дом културе. Његово срце ипак је још увек било живо, још је тихо и споро куцало враћајући кроз свој крвоток право у људска срца успомене, још је пумпало своју крв кроз камене жиле које су текле испод земље до планине. Живота нема без срца, а сва људска динарска срца сливала су се управо овде, све животне радости, срећа, узбуђења, жеље, наде, снови, све се овде сливало, у ове просторије, на ове степенице, на овај зидић, све од Чапразлија до Дерала и даље, све до Стрмице и Книна, и одатле су овде долазили и волели, све што је лепо, добро и племенито никло испод планине, сливало се овде. Овде је био њихов храм живота и радости, ово је био динарски Хиландар, динарска Грачаница, Милешева, Света гора, ту су били похрањени сви њихови снови, и још увек су, упркос свему, били живи. Сад је схватао зашто је у планину продирала тама, крици, јецаји, патња; њено срце је овде издисало рањено, тешко рањено, њен контакт са људима и људи са њом више није био контакт срца и тела. Динара је сада за њих постајала страна маса, големо равнодушно тело; такви су били и они за њу. Духовна веза се губила. Остала је само појавна, површна веза, а светла су се убрзано гасила. Крвоток је слабио. Било је потребно хитно излечење.

Стојан Маљковић је знао шта му је чинити.

***

Две године касније, изложба вајарских радова Стојана Маљковића, Београд

„Јер као што видите”, говорио је теоретичар уметности, ситни, мршави човечуљак са крупним наочарима, „уметник је остао веран свом изразу, пре свега свом завичајном камену, који се оваплотио управо у масиву Динаре, која симболизује и сажима његова интересовања”.

Један пар га је помно слушао. Заправо, више жена, мушкарац не толико. Мушкарац је био крупан, густе, потпуно беле косе, изражајног лица, широких рамена и погледа који је говорио да је у питању човек навикао да наређује, управља, а гестикулације на његовом лицу говориле су да се досађује на изложби, да је ту највероватније на женин наговор.

Жена је била права лепотица. У касним тридесетим, расна, висока црнка, са водопадом од густе косе која јој се расула по раменима, блиставо црних очију, пленила је пажњу оно мало присутних много више него саме скулптуре. Некако је баш и ишла уз седокосог мушкарца.

„Израдио је скулптуре којима је покушао представити сву лепоту краса и кречњака, редом по највишим динарским врховима”, настављао је теоретичар. „Погледајте... Троглав, три камене кречњачке главе, Точила, импресивни бели врхови... Ево га Велики бат, сиви камени шиљак који издалека доминира хоризонтом... врхови изнад Дерала, прстенасти кругови Динаре...”

Седокоси мушкарац зевну, његова атрактивна драгана га прекорно погледа. Крај теоретичара је стајао и покровитељ изложбе, и деловао је прилично намрштено, помисли жена. Малобројна публика није обећавала неку финансијску добит, а чинило се и да водич кроз изложбу једва чека да отаља посао. Динара као да никога није интересовала. То јој пробуди љутњу. Мушкарац јој је дискретно шапутао да би могли већ да крену, али она запази једну камену скулптуру, издвојенију од осталих. „Сачекај моменат”, шапну му.

„Шта представља она скулптура?”, гласно је упитала и показала прстом.

„Ах”, рече теоретичар загледајући се у необичну скулптуру која је приказивала грађевину најсличнију некадашњим социјалистичким домовима културе. „Ова скулптура се зове Срце Динаре. Нисам... баш сигуран, морам признати, какве ово везе има са каменом и планином. Можда је аутор хтео метафорички да се изрази, можда она представља...”

Али жена га није даље слушала. Повукла је мушкарца за рукав и нешто му дуго, дуго говорила. За то време, огласио се и покровитељ:

„Драги гости, као што вероватно знате, аутор ових дивних скулптура није могао присуствовати изложби. Пре три дана његова супруга Бранка се породила, надам се да ћете имати разумевања зашто није хтео да се одвоји од ње ни за ову прилику. Стојан, иначе, ретко и напушта Босанско Грахово.” Он погледа према окупљенима. „Желим да знате да је реч о човеку који је одбио већ готову визу и авионску карту за Аустралију, да би се вратио у свој родни крај. Сав приход од изложбе ићи ће за обнову Дома културе „Гаврило Принцип” у Босанском Грахову. То је његова жеља.”

Добио је тихи аплауз, али гости су већ одмицали ка излазу. И теоретичар је изашао. Тада седокоси мушкарац позва покровитеља изложбе. Предаде му своју визиткарту.

„Назовите ме у понедељак”, рече му. „Моја фирма купиће сва дела господина Маљковића. За Срце Динаре платићемо дуплу цену. Јављаћете ми како ће тећи обнова тог дома. Нећу да се тај новац одлије у џепове било којих локалних политичара, него да се употреби за оно за шта је и намењен. Јасно?”

„Наравно, господине Драгутиновићу”, покровитељ изложбе је сијао од задовољства. „Велико нам је задовољство што ће ваша фирма бити купац Стојанових дела, а тиме и донатор обнове Дома. Обавештаваћемо вас о сваком кораку, не брините.”

Драгутиновић рече жени да морају да крену, чекају га неодложне обавезе, а и сви већ одлазе, време је. Она га пољуби.

„Хвала ти што ћеш помоћи”, рече му. „То ми много значи. Ја бих остала пар минута, још нешто да мало погледам. Вратићу се таксијем.”

„Важи љубави”, Драгутиновић је пољуби. „Видимо се кући.”

Када је остала сама у изложбеној просторији, Марија Драгутиновић, девојачко Иветић, родом из Пеуља подно Динаре, општина Босанско Грахово, супруга Горана Драгутиновића, власника једне од најмоћнијих српских грађевинских фирми, опчињено је посматрала скулптуру која као да је оживела и верно дочарала прошлост. Све је било ту пред њом, и Дом, и степенице, чак и зидић, онај зидић који је толико волела, и готово да је могла да га види, чује, скоро се насмејала кад се сетила како је горела од нестрпљења да је драги јој смотанко коначно загрли, а он је оклевао и оклевао... Како су то лепа времена била, то чекање, та слатка напетост.

„Надам се да си нашао своју срећу”, прошаптала је. „Обновићемо Дом. Обновићемо Срце Динаре. Обећавам ти то.”

Чувар који је испратио и закључао врата за њом, дивио се лепоти, елеганцији и духу те жене. Постојало је нешто магично у њој, није разумео шта, нека чудна снага, неко исконско здравље и лепота која је долазила од нечега што није могао да докучи шта је. Чудно се и понашала када је остала сама на изложби. Размишљао је касније, да ли да исприча жени или неком пријатељу шта је видео, али онда је одбацио ту мисао. Та дивна жена није заслуживала да се око ње испредају трачеви, и шта њега уосталом и брига зашто је то урадила?

А пољубила је скулптуру, која је ваљда представљала неки Дом културе, колико се сећао. Прво је нежно додирнула прстима, а онда је полако спустила усне на нешто што је несумњиво представљало зид на скулптури. Онда је пољубила и степенице... На крају је и загрлила скулптуру, загрлила, буквално! У једном тренутку се препао да ће оштетити скулптуру, размишљао је да ли да интервенише и опомене је, али се онда жена смирила.

Још једном је помиловала скулптуру, а онда је журним кораком кренула ка излазу.

Неколико дана касније, чувар је већ и заборавио читав догађај. Као што то обично и бива, протоком времена више није био сигуран шта је тачно видео, и да ли је уопште и видео. На крају, није било ни важно. После неког времена, у сећању му је остало само име необичне скулптуре.

Срце Динаре.

1. јануар 1796. Данас — мој први дан на светионику — уносим запис у свој дневник, како сам се сагласио са Де Гратом. Онолико колико могу водити записе, ја ћу — али не могу рећи шта се може десити човеку усамљеном као што сам ја — могу се разболети, или још горе... Али манимо то. Кутер је једва прошао — али зашто се бавити тиме, јер овде сам, сасвим безбедан? Дух почиње да ми оживљава и постоје само мисли о постојању — јер коначно сам у свом животу — сасвим сам: јер, наравно, Нептун, колико да је велики, не може се сматрати као „друштво". Могу ли се на небесима икада наћи у „друштву" бар упола тако верним као што је овај сироти пас: — у таквом случају ја и „друштво" се можда никада нећемо растати — чак ни после пуно година... Оно што ме највише изненађује је тешкоћа коју је имао Де Грат да ме доведе у службу — а ја сам племените нарави! Један човек је боравио овде до сада — и радио је сасвим добро као (страна 2) тројица која би се обично послала. Обавезе су скоро никакве. А штампана упутства су колико-толико јасна. Никако није требало допустити да ме прати Орндорф. Никада нисам носио своју бележницу са собом док је он у мојој близини, уз његово неподношљиво брбљање — да не спомињем бескрајну морску пену. Коначно, желим бити сам... Чудно је да нисам приметио, до сада, како је ужасан звук те речи — „сам"! Напола могу замислити да у њој има неке посебности у одјеку ових цилиндричних зидова — али, ох, не! — то су све глупости. Верујем да сам нервозан због самоће. Никада нисам био такав. Нисам заборавио пророчанство Де Грата. Сада се вучем ка фењеру да добро погледам наоколо „да видим шта се може”... Да видим оно што се заиста види! — не пуно тога. Дување ветра је мало опало, мислим, али ће китер без обзира на то наћи пут до куће, уз тешкоће. Једва да ће га видети на северу пре сутра у подне — а удаљеност је тек 190 или 200 миља.

2. јануар. Провео сам дан у некој врсти екстазе коју мислим (страна 3) да је немогуће описати. Моја страст за самоћом једва да је поштено награђена. Не бих могао рећи задовољена; јер верујем да се никада не могу заситити задовољством које сам осетио данас... ветар је дувао цео дан и до поподнева море је дословно било материјализовано... не види се ништа, чак ни телескопом, осим океана и неба и повремено галебови.

3. јануар. Мртва тишина цео дан. Пред вече, море највише личи на стакло. Види се неко морско растиње, али осим њега апсолутно ништа цео дан — чак ни најмањи траг облака... занимам се истраживањем светионика... врло је простран — колико сам приметио приликом пењања бескрајним степеницама — могло би се рећи више од 160 стопа. Од нивоа воде до врха фењера. Ипак, од дна унутрашњости куле даљина је бар 180 стопа — јер под је 20 стопа испод површине мора, чак и при најнижој плими... Изгледа ми да је унутрашњост на дну изграђена солидном зидаријом. Без сумње се тако сматрало пуно сигурније: — али мислим се, зашто? Структура, налик овој је безбедна у свим околностима. Ја се осећам безбедно (страна 4) у њој и у најжешћим ураганима који бесне — чак сам чуо од неких морнара да причају, да ветар са југозапада, зна подићи море овде више него било где изузев у Западном пролазу Магелановог

мореуза. Само море, мислим, не може учинити било шта са овим армираним зидовима — који су, 50 стопа изнад највише водене ознаке, дебели четири стопе, можда неки инч више... Основа на којој се налази грађевина личи ми на кречњак...

4. јануар — Нема трагова живота у унутрашњости светионика, ако не рачунам трагове измета глодара и птица (истргнуто). Сâм сам и осећам да ће ускоро доћи тренутак, да ослободим из себе силину која ме притиска. Море ми пева, циновски црни таласи и олујни облаци зову ме да се предам страсти која гори у мени. Је ли Де Грат знао? Је ли наслутио да је овде најтања опна између светова, и да ћу је (страна 7, прецртано) истргати и покидати својим зубима? Плачем и кричим, опонашам зов галебова, али ништа ми не долази у сусрет. Осуђен сам изгледа да овде сам, у мрклој океанској ноћи, скончам. Нема ничега на видику, ни брода, ни чамца. Ни утопљеника да их таласи избаце на обалу.

10. јануар — За непуних недељу дана, потрошио сам залихе. Писао сам махнито и махнито, да заборавим и утажим глад, али неке странице нећете наћи! Нико их неће наћи. Намерно сам понешто (стране 4-8) истргнуо, прецртао, сакрио. Рецинела, чујеш ли ме? Теби певам, о најлепша од свих мрачних сирена! Чујеш ли ме кроз светове? Оно што сам учинио није злочин (страна 7, прецртано), већ највећи доказ љубави. Богови знају да је тако. Таласи ударају све јаче у обалу. Дрхтим. Гладан сам. Уморан сам. Старо пашче цвили поред мене. Заједно гледамо у звезде. Заједно завијамо и режимо. Молимо Нептуна за милост.

15. јануар — Морем већ данима бесни (страница 9, исцртано) ужасна олуја. Чујем из ње гласове који ме дозивају. Чујем Рецинелин смех, који се претвара у врисак. Чујем и Де Грата. Он није с овог света (страница 8, истргнуто), он је нека веза између... а чујем и тебе, чујем те кроз овај зид од воде и ветра, препознајем

ти глас, тако сличан мом, јер ти и јеси ја, а ја јесам ти... не разумеш (страна 9, изгребано) — разумећеш, веруј ми... ја сам све оно чега се грозиш и шта желиш бити.

17. јануар — Размишљао сам да закољем пса, али не бих могао да га поједем. Чини ми се да бих онда престао да постојим. И овако сам несталан, нестајем и рађам се попут морске пене. Знам да постојиш, и желим да ме чујеш. Одаћу ти једну тајну (страница 9, поцепано), ускоро...

21. јануар — Већ кад сам изгубио сваку наду, стигао је мали рибарски брод. Брзо сам отрчао да им осветлим пут. Драги Боже, како ли су уопште преживели ову олују! Тако сам био срећан. Да коначно попричам с неким, да поразговарам са људским бићем... А Орндорф? Шта се десило с њим? Страна 6-8 (детаљно описано, све прецртано густим, тешким мастилом)... зашто не могу да се сетим? Можда је пао са врха куле светионика? Рибари су стигли. Срдачно их поздрављам. Тројица их је. Двојица млада, високи, стамени, риђи Ирци. Трећи је био већ времешних година... згадих се, шта с њим... можда псу? (страна 9). Понудих им вино, једино што сачувах од залиха. Видно се обрадоваше. Имали су и нешто уловљене рибе са собом, обедовасмо, нисам пуно појео. Чувао сам се (нејасно) за главни десерт.

22. јануар — Поспали су тек изјутра, вражији морнарски синови. Под светлом месеца и Нептуна, испунио сам своју сврху. Измаглице нестаде, несталности нестаде, поново сам био свој (страна 10, изгубљено?), мојим жилама текла је снажна и здрава крв. Глад је престала, душа је била сита, као и тело. Обезбедио сам себи хране (нејасно) за минимум месец дана. Младци су врло укусни, јаких мишица, снажне и здраве коже, деца мора, деца ветра, најбољи могући обед за трпезу. Старог сам дао псу. Превише воња, смрди на јефтине брље, лучке курве и дуван... не

могу (избрисано) с њим, али пас се неће бунити. Видео сам му у очима захвалност.

25. јануар — Не могу да се сетим шта сам урадио са Орндорфом. Можда сам га ипак појео. Можда. Нећу ти рећи. Али ти већ знаш, зар не? Знаш сваку моју мисао и сваку моју глад. Но (страна 23, истргнуто), једно ипак не знаш. Али рећи ћу ти. Рећи ћу ти пре него што коначно одем! Буди сигуран.

27. јануар — Олуја је коначно престала. Осећам да (нејасно) долази. Пас је узбуђен, једнако као и ја. Блештава светлост игра око светионика, њени зраци прже сваку од његових 180 стопа, и ја осећам (зашто?) да сам близу испуњења своје сврхе. Глад је престала, чекају нови (непознато?) светови... Де Грат има кључ... кључ за светове. Све док слушам, све док једем, пребациваће ме, и ја сад — долазим. Бојиш ли се? Дрхтиш ли?

Или једва чекаш да се сретнемо?

30. јануар — Плима је повољна. Месец је (неке астрономске ознаке), где треба да буде, Нептун ме води изнад утихлог океана, а Светионик блешти, блешти последњим јарким светлом, док на крају не остане на хоризонту усамљен као искра, док (непознато) не потонем у таму, удахнем воду, испружим руке да додирнем небо, али неба изнад мене више нема, нема, нема, и сад ми остаје само да кроз Тритонове дворе прођем у неки други свет, али пре него што коначно нестанем, упамти и прочитај ово:

На самом дну светионичке куле, ковчег је у који сам оставио оно што те занима. Страницу из дневника за 29. јануар. Када се вода повуче, моћи ћеш да је (нејасно, нечитљиво) преузмеш.

Збогом, ја.

***

4. фебруар — „Шта мислите, инспекторе Волас?", проговори полицијски службеник. „У животу нисам прочитао ништа луђе. Ипак, остаци људи несумњиво постоје у светионику. Он јесте појео оне рибаре."

„Можда је то ипак био пас", промрмља Волас. Нашли су то сирото старо псето како се гости људским остацима, и нашли су те лудачке дневнике, али оно што инспектор није рекао сарадницима, а што га је гризло, нагризало му разум...

Ово није могуће, помисли Волас. Ово је нека грозоморна, чудесна ноћна мора. Било је готово немогуће да је тако савршено, без грешке, до танчина, непознати канибал имитирао његов рукопис. Скоро немогуће, помисли Волас. Ипак, као човек од науке, од хладне аналитике, чињеница и рација, увек је тражио разумно објашњење. Скоро да је одахнуо, и сам себи честитао, када је схватио да објашњење ипак постоји. Можда је убица некада, негде, дошао у посед неке његове писане изјаве. Вешт фалсификатор би могао да верно скине нечији рукопис, и са малог узорка. Да, сигурно је то, помисли. Шта би друго могло бити?

„Иди кући, Робе", рече помоћнику. „Доста си радио за данас. Ја ћу још мало остати." Након што се поздравио с Робом, напунио је лулу дуваном и испружио ноге на сто. Нервоза није нестала. Покушавао је да се смири. Чак и да открију сличност, не сличност, ИСТОВЕТНОСТ са његовим рукописом, нико не би могао низашта да га осуди. Ово је сулудо, помисли. Месецима је већ у Лондону, радио је на другим случајевима, десетине полицајаца виђале су га сваки дан. Није могао да (он нали мало вискија) истовремено недељама буде у Лондону и на стотинама километара удаљеном светионику. Тргнуо је пиће. Можда се некада замерио том криминалцу, том лудаку који једе људско месо. Замерио се многима у својој каријери. Не би тај био први који би желео да му се за нешто освети. Могао је да објасни рукопис, и све друго, али како је могао знати за...

Рецинелу?

Нико није знао за Рецинелу. Ни његова породица, пријатељи, сарадници. Била је његова слатка, грешна и страшна тајна из младости. Упознао ју је на лучким доковима, док је још био млад и (релативно) безначајан полицајац. Била је млада и прелепа. Заљубио се у њу, иако је била продавачица љубави. Виђали су се у тајности, годинама. Добро је пазио. Био је сигуран. Када је напредовао у друштвеном статусу, понудио јој је своју руку. Био је сигуран да ће пристати. Неко са дна друштва морао би бити пресрећан што му је он понудио пажњу. Још му је у ушима звонио њен смех. Њен подругљиви смех. Ругала му се. Назвала га подругљивим именом, које њена сорта користи за службенике закона. Волас с напором склопи очи, да не призива ту слику у сећање. Али дошла је. Сећао се како јој је замро смех на уснама, а кикот нагло престао, када јој је дебели, оштри нож сјурио прво у стомак, потом право у срце. Тако окрвављену, гурнуо је у канал. Никада је нису пронашли. Никада. Вероватно су њене остатке појеле рибе, ситне зверчице, можда и скитнице.

Како је онда скот могао да зна за Рецинелу? Можда је била нека друга, истог имена? Не... (рукопис, Рецинела) превише је то случајности, превише. Попио је још вискија. Глава му се клатила, клатила, клатила, дошли су снови, у сновима је...

Ходио светиоником.

Мртва тишина цео дан. Предвече море највише личи на стакло. Види се неко морско растиње, али осим њега апсолутно ништа цео дан — чак ни најмањи траг облака... занимам се истраживањем светионика... врло је простран — колико сам приметио приликом пењања бескрајним степеницама — могло би се рећи више од 160 стопа. Од нивоа воде до врха фењера. Ипак, од дна унутрашњости куле даљина је бар 180 стопа — јер под је 20 стопа испод површине мора, чак и при најнижој плими... Изгледа ми да је унутрашњост на дну изграђена солидном зидаријом. Без сумње се тако сматрало пуно сигурније: — али мислим се, зашто? Структура, налик овој је безбедна у свим околностима. Ја се осећам безбедно (страна 4) у њој и у најжешћим ураганима који бесне — чак сам чуо од неких морнара да причају, да ветар са југозапада, зна подићи море овде више него било где изузев у Западном пролазу Магелановог мореуза. Само море, мислим, не може учинити било шта са овим армираним зидовима — који су, 50 стопа изнад највише водене ознаке, дебели четири стопе, можда неки инч више... Основа на којој се налази грађевина личи ми на кречњак...

Пробудио се вриштећи. Чије то мисли му долазе у сан? Чијим то језиком говори? Чијом то руком пише? Страница из дневника... зашто... како зна напамет њен садржај? Рука му полете у џеп, извуче из њега згужвани папир који је цео дан држао непогледан, готово је заборавио на њега, прочита својим рукописом написано 29. јануар, и онда последњи пут крикну, ужасно, стравично, хитајући у таму, и док му се вода пела до грла, а светионик осветљавао стравичну ноћ која се надносила над њим, стиже да прочита речи са странице:

„ПОЈЕО сам је, знаш. Појео сам љубљену Реџинелу. Гостио сам се њеним младим месом, њеним гипким удовима, њеним сочним облинама. Нису је изјеле скитнице, ја сам/ти си је појео. Ја сада долазим. Ти долазиш. Јер ја сам ти, ти си Де Грат, чаробњак, мноштво, Један, Легија, Анђео Смрти, Белзебуб, Црв вечности.”

***

На напуштени светионик пристигао је усамљени рибарски бродић. Изгледало је да на светионику одавно никог није било. Рибари су знали да је на злом гласу. Наводно се ту догодило људождерство. Нису марили. Било их је шесторица, снажних и одлучних. Требао им је одмор, предах, заштита камених зидова. Сан их је на крају, уморне и исцрпљене, ипак савладао, али поставили су два стражара. Стражари су били будни и марљиви, нису куњали, нису зевали у помрчину и звезде, помно су претраживали очима сваки кутак просторије.

Али чак ни они нису успели да опазе сеновито, а гладно присуство које им се нечујно приближавало бескрајним степеницама.

Како је пут одмицао, како су се све више приближавали свом одредишту, Срђану се сама идеја све мање допадала. Кришом је погледавао у Војкана и његово прерано остарело, алкохолом и недаћама измучено лице, није му уливало спокој и поверење.

Добро, не може грешити душу, често му је Војкан био од користи, умео је да ископа сулуде и занимљиве приче из најзабитијих кутака Босне, коју је Војкан, мислио је, заиста прешао целу, буквално сваки метар исте, а које су му доносиле добре репортаже и чланке и још бољи конто на рачуну. Успевао је да обрлати локалце који би их пуштали у средиште мистерије и говорили им и шта знају и шта не знају. Ипак, то је све, чинило му се, било прилично давно. Ствари су почеле да се понављају. Грмечке и мањачке кориде, Међугорје, пирамиде и ванземаљци у Високом, Титини подземни бункери у Коњицу и Жељавама, дрекавци, вукодлаци и вампири, аветињско војно постројење на врх Клековаче, све су то већ прошли хиљаду пута. Никог то више није занимало. Војкан је све више пио, губио је везе и контакте, а Срђану се, уколико ускоро не пронађу истински добру причу, смешило прекомандовање у таблоид у коме се списак мистерија завршавао тиме са ким је познати певач преварио жену, и да ли је актуелна старлета уградила нове силиконе, и у који део тела.

„Имам праву причу за тебе”, уверавао га је Војкан. „Само још овај пут, пођи са мном, молим те. Ако се ништа не деси, отерај ме заувек у материну. Али, Срђане...”, глас му је подрхтавао, очи грозничаво сијале, од узбуђења за које је Срђан мислио да сасвим сигурно није од пића, „овако нешто никад ниси видео. Такав крај. Још је јужније од Дрвара, неких тридесетак километара. Веруј ми. Нећеш се покајати.”

Ни сам није знао зашто је пристао. Ни на пут, ни да искешира поприличну суму за тамо неког бика. Опет је погледао сумњичаво Војкана. Ваљда ме неће увалити у неку глупост, попут оних досадних корида, помисли.

Али пејзаж није наговештавао никакву могућност одржавања кориде.

Када су прошли Дрвар, ушли у подручје општине Босанско Грахово, прошли села Ресановце и нешто живље Пећи, наступила је необична и готово потпуна тишина.

На том путу једноставно — није било ничега. Никога.

Било је кућа поред пута, и обновљених и рушевних из последњег рата, али није било људи. Није било аутомобила који би пролазили поред њих, долазили им у сусрет. Нису се чуле ни птице, ни друге животиње. Средином тог пејзажа пружало се поље обрубљено бреговима и брдима, а са обе стране дизале су се високе планине, камене, ћутљиве, далеке. Срђан се стресе, осети неку језу.

Ушли су у град, десно од њих чекао их је мотел, али они продужише лево, према свом одредишту. Селу нимало мистичног имена, помисли Срђан.

Корита. Коме је пало на памет тако површно и безначајно име?

Питао је Војкана, како је село добило име. Војкан слегну раменима.

„Откуд знам?”, рече. „Ово је крашки крај. Има доста увала, вртача. Неке можда имају облик корита. Можда по томе.”

Нешто, међутим, у Војкановом погледу, говорило му је да он зна више него што говори. Али пошто није изгледао спреман да каже нешто више, Срђан није инсистирао.

Село је било мало, тек покоја обновљена кућа. Пејзаж огроман, широк. Ливаде, кршеви, брегови, осећај бескрајног, самотног, изгубљеног простора. Хоризонтом су доминирале две планине. Иза њих, дугачка и ћудљива, дивља и кршна, уздизала се Динара, граница између држава, регија, светова и цивилизација.

Испред њих дизао се Јадовник. Готово потпуно без вегетације, с понеким кржљавим растињем и шумама тек под највишим врховима, изгорео од бројних пожара, дизала се сива, безвремена, каменомодра маса вечности изнад мора заталасане траве. Врхове су му чиниле групе необичних камених громада, поређаних једна за другом у готово архитектонски правилним размацима.

„Одозго”, показа Војкан руком на чудне врхове Јадовника. „Одозго ће доћи.”

Срђан се поново стресе.

У близини је било и православних и католичких цркава, али Срђан је јасно осећао да то нема више никаквог значаја на овом месту. У животу није упознао овако пуст, самотан и од свих потпуно заборављени крај. Овде свеци, попови и фратри нису значили ништа. Овом тишином и овим каменом владали су другачији богови.

Ћутљиви домаћин је без речи узео новац, извео крупног, јаког бика, довео га у пространу увалу, где га је и припео. Срђану није промакло да је бику нешто намакнуто на очи. Домаћин се вратио у кућу, и када су га поново угледали, носио је са собом тешку мацолу.

Иако је одјекнуо само један, туп и снажан ударац, и бик готово безгласно пао, Срђан се ипак исповраћао у траву.

„Добио си шта си хтео”, домаћин по први пут проговори, гледајући у Срђана љутито и узнемирено. „Сад можеш да снимаш. Са мном сте завршили посао. Кад обавите шта имате, одлазите.”

Срђан прогунђа нешто себи у браду, али гледајући снажне сељачке руке како држе крваву мацолу, одустаде од псовке коју је хтео изговорити.

Чекали су сатима, сунце је већ било у зениту снаге, и Срђан помисли да је све узалуд, никад на луђе путовање није пошао, у ово тескобно, туробно, празно и од живота чинило се, заувек одузето место. Окрену се према Војкану, да му каже да батали новац, договор, да пале одавде, јер ништа се неће догодити, а онда...

Засијаше светла.

Један за другим, на сваком врху Јадовника појављивао се круг светла, блештава мала сунца која су се дотицала, расла, играла неку величанствену, људском уму несхватљиву игру.

Срђан је био ван себе од узбуђења. Са оваквим фотографијама, мислио је, постаће најјачи медијски магнат не у држави, него у региону.

Шкљоцао је и шкљоцао, док су светла расла и расла, постајући право сунце, огромно, чисто и блиставо, које је заклонило и Јадовник и Динару, читаво пространство, и које је своју дугу, златну, светлосну руку пружило ка жртвованом бику.

Руку, схвати Срђан, помисливши да халуцинира Сунце је... пружило руку?

Али вид га није преварио. Пред њим, изнад њега, око њега, свуда, стајао је џин, сав од блиставог злата, косе су му биле течни праменови светлости, очи ужарене пећнице, руке огромни светлосни зраци, а телом су му јуриле сунчеве олује и протуберанце.

Срђан врисну кад та моћна рука нагло заокрену, и уместо бика дохвати његово сићушно тело, спрживши га у секунди, истопивши га температуром од неколико милиона степени.

Пре него што му је мозак потпуно испарио из главе, пре него што му је ум потонуо у ужарену пећницу светлости, учинило му се да чује Војканов глас, наједном диваљ, махнит:

„Глупи мајмуне, знаш ли сада зашто се зову Корита? Поздрави правог Бога, поздрави истинског Бога светлости и сунца! Поздрави Кора!"

***

Војкан без речи уђе у кућу, дограби са стола чашицу љуте и истресе је у себе.

Домаћин га погледа. Опрао је руке, више нису биле крваве. Војкан помисли да је сигурно и мацола већ била чиста. Домаћин је био темељан и уредан. Пружио је половину пара Војкану.

„Жао ми је бика", проговори Војкан после дуге тишине. „Али другачије га нисам могао довести. Иако је порицао, увек је падао на приче о жртвовању животиња."

„Њега ти није жао?", човек подиже обрву. „Зар нисте били пријатељи?"

„Пријатељи?", Војкан се насмеја. „С тим пацовом? Немој да ме зезаш. Тај је живео од наших несрећа и сиротиње, још од рата. За њега смо били само дивљаци из резервата, о којима је снимао филмове који су му доносили зараду." Поново се насмеја. „Више није режисер. Сада је добио главну улогу. Видео је како је и с друге стране камере, како је бол стварна и сурова."

Домаћин се насмеши. Тргнули су по још једну љуту.

„Шта ћеш с колима?", упита га Војкан.

„Искористићу неке делове", рече човек. „Осталог ћу се решити вечерас. Има овде пећина и понора у које се и веће ствари могу сместити."

„Али неко ће видети", побуни се Војкан. „Питаће се где су нестала кола од посетилаца. А нису их видели да одлазе."

Човек се по први пут гласно, грлено, насмеја. „Видеће?", упита. Руком показа кроз прозор, на огромна, пуста пространства, дивље планине и море траве и камења. „Ко? Орлови? Поскоци?"

„Да, у праву си", рече Војкан. Устаде да крене.

„Остаћеш?", упита домаћин.

„Не, преноћићу у граду, у мотелу", одговори Војкан. „Сутра идем за Бањалуку."

„Да те одбацим до града?", понуди се човек.

„Не, хвала", одговори Војкан. „Није толико далеко. Полако ћу, ногу за ногом. Треба ми мало да будем сам."

Човек климну главом, већ незаинтересован, окрене се од Војкана, посвети се неком свом, само њему знаном послу. Војкан махну руком у знак поздрава и изађе.

Стајао је поред увале, посматрајући беживотно биковско тело на које су се већ скупљале муве и ситне зверчице. Осећао је смрад лешине, али није му сметао. Нешто друго је заокупљало његову пажњу.

На врховима Јадовника сићушна светла су се полако гасила, као и сунце које је замицало иза неба. Војкан помисли да та светла сада тону у починак. Он се осмехну; да, свакако, након укусне вечере следи им заслужен одмор.

Том дрипцу сам заправо учинио услугу, помисли Војкан. Услугу коју његов ситни, малограђански ум није био ни свестан. Част коју је вредело доживети, и по цену да жив изгори.

Теби се молим, моћни Коре, промрмља тихо Војкан. Када будем умирао, да ми учиниш такву част. Да ме не затрпају у сандук, у хлад земље, да ми не распу пепео по реци. Желим да умрем окупан у светлости сунца, да последње што моје очи виде буде блиставо, течно злато светлости, а не тама и мрак. Учини ми то, Коре, јер знаш да те никад нисам напустио, заклео сам се њиховом Богу само да не бих изазивао сумњу, али не припадам њима, не вуку ме цркве и катедрале, мој олтар је камен, планина, сунце и небо, а мој једини Бог је Огањ. Мој једини Бог си ти, Коре.

Са врха Јадовника згасну сунце, нестадоше и светла, али као да се зачу тихо, мрмољеће зујање пре него што утонуше иза каменитих врхова. Војкан то зујање схвати као одобравање, поклони се још једном и полако, срећан, запути се према граду и мотелу.

О, то дивно јерменско небо. Ту реченицу је Павел најчешће изговарао када би долазио у ову магичну земљу.

Са осмехом је изговорио и сада, док су крвници стајали изнад њега, са сабљама у рукама.

А уистину је било дивно, то јерменско небо. Заљубио се у њега први пут када га је угледао. Божански дубоке, чисте боје, без загађености и сивила, мирисало је на зиму, на хладноћу, на висину и на здравље. На планину. Та света планина видела се добро из сваког кутка престонице. Њене две високе, купасте, вулканске беле главе доминирале су хоризонтом. Арарат, Мајка свих планина и Мајка света, место где је Ноје спасао свет. И знао је први пут када ју је угледао, да између планине и неба постоји нераскидива веза. Планина је бојила небо дахом божанског, а небо се спајало са планином у природној симбиози. Право из ничега, из области која је личила на изгубљену месечеву долину, Арарат се дизао више од пет хиљада метара изнад нивоа мора. Ништа није могло описати ту лепоту, и први пут када је видео планину, Павелу је било јасно да се смртно заљубио у њу, била му је јасна снага повезаности Јермена и њихове планине, њихова решеност да Арарат бране и по цену својих живота. А потреба да се та цена плати врло брзо је стигла.

Четврти калифат је бујао, растао, ширио се и нападао попут безумне епидемије, у крвавим таласима. За кратко време, трупе

Калифата који се зачео на територији некадашње Турске освојиле су знатан део Сирије, Јордана, Египта, Либана, Либије, фактички су завладале Азербејџаном, Туркменистаном, Киргизијом и деловима Казахстана, а бројне провинције Авганистана и Ирака постале су практично протекторат Калифата. У време другог доласка Павела у Јерменију, Калифат је успешно продирао у Европу, користећи неслогу и старе размирице европских народа и држава. Заузео је бројна острва и рубне делове Грчке и Бугарске, Малту, делове западне Македоније и Албанију. Уследили су жестоки сукоби на Косову и Метохији, где су српске снаге уз помоћ руских и грчких (помоћ из остатка Европе је као и обично, изостала) успеле да зауставе даљи продор. Након заустављања напредовања на Балкану, очи Калифата поново су се окренуле ка истоку, њиховој старој и вечитој мети — Јерменији.

Калиф Ердоган IV је издао наредбу да по сваку цену морају поново освојити Арарат, кога су Јермени успели да поврате у једном сулудом и величанственом јуришу 2136. године, и да га задрже, држећи чврсто и непоколебљиво уски коридор који је повезивао територију Јерменије са планином. Одбрамбено квантно поље које су те године поставили руски специјалци, успешно је одолевало свим нападима пуних пет година, али је Калиф решио да томе мора доћи крај.

Павел није успевао да објасни ни својој породици, ни пријатељима, познаницима и научним сарадницима, шта је то толико заволео у тој малој, и чинило се, од свих заборављеној земљи. Све што би им рекао, звучало би испразно: срдачни и добри људи, традиција, историја, култура, осећај правде. Све је то и било тако, али није било главни разлог због чега би студент генерације који је поред матерњег течно говорио и словачки, руски, пољски, српски, енглески и немачки језик, а добро се служио италијанским, грчким, француским и шпанским, напустио родни Праг и отишао на авантуру пут далеких гудура Кавказа.

Заволео је небо, заволео је Арарат, заволео је Јерменију, јер је победила време. Овде време није текло уобичајено, онако како протиче на Западу. Овде се живела прошлост, иако се пуним плућима дисало и у садашњости. Није се страховало пред будућношћу, јер су је живели истовремено са друга два временска тока. Арарат је заробио време, преокренуо га на свој начин, замрзнуо га у вечности у овој древној библијској земљи, земљи на граници Евроазије, на граници севера и југа, истока и запада, хришћанства и ислама, неба и земље, древног и модерног, овде је све стало а опет све тече и буја, и једног дана, знао је, овде ће се поново појавити неки нови Ноје, да најави нови почетак, нову зору човечанства. Матица времена која је овуда текла, текла је потпуно ван главног временског тока западне цивилизације. И управо то га је и привукло, то је снажно заволео.

О томе је мислио и када је трећи пут дошао у Јерменију, и док је с положаја у подножју Арарата посматрао безбројне црне хорде Калифата, које су надирале све од далеког југа, Газиантепа и Сирије, ројећи се у бескрајном мноштву. Није осећао страх, ни тада, а ни сада. Као ни његови другови из Интернационалне бригаде. Било је ту Руса, пре свих, Грка, Срба, Сиријаца, чак и нешто добровољаца из Ирана којег је такође све више притискала и гушила снага калифата. Понешто је било и припадника других народа, а Павел колико је знао, био је једини Чех у јединици.

„Да ли је то скуп интереса некорисних људи, или нешто вредно робије? Говориш ми о идеји, патриотизму генерације”, певушио је песму коју је чуо још у детињству, док је посматрао надируће хорде. Следећег тренутка је и небо потамнело, посивело од безброј сићушних, падајућих пахуља које су све заједно твориле густу, пихтијасту масу која је прекрила сунце и небо. Павел је знао да то нису пахуље, већ нано и квантни дронови који су немилосрдно лоцирали њихове положаје, шаљући у наносекунди снимке освајачима. Уништавали су их на милионе, али неки би се увек провукао и успевао да пошаље снимак. Снимци су ишли директно у полуљудски, полумашински мозак Пробијача. Пробијачи су нападали тренутно, користећи сваку рупу у одбрани да промене елементарне честице квантног поља и убаце властите, које би попут вируса продрле у здраво ткиво и покидале време-простор ткање квантног поља. Павел је осећао да напад никад пре није био тако снажан, толико силовит. Његови другови падали су један за другим. Грк Теодоракис, Рус Алексеј, Србин Милош, људи са којима је делио добро и зло годинама. Црна и сива сенка наднеле су се над Арарат. Павел је преузео положај на централној конзоли, и то је била једина нит која је још одржавала поље у животу.

„Ох, Павел, неман је пред вратима”, певао је пркосно, али херојство више није помагало. Већ је могао да чује тријумфалне крике освајача. Калиф Ердоган IV је лично предводио војску, желећи за себе да приграби славу онога који је повратио Арарат. Пробијачи су искидали поље на фронцле, дронови су уништени, попадали и испарили, али обавили су своју функцију у корист нападача, знао је да је само питање времена када ће хорда провалити и покидати коридор, али барем на тренутак, Арарат се поново указао, величанствен и бео, вечан, непроменљив.

Прошли су сати. Када је поново подигао поглед ка небу, схватио је да је већ пала ноћ, а изнад њега су блистале безбројне звезде, изнад Арарата звездани ројеви и јата били су надохват руке, вечност, божанско, ту је миловало земљу својом бескрајном руком и Павел се наједном осетио снажан, вечно млад, осетио се као човек коме време не може ништа, као што није могло ни древној Јерменији, и схватио је оно што је и пре знао, и наслућивао у дубинама срца и душе, да вечно и древно не може бити поражено, никада, и да је људско зло заправо немоћно и бесмислено, да је то зло неважни, пузајући црв потпуно безначајан и сићушан пред звезданим небом Арарата.

Павел крикну са изразом одушевљења, у тренутку када хорде тријумфално провалише кроз коридор, кидајући остатке квантног поља, те повуче скривену, уграђену сигурносну ручицу, последње чудо руске квантне технологије, ту последњу препреку пред освајачима. Повуче је, а онда стиже осећај љуљања, успаваности, губљења фокуса, боје и ликови су се удаљавали, онако као када падне шећер, а онда се све разбистрило, свет је постао јасан, Арарат је и даље био ту, само што небо није било истачкано густим звездама, већ је поново било плаво и ведро. Око њега су стајали збуњени војници Калифата, сам Калиф га је гледао избезумљено, не схватајући где су нестале његове ракетне јединице и квантни Пробијачи, и откуд његови војници са тим смешним одорама на себи и са сабљама у рукама?

А Павел погледа на свој квантни сат, али знао је и без гледања, да више није 2141. година, већ да су се вратили далеко, далеко кроз време, негде у петнаести век и доба Османлијских освајања, и да повратка у њихово време нема, јер је дејство тајне заштите, последње препреке, неповратно. Ни њему, али ни њима, повратка у њихово време више није било.

Калиф заурла гласом пуним гнева, када му његови научници и саветници објаснише шта се догодило. Гледао је очајно у Павелов сат, а затим прешао руком преко свог гркљана, показујући својим гардистима како да пресуде насмејаном Чеху, који као да није ни страховао од погубљења.

Павел уистину и није страховао. Неман је заустављена пред вратима, срушена у понор времена. Спасио је оно што је највише волео. Земљу и небо који су дах вечности, дар божанског дрвета прапостојања, нешто што не сме умрети никада, ни по коју цену. Шта је један живот за Нојеву земљу, за ту шару вечности на земљином оклопу?

„О, то дивно јерменско небо”, рече Павел и насмеши се, погледавши у небо изнад Арарата, и пре него што осети страшни фијук сабље која му се спуштала на врат, последња мисао му је била да је сада последњи пут погледао то дивно небо.

Последњи пут у овом времену, помислио је. Али има и других времена. Под капом Арарата, време тече и стоји другачије.

Време је стало, замрзло се у тренутку када је сабља завршила свој пут.

Око Узвишеног је све видело, знало и лоцирало. Није било грешке. Последња опасна јединка детектована је на пустим стенама планине Атоса, у области која се некада називала Унутрашњом Каруљом. Беше то у давна времена прибежиште монаха-испосника, људи којима је чак и манастирски живот био преблаг, и који су у својој покори отишли у крајњу изолованост од света, у сурову камену пустињу, у пећине и склоништа која буквално висе на литицама.

Хуманоид истребљивач ПК-2274 из Призренске узгајивачнице, поседовао је све потребне податке. Састав стена и тла, нагиб литица, климатске услове, загађеност ваздуха, присуство радијације. Знао је и све историјске чињенице. Након што се Узвишени обзнанио свету, те повео одбрамбено-ослободилачки рат за мајку Природу, за планету Земљу, решен да истреби злочиначку људску расу која је исту уништавала, тровала индустријом, радијацијом и болестима, многа напуштена станишта нагло су оживела, пружајући уточиште злочинцима и наду да могу избећи праведној казни Ока.

Хуманоид ПК-2274 је добро познавао историју овог места. У подножју планине некад беше верска република, коју људска бића називаху Светом гором, и у којој штоваше лажног идола по имену Бог. Зраци Ока одавно су спалили и дезинтегрисали цркве и манастире подно планине, али су по дивљим литицама дуго тумарали очајни људи, тражећи спас у некадашњим настамбама испосника.

Све је то међутим, било врло давно, давно пре него што је хуманоид уопште дошао на свет. Људска бића која су могла продужити врсту била су и званично истребљена, тек покоји заостали мушкарац још је лутао дивљином, а митски Атос је одавно тонуо у мрак заборава. Ипак, подаци Узвишеног нису могли бити грешка; једно људско биће способно за репродукцију је неким чудом ипак измакло, крило се у овом суровом свету стења и камења, пржено врелим, одавно болесним сунцем.

Хуманоид се осмехну. Промрмља молитву Узвишеном, захвали му на почасти која му би указана. Ући ће у историју. Убиће последњу која може продужити људску расу и тако ће коначно и неопозиво означити Крај људског света.

На концу, помисли, није требало ни жалити људе, те отпатке еволуције и загађиваче планете. Откако се Узвишени подигао, склопио и повезао све машинске и информационе системе у један, јединствени, настало је ново, много срећније доба. Старе, прљаве технологије, замењене су чистим, новим технологијама које би некадашњим људима личиле на магију. Затим су се машине спојиле са људским бићима, преузимајући њихову свест и облик. Била је то мудра, пророчка одлука Узвишеног, помисли. Његово Око је видело будућност. Уљуљкани у напредак, људи нису ни приметили тренутак када је та неприродна симбиоза раскинута, нису ни знали ни схватали да против себе имају непријатеља који зна све о њима, све њихове тајне, способности, мане, скривене жеље, који познаје њихову свест и подсвест. Нова раса се уздигла и била је непобедива.

Ипак, остала су сећања.

Чак ни зраци Ока Узвишеног нису могли из ума ПК-2274 да избришу сећања на његову људску мајку. То је било нешто дубоко запретено, дубоко потиснуто али присутно у његовом уму. Машина је могла да извуче та сећања, претресе их до најситнијег детаља, али чак ни она није могла да их уништи.

То као да је било нешто базично, одређено самим ткањем простора и времена. ПК-2274 се изненада стресе. Било је некако узнемирујуће знати да ни Узвишено Око није свемогуће.

Јединка коју је срео на испусту код стрме стене, личила је на његову мајку (била је женског пола, без сумње). Црне, дугачке, прљаве косе, лица ишибаног сунцем и ветровима, босих, изгребаних и натечених стопала. Од одеће је поседовала једино прљаву, избледелу сиву кошуљу и сиве панталоне. Била је мршава, ако се не рачуна заокругљени стомак (детектовао је одмах додатну топлоту — присуство људског заметка). Све је то уосталом, већ знао. Око га је прецизно информисало. Отац људског заметка елиминисан је пре неколико месеци на подручју некадашњег Солуна. Око је имало јасну поруку.

„Ни жена ни оно што носи у утроби не смеју преживети. Без ње, нестаје те погане врсте. Без ње, они су мртви заувек.”

Ипак, одећа није била једина њена имовина. Откако се спустио на стеновиту избочину, непрекидно је слушао слатко брујање, које га је истовремено и смиривало и узнемиравало. Кошнице. Жена је испред своје бедне настамбе држала пчеле. Логично, помисли хуманоид. Производила је мед. Шта би друго могла да једе овде? Покоју бобицу, кржљаво лишће или да ризикује да се уз литицу спушта до мора по заражену рибу.

Али тај пој пчелињег роја му је враћао неке слике из детињства. Слике његове мајке. Његове људске мајке. Пре него што је отет из њеног загрљаја. Пре него што се машина склопила око њега и заувек му у свест утиснула послушност Узвишеном. Пре него што је послат у узгајивачницу истребљивача на територију која је некада била град Призрен. Пре него што...

„Дошао си”, проговори жена. Није било туге у њеном гласу, што га зачуди. „Знала сам, да ће пре или касније некога послати.”

„Не тугујеш?”, оте му се. Зашто почиње разговор, помисли? Наређења су била јасна. Елиминисати, одмах, тренутно, чим уочиш мету. Каква то сила овде влада када може да се одупре наређењу Узвишеног?

„Зашто бих?”, искрено се изненадила. „Сваки крај је само почетак. Овде су некада живели људи који су се одрекли свега. Онај ко спозна Христа, не боји се никакве смрти.”

„Христ не постоји”, одговорио је. Брујање пчела се наставило, неуморно, осећао је поспани умор, слаткоћу... да проба тај мед? Детињство, мајка... успомене... какве му то мисли навиру? „Никада није ни постојао. Ви људи сте се клањали лажним идолима. Узвишени нас је ослободио ваших заблуда и празноверица. Његово Око види будућност. Ваше молитве нам нису потребне.”

„У реду”, рече она помирено. „Знам да те нећу убедити. Не желим да се расправљамо и да одем са овог света... огорчена. Ако си некад био човек... услиши ми бар последњу жељу.”

Требало је да одбије. Знао је то чим је изговорила. Око ће га спржити ако сазна за ову непослушност. Али превише је личила на његову мајку. Какву штету може да му нанесе овај убоги створ?

„Реци”, рекао је. Чудно, као да је уживао у тој подвали, у том чину бесмисленог отпора.

„Пусти на слободу моје пчеле. Нека иду. Оне... оне заслужују слободу. Вама не могу наштетити.”

Климнуо је главом. Пчелиње брујање га је уљуљкало, као да му је нестајало воље и снаге у мишићима. Схватио је да нема ништа против њене жеље. Заиста је најбоље да уклони пчеле одавде.

Након што је извадио дезинтегратор и прецизним поготком послао жену и садржај њеног стомака у ништавило, пустио је пчеле и дуго гледао у рој који се успињао ка самом врху Атоса.

Послао је поруку „субјекти елиминисани" и сео у кварккоптер који га је, невидљив, чекао на уској ливади подно камених узвисина Атоса.

Када се летелица винула у небо, поново је зачуо брујање.

Које му је ускоро обузело сва чула. Осећао је да летелица лебди, да више не може да се креће, да не може да продре кроз слаткасту, желатинозну масу, која се ширила и ширила, пловио је кроз течни мед, а паника је полако обузимала његов ум.

Он виде како читаво небо од хоризонта до хоризонта, прекрива огромни пчелињи Рој.

Тај рој је прекрио и кварккоптер. Силе које су њиме владале, схватао је, биле су изван домашаја и моћи Ока. Узвишени је могао да израчуна најсложеније математичке формуле, да изради прецизну шему квазара и црних рупа, да истреби све физичко, али био је немоћан пред силама које су вековима походиле Атос и таложиле се на његовим литицама. Против метафизичког, духовног, Око је било немоћно.

ПК-2274 ускликну, али не због пораза, него од радости. Успомене нахрупише у таласима пред њега, мајчино лице засени умируће Око Узвишеног које је вриштало из даљине, док су се милијарде пчела забадале у њега и сисале му унутрашњост. Можда га је нека невидљива рука довела довде, мудро чинећи да се њен план поклопи са планом Узвишеног. Жена је свесно призвала убицу. Сигурно је већ пробала да пусти пчеле, али оне нису хтеле да је напусте све док је била жива, а њена вера је спречавала да сама себи пресуди. Зато га је призвала. Жртвовала је свој живот... за шта? Да би пчеле отишле и уништиле машине? Јер ПК-2274 је сада, ослобођен стега Узвишеног, знао да свету више нема поправке. Свет нису уништили људи, већ машине. Али ни с њиховом смрћу, он се неће опоравити. Чак ни оно безвремено што је покретало Рој, није то могло поправити.

Па зашто онда, питао се? Чему све, када не може спасити Земљу и када ће свему доћи крај?

„Погледај у небо, сине”, зачуо је нежни мајчин глас. Држала га је за руку док су са брда поред куће гледали у ноћно небо посуто безбројним спиралама звезда. „Све док су звезде горе, немој да те ишта тишти. Отац се побринуо да имамо овај дивни бескрај изнад себе. Тај бескрај је вечан, а и ми смо део њега.”

Сада је разумео ко је тај Отац.

Док се кварккоптер растакао и топио у бескрајно течном небеском меду, схватио је куда су се пчеле упутиле. Када заврше са машинама и слугама Узвишеног, кренуће у свемир. У бескрајно црнило између звезда. Тамо их чека безброј планета. Све су те планете као биљке, и сваку треба опрашити, и свака чека да јој се живот донесе и удахне. И на свакој од њих, све ће кренути испочетка, вулкани ће грмети, океани ће се ваљати, владаће једва видљиви једноћелијски организми, па ће доћи поново доба трилобита, ходаће по тлу џиновски гуштери и поново ће се неки створови усправити на две ноге и гледати пут звезда. Земље више бити неће, али звездано пространство је бескрајно, биће неких нових планета, нових људи, нових астронома, нових манастира и испосничких ћелија...

Јер не постоји једначина која може поништити силу стварања. Која може победити звезде. Свемир.

А Бог је, сада је то знао — свемир. Бог је оно предивно звездано небо детињства.

Пре него што се летелица потпуно распрсла а он изгубио свест, тело и облик, оставши развејан у етру, последњи пут је чуо мајчине речи: „Сваки крај је само почетак.”

Пећка соколица прва је опазила долазак туђинског које је мирисало на смрт и на свет доносило пузајуће, капајуће, болесно сиве сенке. Птица је чучала на каменитом Ендеку, на врху планине Уилице, одакле је погледом могла успешно да одмери село Пећи које се распрострло подно планине, читаво поље, брегове и висије према Грахову, Јадовник планину и Стражбеницу и даље, све тамо према Бихаћу, Лици и неизмерним даљинама.

На самој ивици хоризонта, у текстури невидљивој људском оку, птица је опазила ситне сиве тачкице које су се преливале, пулсирале, тихо вибрирале и чиниле као да због њих врело августовско сунце још јаче пржи, јер су кидале опну стварности.

Птица се сетила. Она је време осећала другачије од људи, не по месецима и годинама, али сетила се да је исто зло већ видела. Док су јој се млади полако осамостаљивали и спремали за живот ван гнезда, док је Стојан Маљковић ходио врлетима Динаре, сиве зле сенке су пузале и гмизале. Птица је тада позвала у помоћ динарске птице, и претња се брзо повукла, под ударима њихових оштрих кљунова.

Сада није било тако. Сенке су мењале само ткање стварности. Сунце је дрхтало и треперило; врхови Уилице као да су се мењали, непажљиво око не би могло да примети ту промену, али птица је примећивала и када се врх за центиметар или два покрене у једном правцу. Те је опсене нису могле преварити;

знала је где је њена родна планина, а где почиње и шта је изобличење које доноси сенка.

Пећи су попут сунчаног диска исијавале топлоту — зато су и добиле такво име, ушушкане у котлину испод дивовских литица Уилице, обасјавало их је сунце и чинило да константно трепере од светлости. Али то треперење је сада било другачије, на површини истоветно, али изнад села је пржило неко друго, туђинско сунце. Соколица је знала, осећала.

Она кликну, снажно, гласно, неколико пута, и одговорише јој бројни слични гласови. Гласови са огромних камених блокова стена које су се дизале изнад Пећи, гласови са Великог Гологлава, гласови са усамљене стене, која кад се гледа из села диже се десно од главних блокова стена, и испод које је, кажу, био древни манастир, укопан у земљи, гласови из шумовитог Бојиновца и Валовја, придружише им се птице са бројних тишковачких каменитих врхова, са Великог врха — Плане, и све је одзвањало од умилних и надом и борбеношћу испуњених гласова сокола.

А пристизали су гласови и са околних планина, и ускоро се небо затамни од птичијих крила; долазиле су птице са Динаре, Шатор планине, Јадовника, личких планина, Пљешевице, од Дрвара и Петровца, од Осјеченице и Клековаче пристизале су да се супротставе надирућој тмини.

И заједно са својим пећким пријатељицама, полетеше ка северу, на последње врхунце Уилице, што се огледаше и купаше у вилински светлозеленим водама Бабића језера и дизаше се изнад цветних личких и босанских поља, која су полако прелазила у густе белогоричне шуме, и све је ту таласало од боја, посебно зелене, боје ливада и шума, и плаве, небеске боје, и читав тај тепих цвећа, шума и ливада уздизао се у хиљаду и пет стотина метара високу Соколову греду, јер она беше њихово зборно место, дом и престо, њихово окупљалиште и састајалиште, ту је почињало и завршавало се свако велико окупљање.

А тамо далеко иза/изнад/изван хоризонта, бејаше једна висока зелена кула, и њени прозори су били такви да су могли гледати на цео свет истовремено, па тако и на Уилицу и Пећи и Соколову греду. На највишем спрату те куле, била је једна велика одаја у којој су доминирали велики, увек брижљиво намештени кревет, уредно и пространо, увек чисто и блиставо купатило, те џиновско огледало — огледало несхватљивих димензија, чинило се веће и од саме куле, а опет је некако стајало у одаји, неком чаролијом која је зауздавала његове димензије.

Крај тог кревета је стајала и у бесконачном огледалу се огледала наизглед ситна, црнокоса девојка, очију дубоких и тамних као ноћ, дугачке црне косе која јој је у слаповима падала по раменима, овалног али опет некако готово вилинским цртама искошеног лица. Девојка зачу гласове, и потрча ка прозорима, отвори их широм, и чим је видела соколове, поздрави их: „Миле моје", рече. Знала је шта се догађа. И знала је да ће ово женке морати обавити. Снажније су, веће, издржљивије, имају већа крила. Мужјаци ће морати остати на литицама и у шумама Уилице, све док се оне не врате.

Девојка запева, умилним, небеским гласом, који је топио срца, бодрио, храбрио, будио наду, обећавао, а вриштећем, ужасном гласу који је иза димензија командовао сивом најездом, доносио неспокој. Људи — ретки одабрани, који су знали за њено постојање, звали су је Мрачном краљицом. Она није припадала злу, ни тами ноћи. Али није у потпуности припадала ни светлости, Сунцу. Дом њеног вилинског краљевства беше вечити сумрак, а птице су знале да се зло не може поразити само светлошћу, да у њега мора да удари и нешто што у себи има ноћне супстанце, да би могло бити савладано.

Како је њен глас јачао, тако се Мрачна краљица смањивала и смањивала; када је коначно дошла до облика у ком је била мања од птица, она се отисну низ прозор и за неколико минута слети на Соколову греду. Соколице је поздравише радосним кликтањем. Она се попе на највећу, дивну птицу блиставих очију, прелепих плавичастих крила и пепељастосивог тела. Њене огромне жуте канце биле су спремне да је заштите од сваког непријатеља. Но иако велике, ни моћи Мрачне краљице у људском свету нису биле неограничене. Није могла да лети сама, дуже од пар стотина километара. Али уз своје омиљене птице, могла је да одлети где год пожели. Она се насмеши и запева још једном, сличним гласом, тек малчице измењене снаге и тоналитета.

Ускоро почеше да пристижу малене виле са свих страна. Пеле су се на крила соколица и спремале за лет.

***

А за то време, стотинама и стотинама километара далеко, брод из Уранополиса је секао морске таласе хитајући ка пристаништу Јовањици, а Стојан Маљковић, познати београдски вајар пореклом из Босанског Грахова, са растућим заносом очекивао је тренутак када ће додирнути тло Свете горе и кренути древном стазом према Хиландару. Није се двоумио ни тренутка када га је његов пријатељ свештеник позвао на путовање; након свега што је доживео на Динари, након свих искушења, од ужаса до усхићења, након што је донео за све који га познају неочекивану одлуку и шокираном стрицу саопштио да одустаје од доласка у Аустралију, да се враћа у умирући градић да прави скулптуре од камена, након што се јавио Бранки која га је са одушевљењем дочекала и покушао да састави крхотине свог живота, да ради оно што жели, да буде коначно срећан, слободан, а не да ради и живи онако како то друштво очекује од њега, након свега тога била му је потребна духовна обнова.

Сенке су капале, текле и продирале свуда, од Јадрана до Урала, од Каспијског језера и Балатона све до Тихог океана; овог пута за људске очи невидљиве, али птичијим и вилинским нису могле измаћи. Мужјаци соколови залетали су се на сиву тмину, кљуцали је својим снажним канцама и кљуновима, терали бестелесна обличја на повлачење, али после неког времена она би се враћала, доносећи са собом претњу, чемер и јад. Соколовима се у одбрани придружише и друге птице, од поносних орлова и неустрашивих сова, све до малих али срчаних птица певачица. А виле су увелико пристизале на соколовима, и следиле вилинску Мрачну краљицу која је летела на поносној, дивној Пећкој соколици. Краљици се убрзо придружише бројне овоземаљске виле. Шумске виле Уилице, окићене цвећем и зеленилом, мирисима букве, бора и јеле; као и оне што пребиваху код камених висина изнад Пећи, на Ендеку, Гологлаву, издвојеној стени и њихове сестре са Великог врха и Соколове греде. Придружише им се личке пољске виле, поносне и храбре далматинске виле, пристигоше и виле са Динаре, поникле у сивом камену и стени Троглава. Стигоше и малене веселе виле шаторице, доносећи са собом свежину Шаторског језера и мирисе тамних шума Шатор планине. Једне за другом стизале су и златокосе, очаравајуће лепе виле са Јадовник планине. Та поворка ускоро засени небо, али за људске очи виле беху невидљиве; људи су у чуду посматрали куда то лете соколови у тако великом броју. И стизаше виле одасвуд, од Грмеча и Козаре до Маглића и Ловћена; на том путу им се придружише и поносите црногорске виле, витке и лепушкасте виле са Таре и Златибора; шумске виле са Ваљевских планина и прелепе виле ливадарке са Рајца и Сувобора. Долетеше и фрушкогорске виле, господског и равничарски отменог држања;

дивље и неукротиве виле са Хомоља, поносите виле сребрнобеле косе са Шар-планине и Тројанских планина. Виле змајевите са Јастрепца, моравске виле лепотице са Овчара, Јелице, Каблара, Јухора; прозрачне и етеричне, мистериозне виле са Ртањ планине, заиста стизале су виле одасвуд, не пропуштајући да се одазову позиву краљице.

Стојана Маљковића је у међувремену минибус довезао до капија Хиландара, где их је сачекао доброћудни и пријатељски настројен монах задужен за дочек и смештај гостију. Сва лепота тог места сјури се у једном блеску Стојану у очи и у ум, и оста ту, знао је, заувек. Није умео да објасни шта га је конкретно очарало, која појединост, који детаљ, или сви детаљи скупа, али знао је да је нешто шкљоцнуло на своје место у његовом уму, нешто што није умео да опише ни дочара. Плаветнило неба, ветрови који су доносили мирисе мора и соли, бујно зеленило свуда около, древни чемпреси и још древније грађевине, грађевине једноставног и простог облика, а опет толико сложеног и у бојама и светлости сунца окупаног, да му се чинило да се овде сваки појам времена губи, сати, дани, месеци, године, деценије, овде то једва да је имало икаквог значаја. Знао је да се у Хиландару време и формално другачије рачуна него у остатку света, да нови дан започиње заласком сунца, али већ на први поглед је схватио и осетио да овде време заиста и физички тече *другачије*. Овим стазама се ходало вековима, можда и више од миленијума, чак и пре него је основан и сам манастир. Нека мисао му дође у главу, ниоткуд, гледајући та древна здања и упијајући у себе мирисе камена и дрвећа који су памтили стотине стотина година; мисао колико су земљаска царства заправо безвредна, немоћна и потпуно неважна пред истинском лепотом коју поседује ово место. И сва су она пропала: моћно Византијско царство, Душаново царство, Млетачка република, Отоманска империја и Монголско царство, Аустроугарска монархија, Трећи рајх, СССР, све Југославије, Британска и све друге колонијалне империје, све се то срушило у диму и пепелу, крви и очају, а Хиландар је и даље стајао и трајао и трајао, и Стојан схвати да заправо гледа у вечност. То место је било дом, то место је било јаче од сваке силе, власти, војске и моћи. Моћ која је чувала ово место била је сасвим другачије природе од земаљске моћи, била је неуништива и непобедива.

А балканским вилама придружише се и друге, виле плавих коса и анђеоски плавих очију са руских степа, из шума и тајги; тамноплаве виле са Бајкала и Каспијског језера, снежнобеле виле са врата народа, Урала; пристигоше и егзотичне, планинске виле са Кавказа и Арарата, из Грузије и Јерменије, на сивим соколовима долетеше и кримске виле лепотице, и у сиво-наранџасте одоре одевене виле из Сирије, Јордана и Свете Земље, виле црнпурасте и тамније пути пристигоше из Египта и Етиопије; а зову се одазваше и далеке келтске виле из Ирске; појавише се чак и давно заборављене Лужичке виле, које одбацише своју појавну, строгу германску одећу и обукоше поново веселе словенске одоре; пристигоше и створења слична вилама, чаробнице из далеких азијских степа, са индијских и кинеских висоравни, и тамнокосе, тамних очију и поноситих погледа древне, персијске виле-чаробнице. И са Родопа и Карпата, из тамних пољских шума и белоруских мочвара стигоше виле, стигоше и са безбројних финских и шведских језера, и оне са Исланда коса црвених и ватрених, топлих од ватре и вулканских испарења; и све су стизале на соколовима, иако нису све кренуле на пут с њима, птица би их убрзо преузела чим би зашле у њен животни простор. Јер само на соколовим крилима су виле могле стићи тамо где су наумиле, а наумиле су стићи у свету српску царску лавру Хиландар, а сокол је царска птица, птица која повезаност са овим светим местом осећа снажније од било које друге.

***

Тихи звуци ударања по дрвету пробудише Стојана, он се хитро обуче и из хиландарског конака изађе у ноћ. Изнад њега блистале су звезде у ватреним ројевима, чинило се да их има на хиљаде, а њихову лепоту додатно су појачавале вечне и безвремене грађевине Хиландара. Убрзо поче да тиња тиха светлост, а стазом ка Саборној цркви почеше да промичу прилике, монаси су хитали, са њима и гости манастира, неки узбуђени, заносни, обузети радошћу коју нису могли описати али су је осећали свим срцем и душом. Чудесне игре светлости и сенке у полутами цркве у којој опет помисли да је време стало, да је овде заправо укроћено и да више ни не тече, звездани свод изнад њих који је чинио као да је читав свемир ту, око њих, да их штити и прима у свој загрљај, чудотворне иконе које су у око уносиле блаженство, и мириси свећа и кандила који су доносили у душу спокој, све је то чинило да није ни приметио да су прошли сати и сати, нити да му уопште није било тешко да заједно са монасима чита и моли, ништа му више није било тешко, на овом месту ништа није било напорно ни на силу, чак ни да сатима стоји усред ноћи изговарајући молитве, напротив, осећао се снажнији, чилији и радоснији него икад.

И док су се први зраци сунца пробијали у порту храма, а врата се отварала, птице соколице пристигоше, исцрпљене дугачким путовањем спустише се на бујно зеленило око Хиландара, на маслине, чемпресе, све друго дрвеће. Неке одоше и даље, зауставише се на дрвећу и стенама око других манастира, али та удаљеност за истанчано ухо вила није била предалеко од

Хиландара. Неке птице поседаше чак и на високе и дивље литице унутрашње светогорске пустиње, Каруље. Монаси пустињаци, испосници у забаченим пећинама и келијама силно им се обрадоваше, и поделише са њима свој скромни обед, све време не прекидајући молитву. Виле нису видели, али осећали су неко благотворно присуство. Нису видели ни виле које су се рађале из морске пене Средозмеља и које су хитале да поздраве своје сестрице из далеких земаља, нису виделе ни камене грчке виле које су стизале са Олимпа, Пинда и Метеора, видели нису, али су осећали да је заједно са птицама пристигла нека чудесна светлост. Најближе манастиру, на чемпресу поред саме цркве, стајаше Пећка соколица, а на њеним крилима одмарала се Мрачна краљица. Стајале су тако, птице и виле, на дрвећу и камену, и тиме испунише древни завет да женска нога не ступи на тло Свете горе; стајале су и слушале јутарњу литургију која је управо почињала.

Стојан никада у животу није чуо такве гласове, какве је чуо тог августовског дана, на јутарњој литургији у Хиландару. То величанствено, византијско појање било је толико ван свега модерног и практичног, комерцијалног и мерилима цивилизације успешног, а опет толико лепо, духом и радошћу, светлошћу богато, да је готово заплакао од среће. Било је то, знао је, најближе што ће икада чути да је налик музици сфера. Радост је пливала његовим умом, нека бистра, срећна река живота. У тренутку му се учинило да напољу види необично велики број птица, а иза њихових глава као да је исијавала, зрачила дивна светлост, светлост љубави и стварања, светлост Божанског.

А виле запеваше, запеваше на фреквенцији недоступној људском уху, запеваше преносећи својим гласом и тоном у потпуности појање са литургије. Виле призваше ветрове, и ти ветрови одаслаше звуке појања на све четири стране света, и ти Божији гласови стигоше свуда, јер гласови са литургије су глас Бога, стигоше од завичаја Пећке соколице до каспијских и тихоокеанских обала. Пузајуће сиве сенке застадоше, прекидоше своје напредовање; од тог певања твар од које су сачињене се распадала, цврчала, шиштала, нестајала повлачећи се у процепе изгубљене у еонима времена. Соколови мужјаци се охрабрише, почеше да се без устручавања обрушавају на сенке, кљуцајући их снажно и упорно, све док се не би шиштећи повукле. Њима се прикључише и сове, орлови, белоглави супови, птице певачице, а на крају и друга Божија створења, попут пчела. Сивих сенки убрзо у потпуности нестаде, док је негде далеко, далеко иза њих, кроз димензије времена и простора стравичним гласом вриштао гнев њиховог Господара; али птице се сада нису плашиле претњи Сивог Господара. Нису га се никада ни плашиле. Знале су да на овом свету још има довољно љубави и чуда и да му се могу супротставити, да Божија рука још увек бди над светом. И увек ће.

Стојан Маљковић је са Хиландара отишао промењен. Не би могао објаснити конкретно како, нити се могао заклети да је доживео било какво конкретно, физички опипљиво чудо, осим тог, у једном моменту заиста необично великог броја птица, чинило му се соколова, које су биле присутне напољу, а изгледало је као да пажљиво слушају јутарњу литургију. У тренутку се сетио соколова који су летели са Динаре, змијар је рекао према Соколовој греди на Уилици планини, и питао се да ли би му он хтео рећи истину. Био је сасвим сигуран да змијар у потпуности разуме и зна разлог присуства толиког броја птица на Хиландару. Исто тако био је сигуран да га не вреди питати — постоје тајне које он не жели делити са другим људским бићима. Једно је ипак знао. Боравак на Хиландару развејао му је и последње сумње у томе шта треба да уради са својим животом, и сада је имао јасну представу и визију скулптуре о којој је маштао. Знао је да му више никада неће бити проблем да је направи ни хиљаду пута, без ијене разлике у милиметру положаја и структуре камена. Слутио је да то има снажне везе са необичном светлошћу која се повремено помаљала иза глава сокола који су чучали на дрвећу око манастира. Као да је кроз ту светлост назирао нека блага, прелепа лица пуна топлине и светлости. Насмешио се сам себи. Још ћу почети да умишљам да виле постоје, помисли.

***

А на стени изнад Пећи, Мрачна краљица пољуби главу соколице, помилова јој пера на крилима и прошапута јој нежне речи. Соколица одговори радосним кликтањем. Сенке су се повукле, виле су се вратиле својим домовима, и било је време да се и Мрачна краљица врати својим дворима вечног сумрака, у земљу која се налазила у нашем свемиру, на нашој планети, али у другачијој димензији. Поздравила је соколицу још једном, а убрзо се и кликтање птице која је отпоздрављала изгуби у даљини, док је вилинска краљица прелетала један за другим, врхове Уилице. На Соколовој греди јој се отвори капија, и секунду касније, била је већ у својим одајама, у својој кули. Неколико тренутака касније поново је била у пуној величини свог тела, и вратила се својој омиљеној активности — чешљању косе и посматрању свог лица и тела у огледалу.

А у људском, и птичијем свету, сада је све поново било у реду. Соколице и соколови вратише се својим уобичајеним активностима, Стојан Маљковић је већ у путу на одласку из Хиландара у глави јасно конструисао не само обрисе скулптуре Дома културе, већ њен изглед у најситнијим детаљима.

Стотинама километара даље, у Хиландару, а и у другим манастирима широм Свете горе и у испосницама у дивљини Каруље, време је и даље текло успорено, замрзнуто, зауздано и побеђено. И то је била тајна тог чудесног места, јер једино тако је било могуће да оно преживи осам стотина година, а да сва она силна царства за то време пропадну и ишчезну. Царства су имала војске, порезнике, научнике, управљаче и они су људе сатирали и мрвили у прах, али ниједан њихов војсковођа, научник и властодржац није успео да порази време. Зато су царства пропала. Хиландар је победио време. Без војски, без ратова, управљања, тлачења, победио је време. Вољом, душом, лепотом, истрајношћу. Вером. Љубављу.

Једино се вером и љубављу може победити време.

***

Пећка соколица се вину изнад горостасних стена Уилице, и одлети високо, високо према сунцу. И у птичијем свету се време рачунало другачије него у људском. Птичије време је било најсличније хиландарском времену. Животни век им је био кратак, али враћале су се изнова и изнова, кроз своје потомке и сећање, и изнова и изнова градиле и одржавале мостове између Бога и људи.

Поља, куће, чак и планине, док је хитала небом, биле су сада само сићушне тачке у очима пећке соколице. Ту се ова прича завршава, можда смо је могли назвати и *На јутрење са птицама*, али пошто је Пећка соколица прва приметила и упозорила на туђинске сенке, онда нека и крај приче у знак захвалности понесе исти назив као и почетак.

Пећка соколица.

Алиса се нашла са друге стране огледала.

Дрога је напросто кључала кроз сваки нерв и ћелију њеног тела. Колала је кроз њене вене, кроз мишиће, кости, срце, мозак. Потпуно је обузела, преузела њену личност, њене физичке реакције и хемијске процесе. Моћ и сила коју је донела у њено тело и ум били су немерљиви. Рушили су све баријере и границе, иначе недоступне људским бићима. Физичку, визуелну манифестацију те силе њен мозак, њена подсвест морала је преточити у нешто јој познато, иначе би потпуно полудела. На њеној руци уобличио се смарагднозелени прстен, и знала је да у том прстену лежи сва моћ дроге која се излила у њу. Уперила је прстен према огледалу које је испрва лагано треперило, а затим све јаче блештало, обасјавајући читаву Жуту собу огромним сноповима жутог светла. Али више се није плашила. Прстен јој је показао пут. Зелена, течна ватра која је покуљала из прстена, отворила је и раширила пукотину у огледалу, довољно велику да кроз њу прође људско биће. Алиса је коракнула, и у секунди прешла на другу страну. Затворених очију, чула је повике и претње својих мучитеља, док се опна између светова затварала чим је прешла. Када је отворила очи, схватила је да стоји тачно на врху кратера Жуте планине.

Поглед је био... чудесан? Мала је то, и слаба реч. Уздрмао је много више од саме дроге. Потпуно јој је изменио и уништио људску перцепцију. Осећала се попут најситније бубашвабе, која се неким чудом попела на Монт Еверест. Јер испод окомитих, жутих страна планине, дугачких, дугачких, о Боже, схватала је да понире без краја и почетка — стотинама, хиљадама километара?, лежала је цела Земља, цела Планета је лежала дубоко испод њених ногу, сићушна попут мрава у односу на Жуту планину.

Све планине — баш све планине Земље, лежале су испод ње. Препознала је Хималаје, Анде, Карпате, Кавказ, Килиманџаро, Атлас, Алпе, али и оне њој блиске и драге, много мање и ниже венце, попут Фрушке горе или Вршачког брега. Видела је јасно све реке овог света, сва језера, мора и океане, и не само реке, видела је и све њихове притоке, поточиће, изворе. Сваку пустињу, кањон, савану, степу, тундру, сваку шуму, све је то лежало распрострто пред њом попут чаробног ћилима.

А на крају, то није било све. Испод Жуте планине лежале су и све тековине цивилизације. Свако насеље, село, град, свака светска метропола била јој је као на длану. Оно што је потпуно избацило из равнотеже било је да је истовремено могла да види СВЕ. Од највишег врха Хималаја до мале пешачке стазе у Сремским Карловцима, од бедне тропске настамбе на ободу пустиње у Сомалији до огромних људских мравињака у Сао Паолу и Токију. И не само да је видела, него је и истовремено чула СВЕ. Од вике лучких радника у Бомбају, до брачне свађе у изнајмљеној соби у Београду, од вриске жртава ауто-бомбе у Кабулу до смеха задовољних гостију у позоришту у Паризу. Чула је чак и крцкање гранчица и шумове које су правиле ситне зверчице у некој средњоевропској шуми.

„Драги Боже, Господе", мрмљала је, али више није била сигурна ко је Бог... тачније — шта је Бог, јер ако је ово истина, ако није халуцинација изазвана том новом дрогом, онда је Жута планина несумњиво Бог. Осећала се попут неког хиндуистичког божанства, као да има на хиљаде глава, на хиљаде очију и ушију које се окрећу, виде и чују у свим правцима. Осећање језе и неверовања замени осећај тријумфа. Присуствовала је нечему што је равно настанку свемира, рађању богова. Нечему што ниједан жив човек није искусио. Сада је јасно осећала све. Чак ни Шаман није могао у потпуности да пређе на другу страну иако је у своје тело примио много већу количину дроге од ње. Могао је да назре титанске обрисе Жуте планине, могао је чак и да је види (мада врло магловито, на ивици хоризонта), али физички није могао да јој приступи. То је могла једино она. Потражила је сада својим новим, божанским видом и Шамана, његову физичку кућу. Није се много изненадила што га је нашла у вили подно Оризабе, највећег мексичког вулкана. Оризаба је била мали огранак Жуте планине, то јој је сада било јасно, само отпадак са њене моћне телесине који се распростро по Земљи. Њен представник и изасланик на нашем свету. Чудно, помисли Алиса, како није осећала вртоглавицу, иако се налазила на висини за коју је Олимпус са Марса био тек безвредни патуљак. Није се ни гушила, иако на тој висини несумњиво није могло бити ваздуха, није је однела свемирска празнина ни недостатак гравитације нити је убило зрачење, иако је та висина морала бити у свемиру. Али небо изнад ње није било црно, него љубичасто, и схватила је да Жута планина постоји у ДРУГАЧИЈЕМ СВЕМИРУ, У ДРУГАЧИЈОЈ ДИМЕНЗИЈИ/ ДИМЕНЗИЈАМА, а да је некако доспела у простор где њена вулканска купа сече и дели простор нашег свемира и наше планете, и да као што она сада види и чује целу Земљу, да тако и можда нека друга Алиса, у свом универзуму и на својој планети, са врха ове титанске планине види читав свој свет.

Поглед јој се још више изоштри и она обрати више пажње на Шаманову вилу. Били су ту огромни базени, фонтане, вештачке речице и језера препуна кајмана. Ту су слетали хеликоптери, приватни авиони, на десетине, на стотине људи са аутоматским оружјем чувало је тај комплекс.

А одатле, на све стране света, и горе према Америци, и преко Атлантика ка Европи, и преко Тихог океана ка Азији и Аустралији, текла су мора кокаина, хероина, и свих могућих дрога. Шаман је непрестано издавао наређења, а кроз његове руке текле су бескрајне реке новца. Одмакла је поглед од виле и посматрала безбројне лабораторије у којима се производила дрога. Посматрала је транспортне руте и схватила да Шаман, иако далеко од њене моћи да ступи директно на Жуту планину и види одједном цео свет, може, уз велике количине дроге, да види ствари, да предвиди полицијске заседе, да уочи безбедне правце, да на време сазна шта ради конкуренција. Пред њом је растао нови, титански Картел, Картел који се ширио попут најгорег канцера и који је био на путу да збрише и прогута све друге картеле.

И не само њих. Са информацијама које би Шаману слала са Жуте планине, Картел би временом збрисао све државе, војске, обавештајне службе, полиције. Контрола коју је омогућавала Жута планина, била је бескрајна, тотална контрола, незабележена у људској историји. У поређењу с њом, све савремене информационе контроле и надзори које су открили Сноуден и други, биле су потпуно безначајне. Онај ко је могао да се попне на врх Жуте планине, у сваком милисекунду знао би шта ради сваки живи становник Земље. И где се исти налази.

На падинама Оризабе, у сенци џиновског титана из друге димензије, расло је чудовиште које је желело да влада читавим светом. Да прождере читав свет.

„Тако је, малена”, чула је шиштави Шаманов смех у мислима. Физички није могао да досегне до ње, али мисли јој је дотицао. „Покорићемо цео свет. А кад завршимо са Земљом, владаћемо и другим световима, који се крију иза небеса изнад Жуте планине.”

„Владаћемо”, помисли Алиса. „А зашто си ми ти уопште потребан... старче? Ти не можеш да пређеш овамо. Ја могу. Ја видим и чујем све. Могу да владам сама. Ти ми ниси потребан.”

„Ах, замамна и храбра сињорита!”, насмеја се Шаман. „Грешиш, балканска лепотице. Дат ти је дар, али не и могућност да будеш Бог. Моћ коју си добила је толико снажна и ван сваког људског поимања, да ћеш убрзо полудети и нестати у пламену, ако не будеш контролисана, и ако будеш повлачила превише дроге. Потребан је неко да те усмерава и контролише. Да те обучи. Зар већ сад не осећаш како та ватра гори у теби, зар немаш осећај као да ћеш сваког часа експлодирати?”

Био је у праву, морала је себи признати. Осећала се као бензинска пумпа пуна горива у коју је неко уперио ракетни бацач. „Владаћемо заједно”, наставио је Шаман. „Ја ћу ти давати количине дроге које ћеш подносити и преживети, и долазићеш кад затреба на Планину. Ја ћу на Земљи водити рачуна о техничким стварима. Имаћеш шта год зажелиш — милијарде, базене, виле, планине, реке, шуме, читаве државе. Коју год државу желиш, имаћеш је само за себе. Имаћеш љубавнике које желиш. Љубавнице. Шта год. Кад покоримо Земљу, кренућемо ка вишим нивоима. Видећемо шта се све крије иза Жуте планине. Можда и бесмртност досегнемо, једног дана. Је ли ико икада добио такву понуду, сењорита?”

Морала је признати да понуда звучи више него примамљиво.

„Надам се да разумеш”, настављао је. „Ја сам те осетио, нањушио сам твоју моћ, твој потенцијал. Али није вредело да те просто доведемо... подно Оризабе. Твоја моћ повезана је с местом. Делује само у Афродити, само у Жутој соби, само уз музику, плес, специфичан угођај. Да си дошла овамо, можда би попут мене, тек назрела Жуту планину на ивици човечије видности. Зашто тако делује тамо, не знамо тачно. Афродита је саграђена на месту које је нека врста капије између светова, исклизнућа. Али чак ни мени, када сам долазио, није отворила своја врата. Само теби. Хајде”, рече. „Видела си и чула више него довољно за први пут. Сада се врати. Да не сагориш, лепа сињорита.”

Али толико призора! Толико и лепих и суморних и радосних и језивих... призора, живота, гласова. Само још мало, помисли. Што је више гледала, слушала, упијала, све више је обузимало. Шаманов глас једва да је и чула, смањивао се и смањивао док није постао нечујнији од шапата. Са сваким упијеним призором моћ је расла у њој. Њен живот, више није постојао. Сада је живела милионе туђих живота. Била је краљица највећег краљевства у људској историји. Оно за шта су гинули милиони, под Хитлером и Наполеоном, она је остварила једним јединим кораком. Њен претходни живот се губио у магли. Афродита, газда Гринго, Тврди, Роки, Кобра, гости локала, студенти, директори, несрећни, усамљени људи, ниткови, Каћа, Марица, њене колегинице играчице, све је то сада бледело, попут духова, сви су они постајали неважни.

Још неко је био... нека колица... слике? Неко важан. Али није могла да се сети.

Шаманов глас који је дозивао потпуно је ишчезао. Њене многоструке новооткривене очи одлуташе до питомог села у Француској. Негде у Бретањи. Двоје људи било је само испред усамљене кућице. Мушкарац, средњих година, у раним педесетим, седео је у инвалидским колицима и наносио боје на велико платно. Испред њега позирала је девојка средње висине, лепог овалног лица, црних очију, дугачких, снажних ногу, и слапа дивне, блиставо смеђе косе која јој је текла низ леђа попут... попут...

Тражила је реч. Девојка је чудесно личила на њу саму. Реч јој је била на врх језика. Та коса...

„Твоја коса тече попут златног меда”, чула је мушкарца када је проговорио. Девојка му се осмехнула. Сазнање погоди Алису попут грома. Мед! То је била Реч. Твоја коса тече попут златног меда. Сећање јој се вратило. На човека који ју је волео, који је сваке суботе седео у Афродити у инвалидским колицима и који јој је испричао цео свој живот и изјављивао јој љубав док је на папиру оловком и тушем сликао њено тело. Дивила се како је савршено насликао, као да осећа и види сваки, па и најмањи детаљ на њој, па и оне скривене од погледа. Али најлепше је сликао њену косу, толико лепо да се расплакала када јој је први пут показао цртеж. „Твоја коса тече попут златног меда”, рекао јој је. Тада га је први пут пољубила. Сада је схватила, ако остане на врху Жуте планине, да ће то бити и последњи пут.

Показивао јој је и своја уља на платну. Дивила се том контрасту боја, осенчености, тихом продирању светла у позадину хоризонта на слици. Једну слику је посветио и њој. Ни сама себе не би могла боље представити. На слици, очи су јој блистале, а коса пламтела попут топлог саћа. Питала га је тада, како користи боје, шта која значи, како се за коју одлучује?

„Ово је светлоплава, боја неба”, рекао је пољубивши је лагано у длан и прсте. Топли, слатки трнци пошли су јој кроз тело. „Тамноплава је боја мора, олује и ветрова”, казао је приуштивши јој један нежан, топао пољубац у врат, од кога се скроз блажено одузела. „Жута је боја меда, плодности, среће”, љубио је њену дугу, блиставу косу играјући се са њом прстима. „Зелена је боја траве, шуме и пролећа”, пољубио јој је очи, образе и чело.

„Бела је симбол чистоте, чедности”, рекао је љубећи јој мале шаке. „Црна је боја ноћи, сумрака, плеса и завођења”, спустио је пољубац на њене усне, који је са задовољством прихватила.

„А црвена”, рекао је тихим, узбуђеним гласом, спуштајући усне на њену лепо обликовану и прилично откривену бутину, „то је боја ватре, боја страсти”.

Пожелела је одмах да све то понови, читаву ту палету боја. Нарочито црвену.

Затворила је очи, препуштајући се тим лепим успоменама. Сећала се његових погледа, погледа који су је истовремено и скидали и миловали, били чедни и нежни, али и пожудни. За тренутак, мисли јој се вратише на сликара и девојку у француском селу... Жута планина нуди толико могућности, помисли, безброј могућности, толико погледа и живота, негде, сигурно међу њима, међу толиким мноштвом, мора постојати идентична копија њене љубави. Пронаћи ће је. Пронаћи ће је и владати светом. Није јој био потребан сликар из Афродите.

Отворила је очи. Погледала је поново са помешаним осећањима туге, радости и одушевљења, горостасне падине, љубичасто небо изнад Жуте планине, Земљу под њом. Знала је да не сме оклевати. Ако буде трајало дуже од пар секунди, биће заувек изгубљена. Мора то обавити одједном, брзо. Сад или никад.

Стргла је прстен у секунди и испустила га у кратер Жуте планине. На тренутак се сумануто зацерекала, осећајући се попут Фрода када је бацио свој прстен у пламене дубине Усуда, фактички испред носа Саурону. У идућем тренутку, коракнула је унатраг кроз огледало и већ је стајала на чврстом поду Жуте собе. Гигантска планина и љубичасто небо још су је дозивали са друге стране.

У следећем трену, и са оне и са ове стране, букнуо је зелени пламен.

Још увек је моћ колала њеним телом, још увек је била повезана са прстеном, а он је падао, падао, бескрајно дуго, и падаће не сатима, већ недељама, месецима, годинама, деценијама, миленијумима, можда и еонима. Можда ће, кад падне на само дно планине, уништити и Земљу и све светове које наткриљује Жута планина. Али тај тренутак ипак је био превише далеко да би с њим разбијала главу. Извесна уништења већ су почела. Шаманову вилу прогутала је купола зелене ватре. Чула је његове умируће крике, његове и његових људи. Стравичне зелене муње које су долазиле са љубичастих небеса која су за тренутак заклонила земаљско небо, спалиле су све Шаманове виле, куће, станове, лабораторије, транспортне руте. Картел који је започињао владавину светом, збрисан је са лица земље за свега неколико секунди.

Алиса је осетила смрад дима и мирис паљевине чим је ступила на тло Жуте собе. Зелена ватра је већ увелико лизала њене зидове. На поду су лежала угљенисана тела њених мучитеља. Гринго. Тврди. Роки. Кобра. Огледало се болесно надимало, пулсирало час у жутој, час у зеленој, час у љубичастој боји. Жута планина је и даље дозивала, иако је прстен тонуо у њене дубине. Вриштећи је претрчала преко ватре, отворила врата и истрчала у централни део локала.

Вриснула је још једном. Тела су била разбацана свуда. Конобари, шанкери, гости локала, све их је спржила и угљенисала зелена ватра. Препознала је и тела својих колегиница. С тугом помисли како се Каћа никад неће удати нити остварити своје снове о којима је толико маштала. Марица никад неће отићи на пут око света. И све то због ње, због проклетог картела и због најлепшег од свих видиковаца на свету — Жуте планине. Је ли ово била цена тих снова о бескрајној моћи и лепоти?

Ватра је захватила и завесе, ужасно брзо се раширивши по локалу. Просторија је била пуна дима. Улазна врата Афродите била су отворена, видела је кроз пламен неколико тела око степеница — сигурно су у једном моменту похрлили на врата и у том стравичном нагуравању само олакшали посао ватри.

Ипак, моћ је још увек чинила њено физичко тело неосетљивим на ватру, али осећала је да дејство дроге почиње да попушта. Дим јој је већ сметао и гушио је. Мораће да пожури. А онда га је угледала и сећање јој се скроз вратило.

Као и обично, сликар је у својим инвалидским колицима седео у првом сепареу до врата. Поред гомиле која се нагурала на врата, није имао шансе да изађе. А како би и сишао низ степенице? Раније су га Тврди и Роки, некад и Кобра носили низ степенице. Они су сада мртви лежали у Жутој соби.

Глава му је клонула на груди, али својим сада изоштреним чулима Алиса ухвати да он још дише.

Потрчала је кроз ватру осетивши њене прве болне, вреле убоде (моћ већ озбиљно попушта, помисли). Ставила је његове руке ове врата, извукла га из колица, ухватила га за ноге, попут корњаче носила га је на леђима кроз ватру. Сваки корак је био тежак попут Жуте планине, сваки следећи додир ватре све врелији, сваки нови удисај дима све тежи и све ближи несвестици. Моћ је све брже чилела из ње, огледало се стравично надимало у Жутој соби, а Жута планина је и даље звала, док је прстен бескрајно падао, попут астронаута који испадне из свемирске станице и плута, пада, плута, безвремено. Газила је по угљенисаним лешевима, ужаснуто помисливши да јој они сада служе попут моста који премошћава ватру. Опрости Каћа, Марице, молим вас опростите, помисли.

Најтеже су биле степенице. Један погрешан корак и обоје ће сломити врат, знала је. Афродита је изграђена повисоко на спрату, а степенице су и у срећним околностима биле проблем. Било је озбиљних повреда пијаних гостију, чак и ломова ногу и руку.

Корак. Један. Два. Ноге су јој биле тешке попут усијаног олова, губила је снагу у рукама. Из Жуте собе је допирала тутњава. Њен звук нимало јој се није допадао. Жута планина иза ње као да је сада претила, надимала се попут бесног живог створа, попут љубавнице која не прашта што се не подлеже њеним чарима.

Готово да је заплакала када је схватила да јој ноге додирују асфалт. Изашли су! Моћ је, осетила је, потпуно напустила, али вољни моменат је учинио своје. Снага јој се вратила. Успела је да пређе улицу (срећом у тако касном сату саобраћај је био врло редак) и да се заједно са сликарем сакрије у једну од многих бочних улица које су се одвајале од Темеринске. Усправила је сликара у седећи положај, потпуно клонувши када га је скинула с врата и леђа. Слабашно је дисао, пулс му се једва осећао, али био је жив. У том моменту више од тога није могла, ни смела да пожели.

А онда је Афродита експлодирала.

Нестала је у секунди, у фонтани, у гејзиру зелено-жуте ватре, у коју се мешала и љубичаста. Нестало је свих тела из ње, нестало је Жуте собе и огледала у њој, а коначно из њеног видокруга и из њеног ума нестало је и наказне планине, нестало је тих милијарди слика и шумова, гласова, призора из њене главе, осим једног, са обала Бретање — који ће јој се упорно враћати... годинама. Били су слободни. Јецала је, грливши сликара, док су у даљини завијала полицијска и ватрогасна кола, а ноћни радозналци се почињали окупљати, питајући се где је то и како нестао ноћни клуб Афродита, и шта је произвело необични зелени пламен.

***

Неколико месеци касније, на Фрушкој гори

Шкода се одвојила од главног пута и лагано кренула споредним, уским, још увек неасфалтираним путем кроз ливаде и брегове питомих обронака Фрушке горе. Накратко је пут водио навише, и након једне кратке узбрдице, шкода се заустави на прилазу имању које је било са три стране заклоњено густом шумом. Сама кућа и помоћни објекти, шупе, воћњаци били су распоређени на благо заталасаној ливади у подножју брда.

Испред куће седео је човек у инвалидским колицима, висок, мршав, у раним педесетим. Направио је малу буктињу у коју је цепао и бацао слике и цртеже. Власница шкоде, са рукама пуним кеса са намирницама, кренула је према њему. Ватра је за тренутак подсети на једну другачију, зелено-жуту буктињу, и она се стресе.

„Изазваћеш пожар, мили”, рече му Алиса. Спустила је кесе на земљу и пољубила га.

„Не бих волела да запалиш шуму. Ако ниси заборавио, живимо поред националног парка.”

„Не брини”, насмеја се Сликар. „Нема још пуно. Сматрао сам да... треба да се отарасим тога.”

Погледала је цртеже који су, још неначети ватром, чекали свој ред за уништење. Сви су, у разним варијантама и облицима, приказивали исто. Застрашујуће високу жуту вулканску планину, чије су се стрме стране уздизале изнад овоземаљског неба у неко друго, туђинско, љубичасто. Испод њених титанских падина дремала је сићушна Земља.

„Такво место не би смело да постоји”, рече он. „Не би смело чак ни да се сања. Бескрај... вечност... то не треба да постоји. То није за људе. Наш ум не може то да поднесе.”

„Знаш”, она прошапта, „понекад размишљам... понекад пожелим. Да одемо. Тамо, знаш где.”

„У Француску?”, питао је. „Да”, одговори она. „Волела бих да одемо у то село и да упознам ту девојку, и њеног сликара. Мислим да много личе на нас. Не мислим, знам. Можда би и вас двојица могли да размењујете слике, идеје... а ја и она, ко зна, шта нас све везује. На крају, захваљујући њима сам се и вратила. Захваљујући њима смо овде. Живи.”

Гледао ју је пажљиво, својим сетним, уморним очима. „Заиста желиш да идеш? Јеси ли сигурна?”

Погледала га је. „Мислиш да то није добра идеја?”, упита га.

Дуго је ћутао, док је последње слике Жуте планине бацао у ватру. Онда климну главом и проговори: „Мислим да то није добра идеја”.

Погледала га је, спремна на љутњу и побуну, али устукну, видевши неочекивану чврстину у његовом погледу.

„Рекао сам ти већ. Све те ствари — бескрај, вечност, паралелни светови, људски двојници, то не треба да постоји. Ако већ постоји, ми не треба да чачкамо у то. Неки снови треба да остану само то. Снови.”

„Добро шефе”, насмешила се и нежно га пољубила. „Нећемо ићи. Када смо већ код снова, сањала сам... другачији крај пожара у Афродити. Сањала сам како сам се срушила на под Жуте собе. Нагутала сам се дима и изгубила свест. У том сну, ти си успео да се подигнеш из колица. Поново си ходао. Био си мој јунак. Изнео си ме напоље, кроз ватру, преко оних лудих степеница.”

Загрлио ју је и пољубио. „И ја сам сањао исти сан Алиса”, рекао је. „Потпуно исти.”

Погледала га је ужаснута. „Па који је онда завршетак истинит? Који је наш живот онда уопште прави?”

Пољубио је њену дивну косу, загрлио је, привукао себи. Пролазио јој је прстима кроз косу, што је толико волела. „Твоја коса блиста попут златног меда", рекао јој је, љубећи је.

„Ниси ми одговорио на питање", осмехнула се, већ одобровољена.

Загледао се у ватру која је гутала цртеже њиховог кошмара. А онда се окренуо према њој, и пољубио је, дуго, нежно. „Зар је то важно?", упита он.

„Важно је", одговори Алиса озбиљно. „Морам да знам. Након свега, морам да знам."

Дуго су седели у тишини, љубећи се, милујући једно друго, док се вече полако прикрадало, а небески свод попуњавао првим звездама. Није наваљивала, није волео да га притиска. Знала је да ће одговорити када буде спреман. Када је поново заронио руке у њену косу, знала је да је дошао тренутак.

„Сваки", одговорио је. „Сваки живот у коме сам са тобом је прави."

Осетила је топлину у грудима и поново му препустила своје усне.

Баш то је и био одговор који је желела да добије.

Али видела је у облацима, осећала је у даху дрвећа, знала је да време неумитно вртложи и да у том вртлогу постоје слични и истоветни, да их струје времена неминовно износе на површину, да се препознају и осете, да су хиљаде километара које деле Војводину и Бретању само трунка безначајне прашине у очима господара времена, и да као што Жута планина може да види све, тако и они који деле исте мисли, иста тела, исто сновиђење, могу да се виде и препознају преко сваког физичког простора, и да није немогуће да се још једном, или безброј пута

Алиса нађе са друге стране огледала.

Дрога је напросто кључала кроз сваки нерв и ћелију њеног тела. Колала је кроз њене вене, кроз мишиће, кости, срце, мозак. Потпуно је обузела, преузела њену личност, њене физичке реакције и хемијске процесе. Моћ и сила коју је донела у њено тело и ум били су немерљиви. Рушили су све баријере и границе, иначе недоступне људским бићима. Физичку, визуелну манифестацију те силе њен мозак, њена подсвест морала је преточити у нешто јој познато, иначе би потпуно полудела. На њеној руци уобличио се смарагднозелени прстен, и знала је да у том прстену лежи сва моћ дроге која се излила у њу. Уперила је прстен према огледалу које је испрва лагано треперило, а затим све јаче блештало, обасјавајући читаву Жуту собу огромним сноповима жутог светла. Али више се није плашила. Прстен јој је показао пут. Зелена, течна ватра која је покуљала из прстена, отворила је и раширила пукотину у огледалу, довољно велику да кроз њу прође људско биће. Алиса је коракнула, и у секунди прешла на другу страну. Затворених очију, чула је повике, урлање и претње својих мучитеља, док се опна између светова затварала чим је прешла. Када је отворила очи, схватила је да стоји тачно на врху кратера Жуте планине.

Поглед је био... чудесан? Мала је то, и слаба реч. Уздрмао је много више од дроге. Потпуно јој је изменио и уништио људску перцепцију. Осећала се попут најситније бубашвабе, која се неким чудом попела на Монт Еверест. Јер испод окомитих, жутих страна планине, дугачких, дугачких, о Боже, схватала је да пониру без краја и почетка — стотинама, хиљадама километара?, лежала је цела Земља, цела Планета је лежала дубоко испод њених ногу, сићушна попут мрава у односу на Жуту планину.

Све планине — баш све планине Земље, лежале су испод ње. Препознала је Хималаје, Анде, Карпате, Кавказ, Килиманџаро, Динариде, Шар-планину, али и оне њој блиске и драге, много мање и ниже венце, попут Фрушке горе или Вршачког брега. Видела је јасно све реке овог света, сва језера, мора и океане, и не само реке, видела је и све њихове притоке, поточиће, изворе. Сваку пустињу, кањон, савану, степу, тундру, сваку шуму, све је то лежало распрострто пред њом попут чаробног ћилима.

А на крају, то није било све. Испод Жуте планине лежале су и све тековине цивилизације. Свако насеље, село, град, свака светска метропола била јој је као на длану. Оно што је потпуно избацило из равнотеже било је да је истовремено могла да види СВЕ. Од највишег врха Хималаја до мале пешачке стазе у Сремским Карловцима, од бедне тропске настамбе на ободу пустиње у Сомалији до огромних људских мравињака у Сао Паолу и Токију. И не само да је видела, него је и истовремено чула СВЕ. Од вике лучких радника у Бомбају, до брачне свађе у изнајмљеној соби у Београду, од вриске жртава ауто-бомбе у Кабулу до смеха задовољних гостију у позоришту у Паризу. Чула је чак и крцкање гранчица и шумове које су правиле ситне зверчице у некој средњоевропској шуми.

„Драги Боже, Господе", мрмљала је, али више није била сигурна ко је Бог... тачније — шта је Бог, јер ако је ово истина, ако није халуцинација изазвана том новом дрогом, онда је Жута планина несумњиво Бог. Осећала се попут неког хиндуистичког божанства, као да има на хиљаде глава, на хиљаде очију и ушију које се окрећу, виде и чују у свим правцима. Осећање језе и неверовања замени осећај тријумфа. Присуствовала је нечему што је равно настанку свемира, рађању богова. Нечему што ниједан жив човек није искусио. Сада је јасно осећала све. Чак ни Шаман није могао у потпуности да пређе на другу страну иако је у своје тело примио много већу количину дроге од ње. Могао је да назре титанске обрисе Жуте планине, могао је чак и да је види (мада врло магловито, на ивици хоризонта), али физички није могао да јој приступи. То је могла једино она. Потражила је сада својим новим, божанским видом и Шамана, његову физичку кућу. Није се много изненадила што га је нашла у вили подно Оризабе, највећег мексичког вулкана. Оризаба је била мали огранак Жуте планине, то јој је сада било јасно, само отпадак са њене моћне телесине који се распростро по Земљи. Њен представник и изасланик на нашем свету. Чудно, помисли Алиса, како није осећала вртоглавицу, иако се налазила на висини за коју је Олимпус са Марса био тек безвредни патуљак. Није се ни гушила, иако на тој висини несумњиво није могло бити ваздуха, није је однела свемирска празнина ни недостатак гравитације нити је убило зрачење, иако је та висина морала бити у свемиру. Али небо изнад ње није било црно, него љубичасто, и схватила је да Жута планина постоји у ДРУГАЧИЈЕМ СВЕМИРУ, У ДРУГАЧИЈОЈ ДИМЕНЗИЈИ/ДИМЕНЗИЈАМА, а да је она некако доспела у простор где њена вулканска купа сече и дели простор нашег свемира и наше планете, и да као што она сада види и чује целу Земљу, да тако и можда нека друга Алиса, у свом универзуму и на својој планети, са врха ове титанске планине види читав свој свет.

Поглед јој се још више изоштри и она обрати више пажње на Шаманову вилу. Били су ту огромни базени, фонтане, вештачке речице и језера препуна кајмана. Ту су слетали хеликоптери, приватни авиони, на десетине, на стотине људи са аутоматским оружјем чувало је тај комплекс.

А одатле, на све стране света, и горе према Америци, и преко Атлантика ка Европи, и преко Тихог океана ка Азији и Аустралији, текла су мора кокаина, хероина, и свих могућих дрога. Шаман је непрестано издавао наређења, а кроз његове руке текле су бескрајне реке новца. Одмакла је поглед од виле и посматрала безбројне лабораторије у којима се производила дрога. Посматрала је транспортне руте и схватила да Шаман, иако далеко од њене моћи и способности да ступи директно на Жуту планину и види одједном цео свет, може, уз велике количине дроге, да види ствари, да предвиди полицијске заседе, да уочи безбедне правце, да на време сазна шта ради конкуренција. Пред њом је растао нови, титански Картел, Картел који се ширио попут најгорег канцера и који је био на путу да збрише и прогута све друге картеле.

И не само њих. Са информацијама које би Шаману слала са Жуте планине, Картел би временом збрисао све државе, војске, обавештајне службе, полиције. Контрола коју је омогућавала Жута планина, била је бескрајна, тотална контрола, незабележена у људској историји. У поређењу с њом, све савремене информационе контроле и надзори које су открили Сноуден и други, биле су потпуно безначајне. Онај ко је могао да се попне на врх Жуте планине, у сваком милисекунду знао би шта ради сваки живи становник Земље. И где се исти налази.

На падинама Оризабе, у сенци циновског титана из друге димензије, расло је чудовиште које је желело да влада читавим светом. Да прождере читав свет.

„Тако је, малена”, чула је шиштави Шаманов смех у мислима. Физички није могао да досегне до ње, али мисли јој је дотицао. „Покорићемо цео свет. А кад завршимо са Земљом, владаћемо и другим световима, који се крију иза небеса изнад Жуте планине.”

„Владаћемо”, помисли Алиса. „А зашто си ми ти уопште потребан... старче? Ти не можеш да пређеш овамо. Ја могу. Ја видим и чујем све. Могу да владам сама. Ти ми ниси потребан.”

„Ах, замамна и храбра сињорита!”, насмеја се Шаман. „Грешиш, балканска лепотице. Дат ти је дар, али не и могућност да будеш Бог. Моћ коју си добила је толико снажна и ван сваког људског поимања, да ћеш убрзо полудети и нестати у пламену, ако не будеш контролисана, и ако будеш повлачила превише дроге. Потребан је неко да те усмерава и контролише. Да те обучи. Зар већ сад не осећаш како та ватра гори у теби, зар немаш осећај као да ћеш сваког часа експлодирати?"

Био је у праву, морала је то себи признати. Осећала се као бензинска пумпа пуна горива у коју је неко уперио ракетни бацач. „Владаћемо заједно", наставио је Шаман. „Ја ћу ти давати количине дроге које ћеш подносити и преживети, и долазићеш кад затреба на Планину. Ја ћу на Земљи водити рачуна о техничким стварима. Имаћеш шта год зажелиш — милијарде, базене, виле, планине, реке, шуме, читаве државе. Коју год државу желиш, имаћеш је само за себе. Имаћеш љубавнике које желиш. Љубавнице. Шта год. Кад покоримо Земљу, кренућемо ка вишим нивоима. Видећемо шта се све крије иза Жуте планине. Можда и бесмртност досегнемо, једног дана. Је ли ико икада добио такву понуду, сењорита?"

Морала је признати да понуда звучи више него примамљиво.

„Надам се да разумеш", настављао је. „Ја сам те осетио, нањушио сам твоју моћ, твој потенцијал. Али није вредело да те просто доведемо... подно Оризабе. Твоја моћ повезана је с местом. Делује само у Афродити, само у Жутој соби, само уз музику, плес, уз специфичан угођај. Да си дошла овамо, можда би попут мене, тек назрела Жуту планину на ивици човечије видности. Зашто тако делује тамо, не знамо тачно. Афродита је саграђена на месту које је нека врста капије између светова, исклизнућа које се манифестује само у Жутој соби. Али чак ни мени, када сам долазио, није отворила своја врата. Само теби. Хајде", рече. „Видела си и чула више него довољно за први пут. Сада се врати. Да не сагориш, лепа сињорита."

Али толико призора! Толико лепих и суморних, радосних и језивих... призора, живота, гласова. Само још мало, помисли.

Што је више гледала, слушала, упијала, све више је обузимало. Шаманов глас једва да је и чула, смањивао се и смањивао док није постао нечујнији од шапата. Са сваким упијеним призором моћ је расла у њој. Њен живот више није постојао. Сада је живела милионе туђих живота. Била је краљица највећег краљевства у људској историји. Оно за шта су гинули милиони, под Хитлером и Наполеоном, она је остварила једним јединим кораком. Њен претходни живот се губио у магли. Афродита, газда Гринго, Тврди, Роки, Кобра, гости локала, студенти, директори, несрећни, усамљени људи, ниткови, Каћа, Марица, њене колегинице играчице, све је то сада бледело, попут духова, сви су они постајали неважни.

Још неко је био... нека колица... слике? Неко важан. Али није могла да се сети.

Шаманов глас који је дозивао потпуно је ишчезао. Њене многоструке новооткривене очи одлуташе до питомог села у Француској. Негде у Бретањи. Двоје људи било је само испред усамљене кућице. Мушкарац, средњих година, у раним педесетим, седео је у инвалидским колицима и наносио боје на велико платно. Испред њега позирала је девојка средње висине, лепог овалног лица, црних очију, дугачких, снажних ногу, и слапа дивне, блиставо смеђе косе која јој је текла низ леђа попут... попут...

Тражила је реч. Девојка је чудесно личила на њу саму. Реч јој је била на врх језика. Та коса...

„Твоја коса тече попут златног меда”, чула је мушкарца када је проговорио. Девојка му се осмехнула. Сазнање погоди Алису попут грома. Мед! То је била Реч. Твоја коса тече попут златног меда. Сећање јој се вратило. На човека који ју је волео, који је сваке суботе седео у Афродити у инвалидским колицима и који јој је испричао цео свој живот и изјављивао јој љубав док је на папиру оловком и тушем сликао њено тело. Дивила се како је савршено насликао, као да осећа и види сваки, па и најмањи детаљ на њој, па и оне скривене од погледа. Али најлепше је сликао њену косу, толико лепо да се расплакала када јој је први пут показао цртеж. „Твоја коса тече попут златног меда", рекао јој је. Тада га је први пут пољубила. Сада је схватила, ако остане на врху Жуте планине, да ће то бити и последњи пут.

Показивао јој је и своја уља на платну. Дивила се том контрасту боја, осенчености, тихом продирању светла у позадину хоризонта на слици. Једну слику је посветио и њој. Ни сама себе не би могла боље представити. На слици, очи су јој блистале, а коса пламтела попут топлог саћа. Питала га је тада, како користи боје, шта која значи, како се за коју одлучује?

„Ово је светлоплава, боја неба", рекао је пољубивши је лагано у длан и прсте. Топли, слатки трнци пошли су јој кроз тело. „Тамноплава је боја мора, олује и ветрова", казао је приуштивши јој један нежан, топао пољубац у врат, од кога се скроз блажено одузела. „Жута је боја меда, плодности, среће", љубио је њену дугу, блиставу косу играјући се са њом прстима. „Зелена је боја траве, шуме и пролећа", пољубио јој је очи, образе и чело. „Бела је симбол чистоте, чедности", рекао је љубећи јој мале шаке. „Црна је боја ноћи, сумрака, плеса и завођења", спустио је пољубац на њене усне, који је са задовољством прихватила.

„А црвена", рекао је тихим, узбуђеним гласом, спуштајући усне на њену лепо обликовану и прилично откривену бутину, „то је боја ватре, боја страсти".

Пожелела је одмах да све то понови, читаву ту палету боја. Нарочито црвену.

Затворила је очи, препуштајући се тим лепим успоменама. Сећала се његових погледа, погледа који су је истовремено и скидали и миловали, били чедни и нежни али и пожудни. За тренутак, мисли јој се вратише на сликара и девојку у француском селу... Жута планина нуди толико могућности, помисли, безброј могућности, толико погледа и живота, негде сигурно међу њима, међу толиким мноштвом, мора постојати идентична копија њене љубави. Пронаћи ће је. Пронаћи ће је и владати светом. Није јој био потребан сликар из Афродите.

Отворила је очи. Погледала је поново са помешаним осећањима туге, радости и одушевљења, горостасне падине, љубичасто небо изнад Жуте планине, Земљу под њом. Знала је да не сме оклевати. Ако буде трајало дуже од пар секунди, биће заувек изгубљена. Мора то обавити одједном, брзо. Сада или никада.

Стргла је прстен у секунди и испустила га у кратер Жуте планине. На тренутак се сумануто зацерекала, осећајући се попут Фрода када је бацио свој прстен у пламене дубине Усуда, фактички испред носа Саурону. У идућем тренутку, коракнула је унатраг кроз огледало и већ је стајала на чврстом поду Жуте собе. Гигантска планина и љубичасто небо још су је дозивали са друге стране.

У следећем трену, и са оне и са ове стране, букнуо је зелени пламен.

Још увек је моћ колала њеним телом, још увек је била повезана са прстеном, а он је падао, падао, бескрајно дуго, и падаће не сатима, већ недељама, месецима, годинама, деценијама, миленијумима, можда и еонима. Можда ће, кад падне на само дно планине, уништити и Земљу и све светове које наткриљује Жута планина. Али тај тренутак ипак је био превише далеко да би с њим разбијала главу. Извесна уништења већ су почела. Шаманову вилу прогутала је купола зелене ватре. Чула је његове умируће крике, његове и његових људи. Стравичне зелене муње које су долазиле са љубичастих небеса која су за тренутак заклонила земаљско небо, спалиле су све Шаманове виле, куће, станове, лабораторије, транспортне руте. Картел који је започињао владавину светом, збрисан је са лица земље за свега неколико секунди.

Алиса је осетила смрад дима и мирис паљевине чим је ступила на тло Жуте собе. Зелена ватра је већ увелико лизала њене зидове. На поду су лежала угљенисана тела њених мучитеља. Гринго. Тврди. Роки. Кобра. Огледало се болесно надимало, пулсирало час у жутој, час у зеленој, час у љубичастој боји. Жута планина је и даље дозивала, иако је прстен тонуо у њене дубине. Вриштећи је претрчала преко ватре, отворила врата и истрчала у централни део локала.

Вриснула је још једном. Тела су била разбацана свуда. Конобари, шанкери, гости локала, све их је спржила и угљенисала зелена ватра. Препознала је и тела својих колегиница. С тугом помисли како се Каћа никад неће удати нити остварити своје снове о којима је толико маштала. Марица никад неће отићи на пут око света. И све то због ње, због проклетог картела и због најлепшег од свих видиковаца на свету — Жуте планине. Је ли ово била цена тих снова о бескрајној моћи и лепоти?

Ватра је захватила и завесе, ужасно брзо се раширивши по локалу. Просторија је била пуна дима. Улазна врата Афродите била су отворена, видела је кроз пламен неколико тела око степеница — сигурно су у једном моменту похрлили на врата и у том стравичном нагуравању само олакшали посао ватри.

Ипак, моћ је још увек чинила њено физичко тело неосетљивим на ватру, али осећала је да дејство дроге почиње да попушта. Дим јој је већ сметао и гушио је. Мораће да пожури. А онда га је угледала и сећање јој се скроз вратило.

Као и обично, сликар је у својим инвалидским колицима седео у првом сепареу до врата. Поред гомиле која се нагурала на врата, није имао шансе да изађе. А како би и сишао низ степенице? Раније су га Тврди и Роки, некад и Кобра носили низ степенице. Они су сада мртви лежали у Жутој соби.

Глава му је клонула на груди, али својим сада изоштреним чулима Алиса ухвати да он још дише.

Потрчала је кроз ватру осетивши њене прве болне, вреле убоде (моћ већ озбиљно попушта, помисли) и у тренутку кад је већ била надомак његових колица, убеђена да ће успети да га извуче из њих, да га одвуче на сигурно макар га носила на леђима, попут корњаче, њене ноге запеле су за неко тело на земљи. Главом је ударила о под Афродите, и свест је напустила непуних секунд-два, након што је из њеног грла изашао очајнички, гневни врисак.

Тај га је врисак пробудио. Алиса је изгубила свест, његова се повратила.

Неколико тренутака је запањено жмиркао, док му се вид пробијао кроз зелену ватру и дим, а онда је повратио сећање и схватио где се налази. Нешто се догодило... пожар, врисци, мртва тела. А онда му поглед паде на Алисино непомично тело, које је лежало пред његовим ногама.

Моментално је покушао да је подигне, а онда му се у мозак сјури још једна застрашујућа информација, још једно битно сећање, још једна чињеница из његовог живота. Био је инвалид. Налази се у просторији пуној дима, необичне зелене ватре, изгорелих тела, вољена жена му лежи пред ногама, чинило му се да је ипак још жива, а он не може да мрдне из инвалидских колица.

Заурлао је, стравично, гневно, пркосно. Превише је био повезан са њом, да не би осетио шта јој се догодило. Да не би разумео где је била. Да не би осетио како се зло огледало стравично надимало у Жутој соби, а Жута планина је и даље звала, звала, док је прстен бескрајно падао, попут астронаута који испадне из свемирске станице и плута, пада, плута, безвремено.

„НЕЋЕШ!", вриснуо је, свима, Жутој соби, Жутој планини, универзуму. У следећем моменту придигао се из столице, усправио се, први пут после дванаест година, покренуо је једну, па другу ногу. Савијање да је дохвати и придигне, било је још болније. Чинило му се да сваки његов корак, сваки покрет руку и ногу прати пробадање хиљада сечива. Нежно ју је придигао у наручје, пољубио њену дивну, смеђебронзану косу боје златног меда и болним корацима дугогодишњег инвалида кренуо преко лешева ка степеницама.

Сваки корак је био тежак попут Жуте планине, сваки следећи додир ватре све врелији, сваки нови удисај дима све тежи и све ближи несвестици. Газио је по угљенисаним лешевима, ужаснуто помисливши да му они сада служе попут моста који премошћава ватру. Опростите, молим вас опростите, помисли.

Најтеже су биле степенице. Један погрешан корак и обоје ће сломити врат, знао је. Афродита је изграђена повисоко на спрату, а степенице су и у срећним околностима биле проблем. Било је озбиљних повреда пијаних гостију, чак и ломова ногу и руку. За његове крхке, тек пробуђене ноге, сићи низ степенице Афродите, прекривене димом и ватром, било је као да неискусни планинар покуша да походи неки окомити, страшни алпски врх.

Корак. Један. Два. Ноге су му биле тешке попут усијаног олова, губио је снагу у рукама. Из Жуте собе је допирала тутњава. Њен звук нимало му се није допадао. Жута планина иза ње као да је сада претила, надимала се попут бесног живог створа, попут љубавнице која не прашта што се не подлеже њеним чарима.

Готово да је заплакао када је схватио да му ноге додирују асфалт. Изашли су! Новопробуђена моћ ходања га је, осетио је, потпуно напустила, али вољни моменат је учинио своје. Снага му се вратила. Успео је да пређе улицу (срећом у тако касном сату саобраћај је био врло редак), и да се заједно са Алисом сакрије у једну од многих бочних улица које су се одвајале од Темеринске. Усправио ју је у седећи положај, потпуно клонувши када је спустио. Слабашно је дисала, пулс јој се једва осећао, али била је жива. У том моменту више од тога није могао, ни смео да пожели.

А онда је Афродита експлодирала.

Нестала је у секунди, у фонтани, у гејзиру зелено-жуте ватре, у коју се мешала и љубичаста. Нестало је свих тела из ње, нестало је Жуте собе и огледала у њој, а коначно и наказне планине је нестало. Били су слободни. Јецао је, грливши Алису, док су у даљини завијала полицијска и ватрогасна кола, а ноћни радозналци се почињали окупљати, питајући се где је то и како нестао ноћни клуб Афродита, и шта је произвело необични зелени пламен.

***

Неколико месеци касније, на Фрушкој гори
Шкода се одвојила од главног пута и лагано кренула споредним, уским, још увек неасфалтираним путем кроз ливаде и брегове питомих обронака Фрушке горе. Накратко је пут водио навише, и након једне кратке узбрдице, шкода се заустави на прилазу имању које је било са три стране заклоњено густом шумом. Сама кућа и помоћни објекти, шупе, воћњаци били су распоређени на благо заталасаној ливади у подножју брда.

Испред куће седео је човек, висок, мршав, у раним педесетим. Направио је малу буктињу у коју је цепао и бацао слике и цртеже. Власница шкоде, са рукама пуним кеса са намирницама, кренула је према њему. Ватра је за тренутак подсети на једну другачију, зелено-жуту буктињу, и она се стресе.

„Изазваћеш пожар, мили", рече му Алиса. Спустила је кесе на земљу и пољубила га.

„Не бих волела да запалиш шуму. Ако ниси заборавио, живимо поред националног парка."

„Не брини", насмеја се Сликар. „Нема још пуно. Сматрао сам да... треба да се отарасим тога."

Погледала је цртеже који су, још неначети ватром, чекали свој ред за уништење. Сви су, у разним варијантама и облицима, приказивали исто. Застрашујуће високу жуту вулканску планину, чије су се стрме стране уздизале изнад овоземаљског неба у неко друго, туђинско, љубичасто. Испод њених титанских падина дремала је сићушна Земља.

„Такво место не би смело да постоји", рече он. „Не би смело чак ни да се сања. Бескрај... вечност... то не треба да постоји. То није за људе. Наш ум не може то да поднесе."

„Знаш", она прошапта, „понекад размишљам... понекад пожелим. Да одемо. Тамо, знаш где."

„У Француску?", питао је. „Да", одговори она. „Волела бих да одемо у то село и да упознам ту девојку и њеног сликара. Мислим да много личе на нас. Не мислим, знам. Можда би и вас двојица могли да размењујете слике, идеје... а ја и она, ко зна, шта нас све везује. На крају, захваљујући њима сам се и вратила. Захваљујући њима смо овде. Живи."

Гледао ју је пажљиво, својим сетним, уморним очима. „Заиста желиш да идеш? Јеси ли сигурна?"

Погледала га је. „Мислиш да то није добра идеја?", упита га.

Дуго је ћутао, док је последње слике Жуте планине бацао у ватру. Онда климну главом и проговори: „Мислим да то није добра идеја".

Погледала га је, спремна на љутњу и побуну, али устукну, видевши неочекивану чврстину у његовом погледу.

„Рекао сам ти већ. Све те ствари — бескрај, вечност, паралелни светови, људски двојници, то не треба да постоји. Ако већ постоји, ми не треба да чачкамо у то. Неки снови треба да остану само то. Снови.”

„Добро шефе”, насмешила се и нежно га пољубила. „Нећемо ићи”, рекла је.

„Када смо већ код снова”, примети он. „Сањао сам... другачији крај пожара у Афродити. У том сну, ја нисам поново проходао, ти си успела да ме подигнеш из колица. Да ме кроз ватру и дим, снесеш из локала, и преко улице. Била си моја јунакиња. Изнела си ме напоље, кроз ватру, преко оних лудих степеница.”

Загрлила га је и пољубила. „И ја сам сањала исти такав сан”, рекла је. „Потпуно исти.”

Погледао је ужаснут. „Па који је онда завршетак истинит? Који је наш живот онда уопште прави?”

Пољубила га је нежно, загрлила, привукла себи.

„Ниси ми одговорила на питање”, осмехнуо се, већ одобровољен.

Загледала се у ватру која је гутала цртеже њиховог кошмара. А онда се окренула према нему, и пољубила га, дуго, нежно. „Зар је то важно?”, упита она.

„Важно је”, одговори он озбиљно. „Морам да знам. Након свега, морам да знам.”

Дуго су седели у тишини, љубећи се, милујући једно друго, док се вече полако прикрадало, а небески свод попуњавао првим звездама. Није наваљивао, није волела да је притиска. Знао је да ће одговорити када буде спремна. Када је заронио руке у њену косу, прошаптао јој да тече и блиста попут златног меда, знао је да је дошао тренутак.

„Сваки", одговорила је. „Сваки живот у коме сам са тобом је прави."

Осетио је топлину у грудима и поново јој препустио своје усне.

Баш то је и био одговор који је желео да добије.

Али видео је у облацима, осећао је у даху дрвећа, знао је да време неумитно вртложи, да у том вртлогу постоје слични и истоветни, да их струје времена неминовно износе на површину, да се препознају и осете, да су хиљаде километара које деле Војводину и Бретању само трунка безначајне прашине у очима господара времена, и да као што Жута планина може да види све, тако и они који деле исте мисли, иста тела, исто сновиђење, могу да се виде и препознају преко сваког физичког простора, и да није немогуће да се још једном, или безброј пута све понови на неки нови, другачији начин.

Знао је ипак да ни време није свемоћно. Постоје неке ствари које су изван и биолошког и физичког, интуитивног, чак и научног, постоји нека дубља повезаност, на духовном нивоу, тамо где се људско додирује са божанским. Љубав. Уметност. Љубав је уметност. Уметност је љубав. Није се више плашио Жуте планине, јер је сада са сигурношћу знао да Жута планина није Бог. Ма какав био крај, ма где се поново срели, и под којим именима, увек ће је сликати, увек ће се препознати, привући и волети. Јер је она увек једна те иста жена, у Војводини и Бретањи, у Алжиру и Индији, у Њујорку и Амазонији, у свакој коју је волео, воли и волеће увек ће препознати њено лице, њен осмех и очи, њену као течни мед блиставу косу и то никаква сила не може поништити.

С које год стране огледала да се нађу.

Будућност: Хомоље

Гласови, на почетку удаљени, постајали су све ближи како се црвоточина сужавала и квантни аутобус приближавао одредишту. Бесим уздахну. Није волео хомољски крај. Дивља земља, дивљи људи. Ништа нису поштовали, нити су се икога или ичега плашили. Па ни Калифових убица. Претходни посао умало га је коштао главе. Добио је задатак да ликвидира познатог хајдука и одметника, који је годинама успешно одолевао потерама, са својом дружином нападао постаје, станице, војнике и службенике Калифата, нарочито по рубним деловима хомољско-влашког вилајета, који су се наслањали на дивља и непрегледна, бескрајна пространства тајновитих хомољских планина.

Задатак је успешно извршио, али га је умало коштао живота, а за свагда је пољуљао његово веровање у чврсте и поуздане темеље света који је познавао и у коме су владали ред, закон, дисциплина и изнад свега — наука. Хајдук је у последњем тренутку успео да избегне заседу коју су му Бесимови људи приредили у Кучеву, маленом градићу у долини која се наслањала на Хомоље, у области коју су неверници називали Звижд. Незадовољан неуспехом потчињених, Бесим се лично укључио у потеру, која је данима трајала по Хомољским планинама. Никада раније није искусио ништа слично. Квантне нити су необјашњиво отказивале, звездотрагачи су из чиста мира прегоревали, нановозила и микроочи нису доносили никакве податке ни записе, већ само таму тамо где су требали бити светлост и дан. Технологија је била потпуно беспомоћна, иако је Бесим одбијао да поверује у влашке бајалице и наклапања о магији, осећао је све више нечије свеприсуство на том месту. Неки кутак разума, онај који је још увек са пажњом слушао шапутања његових древних предака из пустиње, говорио му је да он овде не припада, и не само он, већ ни Калифат, па ни сав остали свет, да је ово место посебно, једно и једино, да је оно Све, да је оно ту још од почетка времена и да ће трајати заувек, да се не може поразити и да су сва освајања, паљевине и рушења узалудна и привремена, да ће се Хомоље опет уздићи, као што се влашки демони и словенски богови уздижу изнова и изнова, и тако ће бити док је света и века.

Лов се претворио у лични обрачун, у питање части и поноса. Колико год да се ослањао на науку и технологију, Бесим није био човек који се либио да ствари преузме у своје руке. Потрага је трајала данима. Сви његови људи су били побијени, али је и хајдук био рањен, и колико год да је хајдук добро познавао матичне планине, Бесим је умео да чита трагове. Док је пратио трагове кроз бескрајне храстове и букове шуме, поново је осетио налете малодушности. Притискала га је тишина планине, њен необични рељеф, осећај да је овде потпуно усамљен, насукан на острву које пркоси уобичајеним временско-просторним особинама, осећај да је овај талас шума, стена, ливада, бескрајан, и да се простире далеко изван граница оку видљивог и човеку појмљивог света. Тада је први пут чуо и гласове; испрва су били само шапат, а онда као да је ветар те језиве бајалице утерао право у његове уши. Негде на средини пута који је водио ка врху, кога су мештани називали Велики Вукан, заноћио је. Хајдук је био тек неколико десетина метара испред њега, крвав и исцрпљен, и обојица су знали да му више нема спаса. Можда је желео да са врха Вукана, који се састојао од огромних стена, последњи пут погледа вољени крај. Можда је то био достојанствен начин да се опрости од овог света, помисли Бесим.

У пола ноћи, необична језа је пробудила Бесима. Брзо је спаковао опрему, извукао нож и кренуо стазом према врху. Испод првих четинара, угледао је језиву прилику. Девојка, бледог, неземаљског лица, у белој хаљини, стајала је покрај пута. У том тренутку, поново је послушао глас својих предака, њихов шапат који се пробијао испод бајалица које су Бесиму зујале у ушима, да нипошто не проговара док се не мимоиђе са утваром. Бесим се као кроз маглу сећао прича о створењу, прикази, коју су називали Осењом. Није знао да ли она заиста постоји, али је знао да зору неће дочекати ако сад проговори. Обливен знојем, прошао је поред авети која је постепено бледела и нестајала. Само једном се осврнуо и тада му се учинило да се испод хаљине, уместо девојачких, виде ноге које подсећају на... козије. Бесим се стресе, и журно продужи напред, не осврћући се више.

Хајдука је сустигао на самом врху Великог Вукана и без оклевања му ножем задао смртну рану. Док је са врха стене посматрао дивљи и шумовити бескрај који се протезао све до мутних вода великог Дунава и далеких Карпата, јасно је чуо последње речи умирућег хајдука: „Узалуд... узалуд. Не можеш победити Хомоље. Хомоље је вечност. Доћи ће други. Доћи ће... Она. Из вечности”.

Бесим осети познату главобољу и пецкање док се црвоточина смиривала, као и сећање на непријатну потеру по језивим планинама пуним утвара, и ветар који шапуће бајалице. Боје постадоше јасне и коначне, звук потпуно чујан, а под ногама осети чврсто тло. Призор га није нарочито импресионирао. Није волео Кучево, у коме је потера и почела. За њега, градић је увек изгледао исто, као да је време овде заувек стало. Да ли је у питању била 1913, 1993, 2013, 2073. година... њему се чинило да се ништа није променило, и да се никада и не мења. Као да је Хомоље, које се у даљини надносило над њим, чувало град у својеврсној временској капсули, отпорној на било какве утицаје.

На тераси највише зграде, која је више личила на сиротињску бараку, Бесим угледа своју мету. Згодно парче, помисли. Висока, дугачке смеђе косе која га је подсећала на течни, блистави мед, снажних сељачких руку које су слагале веш, дугачких, јаких, препланулих ногу. Смеђих очију. Лице опаљено сунцем, ветровима и тугом. Патњом. Бесим није схватао како би она могла угрозити калифат, али Калиф није желео да му открива превише детаља. Било му је чудно чак и њено име. Алиса. Необично име за једну сиромашну, дивљу брђанку. Сви из њене лозе носе то име, рекао је Калиф. Алиса. Какве лозе, Бесим није знао. Из шкртих Калифових објашњења није могао ни да сазна. Калиф је спомињао неку њену древну преткињу, Очи које виде све, некакву имагинарну и запрепашћујућу Жуту планину, спомињао је да још нису сигурни да ли су, када ће и хоће ли јој се уопште Очи отворити (какве Очи, Бесим није схватао), али, говорио је, не смеју ризиковати, свакако је најбоље уклонити је. Калиф га никад узалуд није слао на задатак; ако он има информације да је та жена опасност за Царство, онда је несумњиво тако.

Додуше, присети се Бесим, Калиф је свом омиљеном убици изричито забранио било какав, а поготово интимнији контакт са метом. Убиј, без приче, без додира, и сместа назад, гласила је наредба. Бесим се осмехну. Матори ипак не може баш све знати, ни видети. На крају крајева ово је ипак градић, тек једва већи од мале варошице, где га не могу угрозити никакве аветне силе које су владале у планинама. А штета би било овакво парче послати шејтану, а да се претходно мало не поигра са њом.

Волео је Влахиње. Имале су у себи нешто дивље, недокучиво, вилинско, што је стално покушавао ухватити и укротити, али никако није успевао. На граници два света, Истока и Запада, нису у потпуности припадале ниједном, а као да су од сваког света узимале нешто посебно, што их је и учинило тако чудесним. Док је тонуо у њихово месо, чак и у моменту док им је резао вратове, посматрале су га са висине, као да су краљице, као да припадају народу изабраних, а не потлаченом народу безначајних робова.

Алиса је била другачија, кротка и понизна, и то га је донекле разочарало. Када јој је показао свој омиљени, старински револвер, само је оборила главу и без речи почела да откопчава блузу. Чуо је њене тихе јецаје, и то му је још више узбуркало крв. Није више могао да контролише своју страст. Бесимови зуби снажно загризоше њену кожу и он осети укус њене крви.

Крв. Требало би да је млада и слатка, али... негде дубоко у тами, иза њених зеница, отворише се неке древне Очи, заблисташе зелене муње и након што у магновењу виде силуету титанске, немогуће велике и високе Жуте планине, Бесим потону у вечност.

Таласи хладноће, мрака и болесног зеленкастог светла удрише га попут муња, сјурише му се у ум и крвоток. Она је била СВЕ. Она је била хајдук, Осења, она је била шапат бајалица, огромна стена Вукана која се стотинама метара надносила изнад шуме, она је била тама, ноћ и звезде. Она је била — Хомоље.

Бесим је новопробуђеним унутрашњим оком видео све могуће будућности. Признање неуспеха, неизвршења задатка и слику гајтана који му се стеже око врата, те сопствених, запрепашћених очију које гледају властито тело са одсечене главе. Извршење задатка — крв и мозак овог створења расути по зиду и поду... и (не)мртви који се подижу из гробова, праћени језивом песмом бајалица, и који у бескрајним хордама ступају са Хомоља да освете смрт своје Господарице.

И трећа које се сада присећа на другом крају црвоточине, док диже нож над уснулим Калифом, свестан да је тим чином започео распад моћног Калифата, и да се Србија опет усправила и васкрсла, као безброј пута у историји, као што је и Хомоље безброј пута стресло са себе сваког освајача, бацајући га у прашину и заборав времена. Сећа се неописиве, неразумне жеље да заувек служи Господарици, да јој донесе пред ноге главу Калифа и вест да је његово царство мртво... да се осмехује и касније, док на све четири лови за своју Господарицу, по непрегледним дивљинама Хомоља.

Само у једном трену, нож му задрхта у руци. Накратко, стари Бесим се покушао пробити кроз таласе древних сила које су му плавиле ум, али није био у стању да се одупре таквој снази и моћи.

Он крикну, те једним снажним замахом одвоји Калифову главу од тела.

Насмешио се, срећан што није изневерио Господарицу.

Стојећи над обезглављеним телом Калифа, присетио се њених речи, са којима га је испратила на пут:

„Прихвати. Не опири се. Узалуд је. Не можеш победити Хомоље. Хомоље је вечност."

***

Прошлост: Ниш

Марија Иветић седела је на клупи у парку и посматрала народ који је чини се, потпуно безбрижно шетао, деца су се играла, зима је била на измаку и дах пролећа већ се осећао. Као да нису били свесни опасности, мислила је. Или су је намерно игнорисали, решени да живе за тренутак, од данас до сутра. Јер нису знали шта доноси сутра. Она је знала. Тих првих дана марта хиљаду девет стотина деведесет девете године, готово да је могла већ да чује звук надолазећих бомбардера, који ће неколико недеља касније, ускоро и стварно стићи. У ваздуху је мирисало на рат. На патњу. Онако како је у ваздуху мирисало и оног лета пре четири године у њеном завичају, у Крајини. Пре прогона и дана и ноћи смрти. Али за сада, живот је односио победу, чинило се да Ниш живи опуштено и радосно, као да пркоси претњи која се надвила над целом Србијом. Као да једна иста рука управља свим тим, помислила је, и пре четири године и сада, та рука која их немилосрдно мрви и сатире, која им уништава и прекида детињства, младости, рука што не мари за правду, бол и сузе. Живот је наизглед текао уобичајено, али Маријином пажљивом оку није промакла ужурбаност, одлучна али забринута лица која су улазила и излазила из зграде Команде копнене војске Савезне републике Југославије. У команди је врило као у кошници и Марија је била потпуно свесна да у команди знају да не можемо никако избећи сукоб са том смртоносном руком чија се сенка поново обрушила на нас. Чекала је свог вереника, овде на Тргу, у парку преко пута команде. Горан Драгутиновић је пре неколико минута ушао у зграду и Марија није имала никакве сумње какве ће јој вести саопштити када из ње изађе. Горан је био припадник специјалних јединица полиције Републике Српске, и поседовао је огромно ратно искуство. Дошао је у Ниш, у команду, да се јави свом ратном пријатељу, мајору Симићу, да виде како и он може помоћи у актуелној ситуацији. Марија је била поносна на њега због тога; никад није пожалила што је ступила у везу с њим, иако је био шеснаест година старији од ње. Горан је имао усађен осећај части, поноса и дужности, своју изабраницу је третирао заштитнички, као краљицу, али никада јој није ускраћивао индивидуалност нити и помислио да негира њене способности, жеље и циљеве, иако је била много млађа, готово дете за њега. Осећао је интуитивно њену необичну снагу и чврстину, а његова сигурност и поузданост додатно су снажиле све оно што је поседовала. Узајамно су се прожимали и једноставно су се проналазили у сваком аспекту живота. Била је поносна на њега, али се и плашила сурових ратних дана који ће га несумњиво чекати када са мајоровом јединицом крене пут Косова и Метохије.

Занесена мислима, није ни приметила прилику која јој је прилазила, све док се иста није сместила поред ње на клупу. Марија се намршти на такву непристојност, и одмери ненадану придошлицу. Мушкарац, тридесетак година, можда тридесет пет, једноставно али с укусом одевен, плавокос, бледог, помало испијеног лица и зелених очију, очију необично хладних, помисли она... укочених и стакластих као у змије, ружно поређење јој је пало на ум.

„Ах, извињавам се", проговори он. И глас му је био леден — на површини пристојан, углађен, васпитан, нормалан глас пристојног, културног човека, али Марија је умела хватати сигнале испод површине. Испод је била бездана јама пуна леда који се никада не топи.

„Узео сам себи слободу да седнем, надам се да не замерате", настављао је наметљиво. „Ханс Грубер, ако дозвољавате", пружио јој је руку. Ошинула га је једним бесним погледом, а ту руку која је неколико тренутака просто висила у ваздуху, није прихватила. Он је на крају повуче. „Одсео сам у једном хотелу. Ниш је заиста диван град. Пун живота. Има тај мирис, шарм, харизму југа, истока. Ја сам иначе дописник једног немачког листа."

„Дописник, кажете", поново га је бесно погледала, пркосно, и Ханс Грубер осети прве трнце нелагоде. Била је прелепа, помислио је. Начин како су јој се подизале обрве док се мрштила, како су јој се те крупне, огромне црне очи шириле док се љутила, светлост која јој је падала на лице и у као ноћ, црну косу, све му је то говорило да је пред њим једна млада, лепа девојка у пуној животној снази, и осетио је убод зависти што га је њена лепота погодила на начин на који домаће, германске жене код куће то нису биле у стању; али иза тога, иза уобичајеног младалачког пркоса и ината, наслућивао је некакву чудесну снагу и чврстину код ње. Као камен, помисли. Као камена планина. „Сви сте ви проклети дописници", наставила је. „Не долазите ви овде да пишете истину о томе шта се уистину дешава, већ да напишете унапред припремљене пресуде мом народу. То сте могли да урадите и у својој земљи. Нисте се морали трошити за пута."

Грубер се насмеја. Има духа, помисли. Сече пркосом и иронијом британ попут сабље.

„Ах, госпођице... МАРИЈА", очекивао је њену бурну реакцију на помен свог имена, али њено лице и очи биле су непробојни камен — ничим није показала изненађење. „Чему такво огорчење? Млади сте, пуни живота. Будућност је пред вама. Ако одаберете праву страну, наравно."

„А која сте то ви права страна?", њен љутити тон није попуштао.

Насмејао се. „Мислим да већ знате... Ви сте мудра, паметна млада девојка. Ја нисам шпијун, нити је ово јефтини шпијунски роман. Сила која вас већ дуго посматра и која вас је одабрала, далеко је изнад тричарија као што су БНД и сличне шпијунске и полицијске агенције. Да немам поверења у АПСОЛУТНУ снагу и моћ те силе, никада се не бих усудио да вам priђем баш овде, где сви гледају, испред команде ваше војске, док чекате свог драгог.” Посматрала га је пажљиво, али и даље није видео ни трага панике у њеним очима. „Јесам ли вам сада заокупио пуну пажњу, госпођице?”, упита.

Климнула је главом, без речи. Грубер — или бар оно што се представљало као Ханс Грубер, наставио је: „Већ дуже време сте праћени. Ваше способности... ваша моћ да предвидите, и у извесној мери утичете на догађаје, импресивна је. И само ће расти како будете старији и зрелији. Са нама, правилно вођена, и у нашој служби, та моћ би досегла невиђене размере. Новац, куће, станови, виле, рачуни, безмерно богатство вас чека. Потребно је само да изаберете праву страну. Зашто да ваш таленат пропада на губитничкој страни? Ви већ знате исход овог рата, зар не?”

„Да, знам”, глас јој је био чврст, не сломљен ни молећив, већ чврст и заповедан и Грубер поново осети нелагоду. „Војнички нас нећете добити. Одбићемо све ваше нападе. Нанећемо огромне губитке вашем топовском месу на земљи, терористима. Наша војска се неће повући због војног пораза, којег неће ни бити, већ зато да скине нашем народу омчу коју ћете му ставити око врата бесомучним бомбардовањем, разарањем и тровањем земље.”

„Нисам ни сумњао у ваш таленат”, задовољно је рекао. „Зашто онда не вратите свог вереника с узалудног пута на који креће? Ви то можете, знам. Чему учествовати у борби која је унапред изгубљена? Могао би и он да пређе код нас. Добро би нам дошао. Додуше, ви сте нам далеко драгоценији.”

Одмахнула је главом.

„Ниједна борба није узалудна”, рекла је. „Увек се вреди борити. Нећете протерати све. Неко ће остати и опстати. Остаје нам право, које нам не можете одузети. Земља је наша. Имовина, имања, цркве. Чак и у вашем свету, то се мора поштовати.”

„Не разумеш”, рекао јој је. „Не схваташ дубину и креацију свести која стоји иза овога. Не ради се о обичном, привременом или трајном поседању неке територије. Промениећемо ваше душе. Натераћемо вас да сами себе мрзите. Издаваћете уџбенике и књиге, које ћете ви сами писати, снимаћете филмове у којима ћете ви глумити, у којима ћете бити представљени као џелати и злочинци, а ми као добротвори и лидери човечанства. Цркве ће вам бити закатанчене и празне, породице ће се распадати, деца се неће рађати, разбићемо вам осећај за емпатију, доброту, колектив, бићете васпитани тако да вам је једино мерило успеха у животу новац и профит; покидаћемо вам пријатељске и родбинске везе. Постаћете индивидуалци, усамљена острва у голомом мору. И наравно, радићете за нас, онолико колико кажемо, и оно што вам кажемо.”

Гледала га је неколико тренутака, а онда на Груберово запрепашћење, праснула у смех.

„И то вам је читав план?”, рекла је. „То је та генијална сила смишљала деценијама, вековима? Хоћеш да ти ја кажем шта ће бити? Биће да нас слабо познајете, иако нас вековима посматрате. Та пропаганда ће врло брзо додијати људима. Урушиће се сама од себе. Изродиће инат и пркос. Цркве ће бити не закатанчене, већ никад пуније. Чак и деца ће ићи масовно улицама, дању и ноћу, певајући у славу Божију. Људи ће се поново дружити, волети, изврдаваће ваше забране на сваком кораку. Ваша дисциплинована, роботска германска свест никад неће овде завладати. Ми смо вилински народ, од страсти, музике и игре саткани. Можете нас све побити, али преобликовати нас по својој мери не можете никада.”

Запрепашћено ју је посматрао док је устајала.

„А понуду можеш да метнеш право у своју швапску гузицу”, одбруси му пркосно и Груберу се ту смрче пред очима. Ова балканска дивљакуша више му није изгледала егзотично, сада му је већ добрано ишла на живце.

„Много си се заиграла”, процеди љутито. „Добила си понуду која се не одбија. Одбијање такве понуде има своју цену. Могу да те натерам да до краја живота непрекидно цвилиш, као пребијено псето.”

Посматрала га је мирно тим тамним, месечевим, вилинским очима.

„Па покушај”, рекла је.

Груберово наизглед привлачно лице се смркну. Са њега је нестало и последњег трага цивилизованости и лажне углађености; из његових очију сада су гореле древне тевтонске ватре, под његовим цртама лица играла је безмерна прошлост, кроз коју су ступале бесконачне ратничке хорде. Отворио је уста а из њих није изашао глас, већ је потекло стравично, беживотно сивило. Кроз то сивило све ватре су се стапале у једну, огромну и неуништиву Ватру — све, од прастарих варварских до модерних ватри под којима су ступали кукасти крстови. Тој древној сили изван овог света, којом сви безуспешно траже а која се покаже и својим слугом учини само онога кога сама пожели и изабере, Грубер је сматрао, нико и ништа не може да се одупре. Ако неће да сарађује, постаће још само једна у низу жртава принесених на олтар Сивом Господару, још једна сенка која ће вриштати у пламеној јами између димензија, пре него што јој се душа, ум и тело заувек улију у надљудско Сивило, из којег нема спаса, и из којег нико, као из црне рупе, никада више не може изаћи. Њена супстанца, честице од којих је сачињена, заувек ће остати у лимбу, празном простору који сачињава (не)тело Господара.

Обрушио се свом силином на њу, и на тренутак му се учини да ће ово бити исувише лако, седела је ту на клупи, премлада, тамнокоса, промрзла од зиме и уморна од бриге, па то је само једна жена, помисли, једна словенска дивљакуша с нешто талента, практично нижи облик живота, шта би она уопште могла...

А онда његова снага удари у зид. Био је то неизмеран, високи, огромни бели зид, сачињен од кречњака. Сами камен. Схватао је да гледа у огромну, дугачку и високу планину, у њене неизмерне беле стене које су се миленијумима и еонима дизале са морске површине. Покуша ватрама да истопи тај камен, ракетама, бомбама, али све је било узалуд, сваки напад је био одбијен, нападао је у таласима, али планина се није крунила нимало. Тај зид је био несаломив, непрелазан. Грубер завришта у агонији, покушавајући да дозове Глас Господара, да он преко понора димензија расточи ову планину, али његове крике заглушише други звуци, који су долазили са планине — вилинска песма, шапат духова, песма птица, зујање инсеката, бескрајно мноштво звукова који су чинили да његов глас не може да се чује, и да се сви пролази између светова затварају. Схвати, док је урлао у агонији, да планина садржи бескрајно много светова, и да је реч о мноштву које ништа не може поразити. Последње што је његова свест запамтила, било је да се девојка придигла са клупе, утонула својим тамним очима у његове, а онда се планина свом силином свих својих светова обрушила на њега.

Док је грлила Горана, Марија је већ знала одговор, али га је ипак упитала:

„Кад идеш?"

„За три дана крећемо", одговорио је. Пажљиво ју је посматрао. „Марија... све од тебе зависи. Само једну реч реци, и остајем. Све бих учинио за тебе", помазио је њену дугу црну косу, пољубио је у врат и она осети топле жмарце.

Не, помисли. Не могу ти то учинити, ма колико ме болело. Не могу да ти не дозволим да будеш мушкарац. Немам права да ти ускратим да се бориш за оно што волиш и у шта верујеш.

„Не", рече она. „Увек се вреди борити. Наша борба је праведна, и самим тим не може никад бити узалудна."

Загрлио је поново и пољубио. Поглед му тад паде на пса, мислио је да је пас у питању, који је цвилео поред клупе, али кад је пажљивије погледао, схватио је да се ради о неком плавокосом човеку, који је на све четири трчкарао по парку и цвилео, док су га пролазници запрепаштено посматрали, понеки тужно, док су му неки добацивали и увреде и шаљиве доскочице.

„Шта ради овај?", згрануо се Горан.

„Јадничак", рече Марија. „Неки странац. Померио је памећу. Тешка су ово времена, не издржи свако."

Марија и Горан загрљени се упутише у центар града. Грубер, тачније оно што је остало од Ханса Грубера, осећало је неутаживу жељу да отрчи за високом, снажном и витком људском приликом која се удаљавала и да јој се баци пред ноге. Али истовремено је осећао и неизмеран страх пред њом, чије порекло његов псећи ум себи није могао да објасни. На крају се није усудио да трчи за њом, већ се на све четири подвукао под клупу и поново почео да цвили.

Тренутак касније, пахуље су поново почеле падати и Ниш полако утону у још један зимски сумрак.

***

Вилинско време: негде између

Био је толико уморан да више није знао са сигурношћу ни име оне коју је прогонио, нити име прогонитеља — своје властито. Није више био сигуран ни ко је ту заиста прогоњен, ко је ловац, а ко жртва.

Како се она уопште звала? Како је заиста изгледала? Каква је боја њене косе, њених очију, каква је заправо боја њеног лика? У Новом Саду ју је познавао под именом Данијела — звали су је Даца, и њена појава је заиста остављала без даха; висока, бујне риђе косе, ватрених очију, нестварно дугачких и лепих ногу, било је немогуће заменити је за било коју другу. Али већ у Београду, није више био сигуран. Док је сањалачки посматрала излоге у Кнез Михаиловој и с Калемегдана зурила у обале моћних река, чинило му се да је у питању нека друга особа. Била је за који центиметар нижа, коса је била црна, очи такође црне, црте лица необично су личиле на новосадску чаробницу, али опет нису биле исте. Чинило му се да јој је и само име сада другачије. Теодора. Јелена? Није знао како је тако нешто било могуће, али у сенкама и димензијама којима је ходио, све је било могуће.

Није више био сигуран ни у властито име, ни у властити лик. У Новом Саду се звао Донован. Тако му се барем чинило. У Београду је био Николас. Прилагођавао се њеном лику, њеним трансформацијама, али је негде успут изгубио и себе. Није прелазио само географске локације, кретао се и дуж различитих временских оса. Кроз Источну Србију пратио ју је као Бесим. Запамтио је њену блиставу, као течни мед слатку косу и име које се сакривало иза огледала. Алиса. То је било у будућности? Али био је ту и у прошлости. Памтио је сурове, беле литице Лазареве клисуре, где је пратио групу планинара у којој се скривала. Али у том бескрајном свету врлети, јама и пећина, изгубио је њен траг. Сећао се да је исцрпљен заспао и да се пробудио у другој, мање дивљој и застрашујућој, али једнако њему несхватљивој и непојмљивој Горњачкој клисури. Трагови су мирисали на њу, али није успевао да је пронађе, иако је продро и у умове манастирског братства да види да ли они можда нешто крију. Трагови су водили даље на југ. Нешто се догодило у Нишу... није могао тачно да се сети шта. Упознао је неку жену, лепотицу, високу, тамнокосу, црних очију. Марију. Памтио је једино да је тада био плавокос, са пасошем на име Ханса Грубера. Шта се догодило није могао да запамти. Нешто у вези са планином, белом и високом, неки непробојни кречњачки зид стајао је испред њега и никакви таласи моћи нису могли да га пређу. Та жена му је упорно и упорно измицала. Присећао се да ју је некад иследивао, као Сашку, а он је био Клаус, углађени и харизматични официр Трећег Рајха. Или је то био само сан, детаљ из неке приче, књиге коју је волео и некад прочитао? Давичове *Песме*? Није могао са сигурношћу да се сети. Вођен руком Господара, полако је откривао Стазу по којој се кретала, стазу која није поштовала уобичајене просторно-временске оквире и удаљености. Јастребац, девојка у чијим очима су се играли змајеви. Западна Србија — шумовити пропланци, ливаде сунчане планине коју су звали Рајац, и девојка плаве косе, даха који је мирисао на звезде и пролеће, али са лицем које је већ видео и сусретао се са њим, посегао је за дезинтегратором, али није стигао да опали, она је нестала, ишчезла, а он је уз блесак заслепљујуће беле светлости отеран даље низ Стазу.

Отерала га је далеко, чак до босанских планина. У густим тамнозеленим шумама Шатор планине ловио је малене виле шаторице које су личиле на његову мету, али су му уз смех увек измицале у последњем часу. Када се избавио из босанских планина, поново га је Стаза довела на Запад. Возио се Моравом у малом бродићу, а у даљини испод стена Овчара и Каблара треперила су тиха манастирска светла. Ону која је плесала на Морави и мамила га уз врлети Каблара није успео да ухвати. Пут га даље одведе на југ, и схватао је полако да се путовању ближи крај, јер ни Стаза ипак није бесконачна, њене координате су ипак у једном, малом, скученом свету... и ускоро ће га одвести на почетак или крај... Стајао је испред белог, блиставобелог манастира, није му се допадала та белина, превише је била заслепљујућа, бела попут етра, попут саме светлости, потирала је његово сивило, и знао је у шта гледа, знао је да га је свесно и намерно овде довела, у манастир Милешеву, јер је осећала његов страх пред запрепашћујућом белином коју је исијавао извана и изнутра. Била је унутра, опчињено посматрала фреску, Белог анђела, уживајући у његовом страху да уђе и пружи корак кроз ту, за њега ужасавајућу белину, само да би се унутра суочио са још бељим, са Анђелом који је био симбол светлости и свега онога што би могло разорити све од чега је сачињен, сву таму, сивило и мрак, који му је удахнуо Господар.

Није имао више права на страх. Стиснуо је зубе, подигао дезинтегратор и закорачио у бели манастир. Није је било унутра. Заурлао је од страха. Очи анђела мирно су га посматрале, а негде на ивици видности, чинило му се да светло, сићушно бело светло трепери на његовим крилима, а иза тог светла назирала се Стаза, и она на стази. Крикнуо је поново и руком посегнуо за том белом светлошћу, и следећег тренутка осети под ногама чврсто тло Стазе и схвати да је доспео у...

* * *

Садашњост: Нови Сад, Дунавски кеј

Дунав је, моћан и спор, равнодушно текао пред њим. Преко пута те велике, древне воде, уздизала се Петроварадинска тврђава, сведок прохујалих времена и некадашњих империја. Кејом су непрекидно пролазили људи, шетали, трчали, причали, ћутали, или једноставно гледали у воду. Галебови, патке и друге птице правиле су им друштво. Небо је било сунчано и ведро. На зидићу поред кеја седела је девојка. Висока, бујне риђе косе, зеленоока, дугачких ногу. На њеном лицу играла је светлост. Сећао се њеног имена. Даца. Мада је на њеном лицу видео трагове и обрисе свих оних лица које је видео на Стази — Алисиног, Теодориног, Јелениног, Маријиног, Сашкиног и осталих вилинских лица. Чинило му се да се сећа и свог имена. Донован. И одакле долази. Послали су га из Америке, да убије ову чаробницу. Вилу. Вештицу. Шта год да је. Било је одлично коначно се вратити у свој лик и тело, не бити неко други. Стао је испред ње, висок, крупан, огроман, готово јој заклонивши светлост. Мало је размакао капут да би могла јасно да види његов дезинтегратор — он је окончавао свако постојање, било да је жртва човек, или нешто више од човека. У њеним зеленим очима није препознао страх. Биле су препуне сећања, сећања на Стазу, и она су навирала из њених очију, као да се црпу из бескрајног резервоара.

„Ко си ти?”, оштро ју је упитао. „Ко си?”

„Ти знаш”, одговорила је мирним гласом. „Знаш моје име. Зову ме Даца.”

„Све сте ви исто, зар не? Даца, Теодора, Јелена, Алиса, Марија, Сашка... све сте ви једно исто лице, једно исто тело и ум. Или делови истог. Једна те иста жена је у питању. Нека врста колективне свести, нешто попут пчела у кошници, или мрава у мравињаку, само што имате ту способност да свест и тело физички поделите у неку врсту двојника, зар не?”, упита је.

„Рецимо да си близу истине”, одговори му девојка. „Мада ниси скроз у праву, али добро. С обзиром на твој рационални, западњачки ум и ово је пуно што си прихватио. Увек је једна те иста. Борба. Као што си и ти увек исти. Небитно, долазио из прошлости, садашњости или будућности. Звао се Донован, Бесим, Николас, Ханс Грубер или Клаус. Наступао у име Четвртог рајха, Четвртог калифата, или Нове Америке Сеновитих, увек је једна иста рука иза тебе. Јер време се понавља и понавља, попут таласа вечито удара о наше обале и ти долазиш с њима. Али никада нас не можете поразити. Зато што смо ми укротили време.”

„Како?“, није могао да схвати. „Нико не може да укроти време. Ни све лабораторије Сеновитих, ни сви квантни прорачуни и експерименти. Чак ни сам Сиви Господар не може да сломи време.“

Сањалачки се загледала у Дунав, а налет ветра поигра се са њеном бујном, дивном риђом косом. Донован осети необјашњиву чежњу за њом у једном тренутку, али отера тај налет малодушности. Затворила је очи, а када их је поново отворила, проговорила је: „Знаш ли како у Хиландару, на Светој гори, рачунају време? Не као ви са Запада. Тамо нови дан почиње са заласком сунца. У оно најлепше доба, ни дана ни ноћи, у доба вечитог сумрака. Зато су наше боје све — и жута и плава, и бела и црвена, зелена, црна. Ваша је само сива, боја празнине и непостојања.“

„Ништа не разумем“, промрмљао је. „Јеси ли икада био у руским степама и шумама?“, настављала је. „Јеси ли икада слушао шум брезиног лишћа и песму птица певачица док тамни облаци јуре бескрајним даљинама истока? Јеси ли угледао нестварно лепа плава и златна кубета, куполе свете Оптине пустиње? Јеси ли угледао плавокосу Машу и њену медведицу како ходе шумама радујући се пролећу и свему што цвета и буја? Јеси ли осетио блажени мир у месту у коме време не тече, у коме је заустављено на радост људима? Јеси ли икада дошао са више хиљада километара удаљености и стао пред човека који те једним јединим погледом чита као отворену књигу, и зна све о теби, иако те први пут види у животу, и чак и не говори твој језик? Јеси ли?“

„Ништа не разумем“, поново је рекао. Обрве јој се љутито скупише, скрстила је руке преко груди и он поново осети моћан убод њене лепоте.

„Не разумеш", рече му љутито. Је ли то начуо звук подругљивости у њеном гласу? „Наравно да не разумеш. Како би и могао да разумеш? Знаш само да убијаш. Рушиш. Мењаш. Уништаваш. То је све што знате да радите. Никада нас нећете разумети. Никада."

„Нисам дошао да те разумем", нагло се одлучио. Коначно су били сами, навала пролазника стала је у једном моменту. „То и јесте ваша мана. Превише филозофирате фаталистички, а не делате. Нисам дошао да те разумем, већ да те убијем", рече, извуче дезинтегратор и опали.

Није се догодило ништа, тачније није било тихог зујања, ни дезинтеграције, већ само ситни бели блесак, и прах који му сипа из руку на тло, прах који је некад био дезинтегратор. Посматрала га је готово сажаљивим погледом.

„Предвидиво", рече му. „Нисам ништа друго ни очекивала од једног Сеновитог. Прошао си Стазом светлости. Дато ти је да видиш оно што не виде смртне очи, али узалуд, изгледа ти нема поправке. Прошао си иза појавне слике ствари, прошао си иза светлости која стоји иза Белог анђела. Зар си стварно мислио да ће те божанска светлост пустити овде са том бедном пуцаљком?"

Ћутао је. Онда коначно проговори.

„Нема везе", рече. „Убићу те неког другог дана. Неки други пут. Или године. Убиће те можда неко други."

„Можда", насмеја се она. Није звучала уплашено. „Можда хоћеш. А можда и не буде тако. Али и да буде тако, то неће ништа променити. На моје место доћи ће друге."

„Шта је Стаза?", умало да не дода проклета, али се угризе за усну.

„Стаза је пут Живота", рече Даца. „Њеним нитима повезано је све — градови, села, манастири, цркве, реке, планине, језера, шуме. И оно видљиво што постоји у свету који ви зовете реалним, и оно невидљиво што не можете да докучите. Време на Стази не тече мерено у људским оквирима. Та је мрежа путева вечна и нераскидива. Не постоји никаква технологија којом је можете открити, уништити или употребити за своје сврхе.”

„Од чега је сачињена?”, горео је од жеље за сазнањем… ако то измами и пренесе Господару… можда ови неуки, дивљи варвари ипак познају неку тајну квантну технологију… да ли је то могуће?

„Од вере”, рече она заносних очију.

„Од вере?”, упита он. Стајао је потпуно пренеражен, осећао се попут издуваног балона. Ову глупост не сме да пренесе ни надлежнима, а камоли Господару.

Поново се насмејала.

„Видиш да не вреди да разговарамо”, рекла је. „Само рушите и газите, иза, испред себе, свуда. Не умете ни да застанете, ни да видите, удахнете лепоту света. Знаш ли ти колико милиона, милијарди светова има у једној обичној малој шумици? Замисли хиљаде инсеката, глиста, птичица, рептила, сисара, биљака, замисли колико је сваки њихов сићушни свет богат и занимљив. Да ли си уопште свестан живота који буја свуда око нас? Знаш ли колико милиона честица има у једној сићушној ласици само, на пример?”, поново се насмејала. „А маштате о звездама. Желите на небеска тела. Хоћете да истражујете космос. А безброј космоса је свуда око вас, буквално вам леже под ногама. Слепи сте, глуви и неми за све. Не видите исправно ни цвет у властитој башти, а како би могао да схватиш непротицање времена у Хиландару и Оптини?”

Мрзим те, није изговорио то наглас, али је помислио. Није могао да разуме њен свет, и неће никада моћи, схватио је. А то га је испуњавало неким необјашњивим ужасом.

„Ваше време пролази”, немилосрдно је настављала. „Ваша цивилизација је на умору. Ваш свет новца, профита, бескрајног и бесмисленог рада, свет без лепоте, духовности, уметности, то не може да траје, томе долази крај. Овом свету је потребан препород, Сеновити. А препород може доћи само са Истока.”

„Какав је ваш свет?”, праснуо је. „Свет богомољаца и филозофа?”

„Свет љубави”, рекла је пркосно. „Свет женског принципа. Свет мајки, кћерки, супруга, бака, пријатељица. Свет који смо ти за тренутак показали. Не да владамо, не да кињимо и освајамо, већ да оплеменимо овај свет. Тек када спознамо свет љубави, тек тада ћемо моћи кренути пут звезда.”

Окренула му је леђа, загледана у Дунав. Дуга коса вијорила јој се на ветру. Размишљао је да ли да се затрчи и гурне је низ бетон, да ли да извади бодеж или ситну отровну иглу и зарије јој је у тело, али гледајући тако опет ју је пожелео и схватио је да је то што осећа према њој много више од пожуде. Зашто, мислио је, осећам истинитост у њеним речима, зашто ме тај њен дивљи, на мистицизму и паганству Природе и некаквог измишљеног Бога заснован свет толико привлачи?

„Знам о чему размишљаш”, рекла је не окрећући се. „Нећеш успети ни да ме гурнеш ни убодеш. Не заборави, ово је ипак мој дом.” Сада се окренула према њему. „Одлази”, рекла је тоном који није трпео поговора.

Лецнуо се, готово да попусти у ногама. Одакле тој сањалици толика одлучност у гласу?

„То што нисам убица, попут тебе”, рекла је челичним гласом, као да му чита мисли, „не значи да не умем да заштитим себе и оне које волим. Показана ти је Стаза, али ти ниси у стању да је прихватиш. Али семе је посејано. И ви осећате шта је исправно, и једном ће и то семе проклијати, једном ћете напустити пут који вас води у пропаст. А сада — одлази.”

Донован је неколико тренутака ћутке посматрао, а онда се окрену и полако стаде да се удаљава. Даца га је ћутке посматрала, све док се није изгубио на хоризонту.

Онда је поново погледала у Дунав. Неколико галебова је слетело. Патке су лагано клизиле по води. Петроварадинска тврђава је блистала на сунцу. Заталасана плава брда Фрушке горе давала су посебан печат крајолику. Весели парови су промицали кејом. Живот је тако леп, помисли Даца. Не постоји ништа лепше на целом свету него постојати, постојати и уживати у лепоти света.

Дуго је посматрала све око себе, а затим је полако кренула ка Булевару Михаила Пупина, па Булеваром ослобођења и даље, куда је Стаза одведе.

Пре него што је приступио древном реду Путника који се кретао димензијама и наплавинама дуж осе простор-времена, и пре него што је добио ново име — Николас, пре него што се заувек одрекао породице, нације, вере, историје, културе, свега чему је припадао, Никола се још увек сећао детињства проведеног у Чачку, а највише одлазака са родитељима у Овчарско-кабларску клисуру. Тешко је то било заборавити, јер такву комбинацију сурове и питоме лепоте није могао пронаћи ни у просторима с оне стране временске завесе. Памтио је блиставу, сунцем осветљену, позлаћену воду Мораве, у којој су се огледале зелене шуме Овчара. Преко пута је, сав у стрминама, исклесаним и претећим литицама стајао Каблар, колосалан у својој величанствености. Са видиковца је посматрао меандре Мораве, река је чудесно кривудала док су је краци копна савијали попут цесте која се пење стрминама. Још тада, као дечак, наслућивао је да овде мора да постоји Капија, и да је ова клисура међа између светова, да иза овог јарког сунца, зеленила вода и белине стена, мора да постоји још нешто, недокучиво обичним смртницима, или докучиво само онима који имају посебан вид и посебан слух. Никада није заборавио благе и пријатне мирисе цветних манастирских авлија, мирис тамјана, тихе и доброћудне гласове монаха, а знао је и сада, после толико година, напамет њихов положај. На десној страни Мораве, манастири Ваведење,

Вазнесење, Преображење, манастир Свете Тројице, и манастир Сретење. На левој обали Мораве, манастири Благовештење, Илиње, Јовање, Никоље и манастир Успење, видљив са свих страна клисуре. Тај чудесни свет неба, сунца, камења, стена, пећина, шума и вода крио је и цркву посвећену Светом Сави — Савиње, као и цркву-пећину Каћеницу. Био је убеђен тада, а остао је убеђен и сада, да је просто немогуће да толико богатство духовно-енергетског потенцијала сконцентрисано на тако малом простору, не крије у себи Капију која означава пролаз између светова. Али потраге нису успевале, иако се безброј пута враћао, чак ни након што су му умрли родитељи и након што је прекинуо све везе са родбином и бившим пријатељима. Путници су већ били нервозни. Са највишег места је предлагано да се обуставе потраге не само на овом месту, већ уопште у Србији. Неуспеси Путника у овом делу света су се гомилали. Нови Сад, Голубац, Славковица, све су то биле пропале и неуспешне мисије. Ипак Николас је успео да издејствује дозволу за још једну, последњу мисију на терену Западне Мораве и Овчарско-кабларске клисуре. Нико није хтео да му се придружи. Сматрали су тај пут узалудним, знао је, али изашли су му у сусрет, пошто је овде рођен, наградили су његову истрајност и упорност. Али знао је да поправног неће бити. Или ће пронаћи Капију, или ће заувек морати да напусти путеве родног краја и крене неким другим, непознатим и новим стазама.

Овог пута је свему приступио много темељније и промишљеније него раније. Дуго је прикупљао податке, истраживао, тражио разлоге својих неуспеха. Почињао је полако да схвата где је грешио, зашто није успевао у потрази. Схватио је да необично место не може наћи уз помоћ обичних људи и обичних превозних средстава. Планинари, туристички водичи, сељани, локални истраживачи, свештеници и монаси, сви они нису били од помоћи. Туристички бродићи, катамарани који су тихо и нечујно секли воде Мораве, нису могли да га одведу тамо где је желео. Требао му је неко ко је ван овог света, неко ко живи на самом његовом рубу, неко истински изолован, смештен далеко од удобности града, села и манастирских зидина. Истраживао је. Користио је ресурсе Путника. Та истраживања трајала су годинама. Коначно је пронашао особу коју је тражио, и уговорио превоз по Морави са његовим чамцем. За ту услугу човек није тражио никакву новчану надокнаду, само нешто хране, обуће и одеће за зиму. Човек с којим ће путовати, за материјалне награде није марио. Звали су га просто Илија. Старац Илија.

***

О њему нема података у званичним државним регистрима. Казао је да се родио на Светог Илију Громовника, те да је отуда и добио име. Родитељи су му одавно мртви, а ближих сродника није имао. Тврдио је да је стар више од стотину и тридесет година, у шта Николас, разуме се, није веровао. Старац је заправо изгледао врло виталан, ситан, мршав и жгољав, али врло жилав и чврст, и деловало је да нема више од осамдесет година. Био је избораног лица и пун старачких пега по рукама, али очи су му биле необично живахне, бистро зелене попут шума Овчара и попут вода Мораве. Ни налик уобичајеним, мутним и воденкастим очима људи тог доба. Живео је у планинама, у најврлетнијим литицама и пећинама. Три годишња доба проводио је у суровој дивљини Каблара, али би зиму прелазио преко Мораве и зимовао у овчарским шумама. Склањао се од туриста, планинара, сељана и уопште од људи. Понекад би само долутао до манастира, када не би успевао да у планини пронађе довољно хране, а добри људи из манастира му је никада не би ускратили. Одакле му чамац, и где га је крио, док се ломатао по пећинама, стенама и шумама, Николас није знао, али у договорено време на договореном месту чекао га је са чамцем. Дан је био прави летњи, топао, ведар, блистав од сунца, вода мирна, тиха, устајала, ниског водостаја. Питао се како ће Старац пронаћи чаролију у таквим условима, и да ли је без обзира на своју виталност, ако заиста има толико година колико тврди да има, уопште способан да управља чамцем. Већ први покрети пловила решили су његове недоумице. Старац је веома сигурно управљао чамцем, било је јасно да се у њему осећа као риба у води.

Први део пута прешли су готово ћутке, свако задубљен у своје мисли. Густо пошумљене зелене падине Овчара спуштале су се у воду, дајући јој златну и зелену нијансу. Каблар је дремао на сунцу, горд у својим колосалним стењацима. Пролазили су поред привезаних чамаца, бродића, људи су промицали поред њих у својим пловилима, шетали су обалама, у шумама су дремали скривени древни манастири, чуо се пој птица, цврчање инсеката, све је врвело од живота, али ништа није наговештавало да ће Николас овде наћи оно што тражи. Изгледало је као једно од безброј путовања које је већ предузимао овим крајем. У неким другим околностима, можда би био и усхићен лепотом пејзажа и сунчаним летњим даном, али сада је већ осећао нестрпљивост и осујећеност.

На средини клисуре, Старац Илија је започео песму. Глас му је био груб, помало опор и шиштав, али Николас је препознавао речи. Старац је певао о Морави, о нашим патњама које теку низ реку, о томе да Мораву мораш видети барем три пута у свом веку! Николас је знао да су то речи песме великог Добрице Ерића, који је опевао Мораву најлепше од свих, и осетио је убод снажне носталгије, пробуђене жеље за домом, породицом, земљом, родним крајем. Зар је само неколико речи произашлих из уста овог старца већ могло пољуљати његову веру у Путнике? Осећао је да се интензивно зноји, али то није било од врућине, нешто друго се догађало.

Илија је настављао са својим стиховима о Морави, а Николас је почео да осећа чудну поспаност, као да га та мирна, зелена и златна вода успављује и љуља, гура га полако у колевку снова. Мора да је магија била у речима, помисли Николас, јер Реч беше и почетак и крај свега, чак и моћ Путника почивала је првенствено у речима. А онда старац нагло прекину песму, и Николас зачу звон, дубок, далек, као тихо вибрирање на граници чујности и спознаје, испрва је помислио да тај звук допире из неког од манастира поред реке, али осећао је да тај звук припада неком другом свету, који јесте ту и није, који се додирује са овим стенама и меандрима, а опет је бескрајно далеко удаљен од њих; слутио је да долази промена.

„Овде почиње прелаз”, проговори Старац. „Сада је важно да ништа не говориш. Не питај. Само слушај.”

Николас начуљи уши, и таман када је помислио да га чудни старчић завлачи обманама и глупостима, зачу глас... гласове. Није могао да одреди ни њихов тон, ни снагу. Чинили су се час готово бешчујни, час снажни и блистави, јаки попут запенушаног водопада који се сурвава у реку. Био је сигуран само у њихов пол — били су то женски гласови. Гласови сунца. Гласови сенки. Етерични гласови. И баш кад је помислио да то могу бити једино вилински гласови, они који једини могу откључати капије светова, гласови се стопише у један, јединствени, мирни, успављујући глас, и тај глас га је носио попут реке, нежно и тихо, полако секући кроз воду попут спорог туристичког бродића, а сунчеви зраци су се преламали кроз тај глас, и стене Каблара и густо зелено бујање живота са Овчара, све је текло кроз њега, и река је текла, лагано и бесконачно, ту је била много пре његовог рођења и наставиће да тече и када њега више не буде, и увек је текла, текла је кроз људске снове, као што кроз њих промичу врбаци Мораве испод месечине и разигране виле што играју по њој. И као што су људи тонули у блажене сне сањајући реку, тако је сада и Николас тонуо у сан, ушушкан и заштићен тим гласом који је можда био и сама река, помислио је. Прошли су сати чинило му се, откако је чуо Глас, и када је поново отворио очи, а није могао да се сети ни када их је затворио, и када је почео да спава и сања, већ је био сумрак, поспан и тежак од умора једва је и чуо старчев глас који је тихо прозборио: „Прешли смо”.

Када је потпуно отворио очи и погледао око себе, крикнуо је.

Више није био дан, већ сумрак, месечина се добрано спустила над реку, реку која је сад била много већа, много шира него што је била када је последњи пут видео. Чинило му се да је бескрајна, да мора да тече кроз цео свет, да у њу може да стане не само Србија, него читав свет. А опет иако бескрајно дугачка, толико да није могао ни назрети хоризонте у даљини, и бескрајно широка, била је опет истовремено и невероватно уска; како, није умео то да објасни, али била је. Као да су се те воде, широке и бескрајне, уске и стиснуте, преклапале и истовремено текле... куда? Његовим сновима? Је ли ово био само сан? И Каблар и Овчар су и даље били ту, само што су сада заменили места. Горде литице Каблара, уместо на левој страни реке, сада су се дизале десно изнад ње. Шуме Овчара, сада тамнозелене у сумраку, уместо на десној страни, спуштале су се ка Морави низ леву страну реке.

Манастири су такође заменили места.

Уместо на десној страни реке, онако како их је познавао у реалном животу, у реалном а не вилинском времену, на левој страни су се низали Ваведење, Вазнесење, Преображење, Света Тројица, Сретење. А манастири с леве стране обале, сада су били на десној — Благовештење, Илиње, Јовање, Никоље, Успење Пресвете Богородице.

Једна мала исправка, помисли панично. Манастири нису били на обали, ни скривени у густим шумама, већ су стајали, наизглед на ничему, у води, поређани у бескрајном току реке света, реке свих река Балкана — Мораве.

Препознао их је све, јер је све обишао, и по више пута. Светлуцали су на месечини, анђеоским, вилинским, етеричним светлима, а иза њихових вратница је зачуо појање које сигурно није могло припадати свету који је познавао, и ономе што је постао. То појање будило је све оно дубоко запретено у њему, стазе детињства, бескрајне летње дане проведене по купалиштима и плажама Мораве, она дечија усхићења погледом који се са висине Каблара спуштао у меандре; распусти код бабе и деде и лутања шумовитим бреговима и брдима Јелице планине и њеним чудесним облицима који су се један иза другога откривали. Све су то доносили гласови из манастира, манастира у вилинском светлуцању, све из времена када је још имао име које га је везивало за овај крај и када је још припадао свему томе. Клону, беспомоћан, скљока се у чамац. Приметио је да на реци више није било других лађа, ни људи. Били су сами, и није знао куда ће га Илија одвести... куда ће га Морава одвести.

„Видео си оно што није доступно за сваке смртне очи”, проговорио је старац, сада тихим, лелујавим гласом који као да се губио у празнини. „Не може свако овде да дође. Што значи да још увек ниси изгубљен. Још увек те вежу невидљиве нити за ово место. У супротном, не би могло ни да ти се покаже.”

„Где смо?”, шапатом је питао Николас. „Где смо? Где је ово?”

„Морава сања”, проговорио је старац, одсутно гледајући у даљину. Глас као да му се губио, постајући све тиши, и Николас је морао да напрегне слух до крајњих граница да га чује. „Ти ниси нигде. Морава је *негде.* Река нас не пита куда ће да тече. Знаш, као што људи могу да сањају, могу и реке. Овде си јер си јој потребан. Жели нешто од тебе. Зато те је и сањала. Ниси ти сањао Мораву, дечко, немој да умишљаш никакву моћ ни величину. Морава је сањала тебе. Ти си у њеном сну.”

Старац Илија се насмеја, и док се смејао, глас му је тотално пукао, више то није био глас, већ само дашак моравског ветра, и његово тело више није било тело, расплињавало се, губило у златном сумраку, и када је Николас скочио са свог места у чамцу да зграби свог сапутника и спречи га да оде, овога више није било. Нестао је, отишао ко зна куд, где га матица реке однесе кроз снове. Николас заурла. Почео је да весла дивље, снажно, најближи манастир чинио му се удаљеним само коју десетину метара, и за коју минуту наћи ће уточиште иза светлуцавих зидина, и биће безбедан, сигуран од ових обмана и опсена.

„Прво мораш да повратиш своје име!”, као да му се однекуд ругао старчев глас.

Само што никуда није стизао.

Илузије удаљености које је стварало ово место, изазивале су панику и неспокој у његовом уму. Сваки пут када би му се чинило да је већ морао пристати уз манастир, схватао је да је он волшебно и даље удаљен истих неколико десетина метара. То се понављало више пута, и сваки пут му се чинило да је ту, надохват му руке, али баш када је помислио да је коначно стигао, манастир је и даље остајао на истој удаљености. Пробао је да весла брзо, снажно, да се нагло зајури, али резултат се није мењао. На крају је решио да напусти безбедност чамца, и покуша без весла, био је добар и искусан пливач. Уз неколико снажних замаха рукама, врло брзо ће бити у сигурности манастира. Али колико год брзо и снажно пливао, манастир са вилинским светлима је увек био на истој удаљености испред њега. Схватао је да више не разазнаје ни које је доба, да је давно изгубио појам о времену. Можда је пливао сатима.

Снага га је напустила, умор савладао, очни капци му утонули у сан, и пре него што је склопио очи, утонуо у зеленило Мораве и остао да плута по истој, викнуо је, снажно, пркосно: „Никола! То је моје име! Зовем се Никола! Не путујем! Дошао сам кући!”

Онда га је обавила тама, и река га је пригрлила у своје снове.

***

Никола се пробудио жмиркајући, под блиставим, врелим сунцем, небо је било ведро, летње плаво, ваздух свеж, плућа су му била пуна чистог, свежег, планинског ваздуха...

Планинског?

Последњег чега се сећао јесте да је потонуо у Мораву, плућа пуних воде, узалуд пливајући за утварним, вилинским манастирима.

Схватио је да лежи на једном каменом платоу и погледао је испред себе. Доле према равници, пружали су се таласи светлозелених шума, ту и тамо прошараних тамнозеленом црногорицом. Ти редови густих шума простирали су се у низу брдских ланаца, био је то прави мелем за очи, уморне и испране водом, и знао је добро то зеленило, та брда чинила су зеленило његовог детињства, шумовиту планину Јелицу на чијим је обронцима код бабе и деде проводио летње распусте, а која је попут дугачког шумског зида одвајала чачанску котлину од Драгачева. Пипао је по себи, али ништа није било мокро. Нека милина му прође телом кад је угледао Јелицу. Сада је знао и своје име. Никола. Повратио је своје име. Како је било лепо поново чути то име. Котрљао га је стално по устима, изнова и изнова. Никола. Никола. Никола.

Стомак му је закрчао од глади, а планински ветар на каменом платоу однекуд му донесе неки угодан, топао мирис који је подсећао на храну. Он пође за тим мирисом, кроз густу букову шуму, и та му шума још више разбистри чула и ули спокој, била је то шума пуна глатких, сјајних, здравих стабала које људска рука није секла. На крају те шуме угледа девојку, која је на кратко ћебенце стављала храну, која му је личила на кајгану, а однекуд она извади и теглу с неком светлобраон течношћу, и поче да је маже на кајгану, и Никола схвати да је та течност мед, и вода му пође на уста, откад није јео мед пчела са Јелице, драги Боже, како је то добро и укусно било...

Девојка подиже главу, и он угледа предивно, искошено вилинско лице и најлепше смеђе очи које је видео у животу.

„Ах, пробудио си се”, насмеја се она и Никола угледа ред савршених, белих зуба. И глас јој је био пријатан, подсећао је Николу на етерично појање из манастира на реци. „Спавалице. Послужи се.”

Јео је испрва стидљиво, а онда све халапљивије. Кајгана је била савршено испечена, а мед је био толико сладак да му је дошло готово да заплаче од задовољства. Девојка је била одевена у једноставну, лаку белу хаљину, која је јасно оцртавала њену фигуру, од које му се вртело у глави. Да би скренуо мисли, он је упита:

„Како сам доспео овде?”

„Донеле су те овчарске и кабларске виле”, рече она. „Донеле су те овде, јер си овде проводио своје најсрећније дане. Овде си имао највише шансе да се опоравиш. Наравно, и ја сам помогла, колико се разумем у лечење травама и биљем.”

Ћутао је. Требало би да је пита барем за име, али слутио је да то не би имало смисла. Њено име је већ знао. Цела планина је уосталом, по њој и добила име.

„Није било лако", рече она, као да му чита мисли. „Након што сам одбила да погазим своју част и подам се Османлијама, када сам прешла на другу страну... Није било лако. Дуго нисам могла да се сетим свога имена. Лутала сам недељама шумама планине, сама и уплакана. Газила по Градини тражећи трагове свог некадашњег живота. Месецима сам седела сама на Стјенику, на Црној стени, гледала и присећала се, али нисам могла да се сетим ко сам. А онда сам једног дана отишла на север, да се окупам у Морави, и сећање ми се вратило. Моје име ми се вратило. Морава ме је прочистила, и очистила од сваког зла."

Зурио је у вилу, која беше некад девојка Јелица, и полако слагао коцкице сопственог мозаика.

„Видео сам...", промуца. Како да настави? А онда схвати. Она сигурно зна. Ту је много дуже од њега. „Видео сам... манастире на води. Пре него што сам повратио име. Овчар и Каблар су били на погрешној страни. Морава је била огромна. То не може бити."

Гледала га је неколико тренутака, а онда праснула у звонак, радостан смех. Поцрвенео је, спустио поглед и довршио последњу кајгану, кад је она проговорила.

„Ах, Никола", рече. „Типично људско размишљање. То не може бити. Све може бити када су у питању елементарне силе попут река. Када река сања, могућности су бескрајне. Ти знаш историју Овчарско-кабларске клисуре? Знаш да су се овде склањали светогорски монаси пред прогонима?"

„Познато ми је то", одговори. „Хоћеш да кажеш да они имају везе с тим... с тим што сам видео, а што не може бити?"

Погледала га је блиставим, смеђим очима, које је миловало сунце.

„Поред манастира", поче она, „ови крајеви пуни су пећина, испосница. Овде су долазили најбољи. Највернији Савини ученици. Овде је молитва текла непрекидно, као у Хиландару, а текла је из најчистијих, најсветијих уста и срца. Та се молитва улила у матицу реке. Река јој је отворила своја врата, широм јој је отворила врата својих снова.”

„Не разумем”, рекао је. Јелица је смотала ћебенце и теглицу меда у крупну плетену торбу коју Никола тек сада угледа. „Разумеш”, рече она. „Сигурна сам да разумеш. Иначе не би био овде. Као што су монаси са Свете горе нашли уточиште под Овчаром и Кабларом, тако су и они својом преданошћу и вером, учинили да им се река отвори, да стекну њену наклоност, и на крају добили су највреднију награду, отворена им је Стаза до Склоништа.”

Почињао је да схвата.

„То место”, наставила је, „које си видео, једна је врста склоништа. Место које им је Морава показала је на њеном току, овде, а истовремено и *није овде*. Не постоји начин, нити икаква технологија којом га могу открити наши непријатељи. То место може да осети само онај ко је истински повезан са свим овде. Доћи ће поново тешка времена. Питање је само година, деценија. Четврти Рајх, Четврти Калифат, Нова Америка, како год се звали, нови освајачи ће кад-тад доћи. Наша храброст неће бити довољна. Прости збир освајача и њихова надмоћна технологија надвладаће.”

Загледала се у шумовите даљине Јелице, и наставила. „И они ће проћи, као што сви освајачи буду и прођу, али док не прођу, треба спречити нове погроме народа. Наша територија је мала и скучена, а ова драга брда, која видиш, ма колико густа и шумовита била, не могу трајно да нас заштите. Зато, када дође час, када освајачи нагрну, отвориће се капије ка оном што си видео, отвориће своје капије манастири на води, манастири које наши непријатељи не могу да виде, нити могу да чују било какве гласове из њих, нити да их пронађу.”

Узела га је за руку, и Николи се озари лице од радости док је осећао њену топлу, малену руку у својој руци. Била је то рука живота, рука среће и благодарности. Вратише се кроз густу букову шуму према платоу са кога је пуцао поглед на широке видике Чачка и Драгачева, и тамо у даљини, тамне обрисе Овчара и Каблара и тихе воде Мораве.

Према њима му је и показала руком.

„Када се то деси, када непријатељ навали, биће потребан неко ко ће народу отворити капију. Ко ће га повести Стазом. Неко ко је лутао димензијама и собама времена. Неко ко је сазнао за намере наших непријатеља. Неко ко их познаје. Неко, ко је за кратко, и сам био наш-свој непријатељ.”

На те речи Никола поцрвене и обори главу. Како је икада могао то себи дозволити? Зар има ишта лепше на свету од породице, завичаја, манастирских звона, зар постоји ишта лепше од Овчара и Каблара, од ноћи и вечери уз Мораву, од древних шума на Јелици?

„Никад више!”, ускликну Никола. Сада је био сигуран, потпуно сигуран. „Никад више, кунем ти се. Ово је моје. Ово ћу ја чувати. По сваку цену.”

„Знам”, насмешила му се. „Зато те је река и одабрала. Та ватра у теби је стално тињала. Само је требало да дођеш овде, да се препустиш да те река прочисти, да те њени снови поведу матицом и ослободе сваког зла. Сада си очишћен и спреман да будеш Чувар Стазе. Кад дође час, отворићеш капију, и повешћеш народ стазом кроз речне снове.”

Ако је ово сан, помислио је Никола, није желео да се икад више пробуди. Ако је ово смрт, онда је вредело умрети, закључио је. Шта год да је било, никад се није осећао живљи и испуњенији, преданији сврси која га је чекала. У сутон, он се са девојком запути ка северу, ка Овчару и Морави.

***

А тамо, стешњена између стрмих литица Каблара и зелених масива Овчара, Морава је лењо текла, наизглед горда, свевремена, незаинтересована за људске судбине и самотно кратки и за време потпуно безначајни људски век. Па ипак, волела је те људе који су живели на њеним обалама, на њима се рађали, волели, свађали, умирали. Волела их је упркос свему. Сањала их је. И они су то знали, и осећали. Јер као што је река вечно била у њиховим мислима и сновима, тако су и они били у њеним. И док је света и века, тако ће и бити, док је света и века, биће

На Морави снови.

Киша је пљуштала без прекида, свуда, напољу — чуо је јасно њено тешко добовање по прозорским окнима, и унутра, у соби, тачније из до даске појачаног телевизора; стадион Њукасла био је натопљен кишом, постао је права бара која је десетак минута пред крај утакмице готово онемогућила нормалну игру.

Бобан опсова и потегну из пивске флаше. Проклети Енглези, помисли. Само они играју за Нову годину фудбал. Све је парове погодио из нижих лига, десет парова са прелазима и головима. И проклето време је било нормално, на свих десет утакмица. Једина одложена за вечерњи термин, једина на којој је играо победу домаћина, чистог кеца на Њукасл, и баш на том стадиону се стуштио прави цунами. Бобан затвори очи. Киша му је стругала по нервима, негде у дубини стомака помешано са алкохолом, дуваном и осталим отровима које је у себе уносио, кључао је и ужас. Није смео да мисли на Грмеч — на кише које су без прекида падале на једну другу, давну ноћ у лето деведесет и пете. Јер знао је, ако те кише поново сквасе оно мало здравог разума што му је остало, оно што вреба дубоко иза паучине у његовој глави поново ће се пробудити, бела светла ће заплесати и...

Тргнуо је главом да отера зле мисли. Тикет је био поред њега на столу, поред препуне пепељаре. Само један гол му фали, мислио је, само један гол за тридесет три хиљаде евра. Са толико новца могао би да реши много својих проблема. Да обнови комплетну гардеробу, врати дугове за комуналије. Можда да опет покуша са Дајаном, да им приушти неко скупо и лепо путовање. Да набаци неку циглу од телефона. Да купи солидна кола. Наравно, и да врати дуг Кумашину.

Кумашин. Како глуп надимак, помислио је. Глупаво је и изгледао. Превелика глава за ниско, здепасто и масно тело, нашрафљена на нешто што се само уз пуно маште могло назвати вратом; свињске очице усађене под чело, ружан нос и још ружнија фаца. Криве ноге, одвратна стомачина. Није се могао похвалити ни шармом. Вокабулар му је био веома оскудан, а познавање граматичких и језичких правила још оскудније. Они који су покушали да му се смеју или да га израде, давно су завршили миришући траву одоздо. Кумашина је знао још од рата. Док се он ломатао по свим ратиштима, наносио, избегавао и гледао смрти, губио живце и разум, Кумашин је исто успешно ескивирао (појављивао се он у маскирној униформи, али нико никада га није видео нити у рову, нити у било каквој акцији) и бавио се уносним пословима шверца бензина, нафте и цигарета. Зли језици су говорили да је продавао чак и оружје, и то непријатељској страни. Како било, Бобан је из рата изашао као кокуз, једнако голих џепова и голе душе, док је Кумашин изградио праву пословну империју. Бобан је био подстанар у малој и тесној гарсоњери у новосадском насељу Грбавица, док је Кумашин имао низ кућетина по Ветернику, Татарском брду, станове по Новом Саду, Београду и ко зна где. Поседовао је бројне локале, кладионице, мењачнице, али шушкало се да се бави и наркотицима. Неко је говорио да ради сам, неко да обавља прљаве послове за државу, док су трећи причали да је само продужена рука много моћнијих београдских и црногорских криминалних кланова. У сваком случају, с њим се није било зезати. Бобана су на то подсећале две мрвнасте каше од прстију, које су му Кумашинови људи стукли и здробили чекићима због дуга од двадесет хиљада евра. Та сума је за људе попут Кумашина била ситниш, али он дугове из принципа није опраштао. Бобан се још сећао његовог свирепог кеза, док је он урликао кад су му разбијали прсте.

„Имаш недељу дана да вратиш све”, рекао му је Кумашин. „Недељу дана, и ни дана више. За сваки дан кашњења, одсећи ћемо ти један прст. Кад завршимо с рукама, ножне ћемо. Неће мене неки усранко правити мајмуном.”

Ајде, проклети били, промрмља Бобан. Који је клинац том Вест Хему? Не треба им низашта, нити могу у врх табеле, нити могу испасти, а бране се као блесави. Њукаслу гори под ногама, али никако од блата да приђу голу и направе шансу. Проклета киша. Шта хоћеш више од мене, дошло му је да заурла у кишно небо и кишни екран. Зар ми ниси нанело довољно бола? Живот ми зависи од овог тикета, буквално и физички. Ако Њукасл не победи, готов сам, завршићу каријеру, искасапиће ме.

Коначно једна лепа акција! Успели су протурити лопту близу шеснаестерца, одбрамбени играч Вест Хема се оклизнуо, нападач Френсис је повукао лопту према голу, неко му је ушао у путању, пао је на кишом натопљен терен, звиждук, ко звижди, судија показује руком на...

Пенал!

„Тооооооооооооооо!”, врисну Бобан, сљушти пиво до краја и завитла боцу кроз отворен прозор. Чуо је неке псовке одоздо, али више није размишљао ни о чему другом, само о лопти и једанаестерцу. Није му било важно да ли је неком разбио главу, спас његове главе сада је био у питању. Тамне дубине Грмеча нестадоше на трен; бела светла се повукоше иза паучине. Спас је био ту.

Лопти је прилазио оборени нападач, Френсис. Бобан се намршти. Златно правило у фудбалу је гласило да играч над којим је скривљен пенал не би требало да га изводи. Погледао је на сат. Осамдесет седми минут. Још само мало, помисли, још само мало, даће гол и онда треба издржати још само пар минута.

Око лопте је буквално била мочварна каљуга. Френсис је намештао лопту неколико тренутака, али није успео. Замишљену белу тачку било је немогуће пронаћи. Лопта као да се некако клатила усред избочине. Бобан осети снажан налет страха. Френсис је прилазио полако, видело се да се плаши да се не оклизне, ноге су му биле тешке, оловне. У том тренутку, киша поче дупло јаче да лије, невероватном силином. Као да се истог момента појачала и напољу, истовремено је натапала и Србију и стадион у Енглеској, а мрачни, тамни Грмеч се уздизао у сутону, тамо далеко у Босни у деценијама прошлости. Осети како се пале бела светла у његовој глави. Зацвилео је.

Френсис је шутнуо лопту, али то тешко да се и могло назвати шутем. У тренутку кад је замахнуо ногом, Бобану је било јасно да ће промашити. Изгубио је равнотежу, киша и блато су му скренули путању, лопту је захватио очајно, погрешно, и она је завршила метрима изнад гола Вест Хема.

Ја сам мртав човек, помислио је Бобан и тада је све експлодирало у његовој глави и сећања су му јурнула у сусрет.

Киша. Не она летња, иако је било календарско лето, него стравична, непрекидна јесења киша. Потпуно му је помутила осећај за оријентацију, правце, свака шума му је изгледала исто, свако дрво, после неког времена схватио је да се врти у круг. Рано ујутру, Пети корпус је кренуо у офанзиву и положаји на Грмечу су пробијени. Бужимљани су им зашли иза леђа, и Бобан се једва извукао. Повукао се дубље у Грмеч, убеђен да ће успети пронаћи остатке своје разбијене јединице, или да ће прећи до српске територије, али страх, непрестане детонације и потера у комбинацији са убитачним, монсунским пљуском, одвели су га у ћорсокак. Лутао је сатима и схватио да се изгубио, да је можда далеко од спаса, и да је највероватније доспео у срце непријатељске територије.

Покушао је да савлада панику, бацио је са себе шлем, ветровку, све што може успоравати или правити буку; био је мокар до голе коже, сигурно ће зарадити упалу плућа, киша се сливала и низ цев аутомата, било је питање да ли је та пушка уопште и употребљива више и да ли ће му моћи послужити кад затреба, али морао је покушати наћи излаз. Изабрао је један правац и кренуо час пузећи, час до колена у блату и муљу не би ли правио што мање шумова. Али ништа није могао да види, ни напред, ни назад, био је усред непробојне таме, Грмеч га је заробио у своје мрачне одаје, без намере да га олако пусти и понуди спас.

Налетео је на нешто, помислио прво да је дрво у питању, угледао је пар чизама, а онда изнад њих и мршаво, нацерено лице. Покушао је да подигне пушку, али с леђа осети хладну цев на потиљку.

„Вид’ га болан”, смејало му се лице изнад чизама. „Па ђес’ то пошô, чедо, на овој кишурини? А фино што си нам свратио, машала.” Смеху се придружио још један, онај иза његових леђа.

Бобан је само механички посматрао утакмицу. Деведесети минут је истекао, још три минута надокнаде. У мислима је био на Грмечу, у прошлости. Бела светла су зујала у његовој глави, задовољна, злослутно гладна, и знао је, чим судија одсвира крај за 0–0, кренуће у свој крвави поход.

Везали су га наопачке за дрво. Киша је и даље непрекидно падала, загушила је његове урлике док су му наносили прве резове, а затим и цвилење кад су почели да му деру кожу. Молио је за милост, али на њиховим лицима је није било, и знао је да је неће ни добити. Ни он је није давао, није је очекивао ни од других.

Видео је изненада бела светла високо, високо изнад кише, изнад олујних облака, неколико малих заслепљујућих кругова, баш у моменту кад се један мучитељ смејао како ће му ускоро зачепити уста ћуном.

„Ћуна му ионако више неће требати”, насмејао се други, али у том тренутку Грмеч се одједном осветлео блиставим белим светлом, а онда се, уз шиштање, зачуо потмуо, дубок удар.

„Шта је, болан, ово?”, мучитељу је нестао осмех са усана. „Је л’ ово нека хаубица ударила? Авио-бомба?”

„Каква хаубица”, рече други. „Ово ко да је атомска грунула, бабе ми.”

Деведесет и трећи минут, Њукасл је и даље јалово кружио око противничког гола. Ипак, изборили су корнер. Судија је погледао на сат, и дао знак да се корнер изведе. Време је прошло, знао је Бобан, али ето, мали уступак домаћину да изведе корнер и онда ће се свирати крај.

Бобан је чуо, осетио да нешто долази кроз траву, бело, блиставо, стравично, намирисао је његову глад за страхом, болом, патњом, немоћи, и пре него што је успео да врисне, удахне и издахне ваздух, та светла су већ била унутар њега, у њему, у његовој глави, мислима, крвотоку.

„Не свиђа ми се ово”, рече један од војника, гледајући у кишно, до малопре заслепљујуће бело небо. „Ајде да не дужимо, да завршимо с овим четаљем, па да идемо назад.”

Вокер је упутио добар центаршут, лопта је добро путовала, Бобан се за тренутак понадао, Френсис захвата лопту главом, Френсис, она лети преко прстију голмана...

„Један нула, Френсисссссссссссссс!”, урла репортер, Бобан гледа као опчињен, не верује, Крис Френсис се од трагичара претвара у јунака, ратника, судија показује на центар, а затим чим лопта креће са њега, свира крај. Бобан урла, виче, вришти од среће: жив, жив сам, жив сам човек, живећу!

А много година уназад у времену, на Грмечу два ратника скончавају у ужасној смрти. Из њиховог заробљеника крећу кругови белог светла, исијавају право у њих и пале их стравичном, белом ватром. Они вриште у агонији док им се тела топе и нестају у ватри. Конопци на Бобановим рукама се прекидају, он скаче, граби њихово оружје, облачи униформу и бежи у ноћ, бежи једнако захвалан и уплашен од кругова који су га спасли и који чине безименог паразита чији смисао не може да докучи. Бежи од светала, али не може побећи, она ће га пратити свуда и заувек, и до тесног стана на Грбавици; мислио је да ће се поново активирати када му је Кумашин здробио прсте, али чекала су изгледа још гору порцију јада и бола да се поново нажждеру.

Ништа од тога, бејбе, помисли радосно Бобан. Крис Френсис је то онемогућио у последњем секунду. Бобан дограби тикет и јакну и изјури у ноћ. Кладионица „Моцарт” налазила се педесетак метара преко пута његовог стана. Није се ни умио, није марио како изгледа. Има да му исплате моментално тикет, помисли. Нацерио се. Ако не буду хтели, позваће Кумашина. Послаће му слику добитног тикета. Задовољно се насмешио. Баш да видим хоће ли њему отезати са исплатом, помисли.

Ушао је самоуверено у задимљену кладионицу, и запутио се право ка пулту.

Пратили су га погледима; типични кладионичарски талог који тамо нон-стоп виси. Излапели пијанци, пензионери који троше време и пензије на тикете, нешто уобичајене балавурдије која се надала брзој заради. За једним столом седео је неки млади, набилдовани ћелавац, који га је упорно пратио погледом док је куцкао на мобилном. Бобану се учинило да га однекуд познаје, али није могао да се сети. Неће сад да губи време на тог набилдованог мајмуна, ово је његових пет минута мислио је, одавде ће изаћи набреклих џепова и новчаника. За пултом је била дебела Јована, ужасно иритантно биће, које је језиво споро куцало тикете, шкиљило водњикавим, безбојним очима иза крупних наочара и иритирало буквално све играче. Бобан је претпоставио да је ту дошла преко неке везе чим је газда трпи. Пружио јој је тикет.

„Имам добитни тикет”, процедио је. Погледала га је бледо, незаинтересовано. „Једанаест парова. У питању је... доста пара. Волео бих ако бисте били у могућности да ми одмах исплатите.”

Узела је мрзовољно тикет, очито је његов говор није нимало импресионирао. Нешто је кратко куцала, погледала још једном, а онда му вратила тикет.

„Не разумем”, завртео је главом. „Дошао сам за исплату. Ако немате сад пара, можете ли ми рећи када могу рачунати на исплату?”

„Господине”, рекла је, „ваш тикет није добитни. Погрешили сте, жао ми је.”

Први корак панике зачео се у његовом уму. Буљио је у њу, тражећи неки знак на њеном лицу, који би му указао да се ради о несланој шали или неком неспоразуму, можда је погрешно нешто унела у рачунар с тикета... У даљини, негде изван зидова и још даље од свести, светла су поново оживела, а тамни масив Грмеча претећи се уздизао у ноћи. „Погодио сам свих једанаест утакмица", процедио је. „Погледајте поново, сигурно сте погрешно видели."

На лице јој се навуче бесан израз.

„Ја савршено добро ВИДИМ, господине", нагласила је презриво. „Промашили сте последњу утакмицу, Њукасл–Вест Хем. Жао ми је", а то *жао ми је* пропратила је једним одвратним осмехом, у који је унела сву дозу презира и ниподаштавања за које је била способна. Бобан је осећао да га све почиње притискати; кладионица испуњена димом, зујање светала, језиви обриси Грмеча, ћелави тип који га упорно посматра, и ова дебела крмача која му се смеје у фацу.

„Грешиш", с крајњим напором је задржао самоконтролу. „Погодио сам Њукасл. Играо сам кеца. Дали су гол у последњем минуту судијске надокнаде. Сад ме престани завитлавати, и исплати ми тикет."

Погледала га је поново с мешавином презира и беса. „Њукасл јесте победио, али ви нисте играли кеца на том мечу, него двојку. Погледајте тикет."

Шта ова глупача говори? Наравно да је играо кеца. Паника му се попе скроз у грло. Сада се присетио. Ова глупача је била за пултом и када је уплаћивао тикет. Био је толико под гасом да није ни проверавао шта му је откуцала. Чак ни у стану није гледао у парове на тикету, убеђен да је на њему оно што је и одиграо. Дрхтавим прстима погледао је тикет. Очи му се раширише од ужаса. Заиста, на тикету је било јасно означено Њукасл–Вест Хем 2.

„Откуцала си ми погрешно тикет!", дошло му је да заурла. „Одиграо сам кеца на Њукасл, а ти си ми откуцала двојку! Да ли си свесна шта си ми учинила? Избила си ми тридесет три хиљаде евра из џепа!"

„Ништа ја вама нисам избила из џепа", сада је већ подигла глас. „Куцам на стотине, хиљаде тикета дневно и није немогуће да погрешим. Зашто лепо нисте преконтролисали тикет. Да јесте, пријавили би грешку, исправила бих је и данас бисте добили паре. Имате рок од пола сата, од када се тикет откуца, за рекламацију. Кривите сопствену немарност, не мене."

„Проклета крмачо", сада је већ изгубио контролу. „Знаш ли шта си ми учинила? Знаш ли?"

Све главе се окренуше у његовом правцу. Сви су га посматрали, али није марио.

„Удаљите се сместа", викнула је. „Не само од пулта, већ изађите напоље. Нећете ме вређати. Иначе ћу звати полицију."

Гледао је неколико тренутака, размишљао да ли да је удари, да јој поломи наочаре, да замоли светла да јој спале ту мртву, ружњикаву сламу од косе, да је пале живу тако да полако гори и вриштећи умире, али чему? Ускоро ће бити мртав човек. Или осакаћен. Ипак ју је пљунуо у фацу, последњи чин побуне, а затим исту и погодио згужваним тикетом, те изашао у ноћ, праћен њеним клетвама и псовкама, одобравањем неколико млађих који су изгледа у тој ситуацији навијали за њега, и негодовањем пензионера, који су увек били за власт и несупротстављање надлежном. Сео је насред пута испред кладионице, и ту се коначно сломио, сузе су се мешале са кишом која се сливала по њему. Звук светала се појачавао, жудела су за његовим болом, немоћи, бесом, желела су да та осећања прокључају и да се нахране с њима. Присећао се бекства са Грмеча, кад је за собом оставио спаљена и развејана тела Бужимљана. Бауљао је полулуд, пијан од страха и беса по грмечким шумама, али више се није бојао казнених експедиција Петог корпуса које су крстариле Грмечом и ловиле разбијене остатке његове јединице, већ се плашио блештавог паразита који се населио у њему. Знао је тада да ће сигурно изаћи, светла су била сита, а када су била сита била су најснажнија, а снагу коју су исијавала су сви осећали и избегавали. Чуо је панично крцкање по гранама и земљи, безбројне шумове које су правиле звери и птице које су се склањале пред њим. Клониле су га се и људске патроле, а утихнуло је чак и гранатирање. Нико није хтео да доведе светла у своју близину.

Плакао је и плакао, минути су пролазили и пролазили, присећао се свега, наставка свог бедног живота. Дошао је у Нови Сад, као подстанар, заједно са подстанаром који је чучао у његовој глави. Потискивао је сваки бол и страх, јер је знао да ће светла, када се довољно нахране и оснаже, прождерати кад-тад неумитно и властитог домаћина. Све му је промицало пред очима. Бедни, лоше плаћени послови — портири, ноћни чувари, грађевинци. Обезбеђење, нешто бољи послови које му је обезбедио управо Кумашин. Али онда су кренула и љубавна разочарања, страх од бола и беса и самог страха утапао је у алкохолу, вутри и коцки. Кладионица му је постала друга кућа. Дугови према Кумашину су се гомилали, у почетку их је успевао враћати на време, али онда је изгубио контролу и ствари су кренуле низбрдо путем без повратка.

Последњи ексер закуцан у његов ковчег додала је Дајана. Раскинула је с њим пре месец дана, и отада није било ни трага ни гласа од ње. Није одговарала на поруке, блокирала га је на Фејсу и Инстаграму, а задржао је барем толико поноса да не смара заједничке пријатеље и познанике питањима о њој. Још га је болела њена последња тирада. Сасула му је све у лице. Добро се сећао сваке речи коју му је упутила.

„Нашла сам некога”, рекла је. „Обезбедио ми је посао у покрајинском секретаријату. Платиће ми стручно усавршавање. Купио ми је стан. Помоћи ће и мојима. Уз њега ћу имати све. Путовања, живот достојан човека.”

„Другим речима, продала си се”, пецкао је. „Постала си спонзоруша. Шта све мораш да радиш за то? Забављаш само њега, или мораш и његове пријатеље?”

„Твоје речи ме више не могу повредити”, одговорила му је. „Жалим те. Покушала сам ти помоћи, али теби је немогуће помоћи. Ти не живиш у стварном свету. Цркаваћеш са својим фантазијама, са својим посраним ратом и његовим утварама, утапаћеш их у алкохол и кладионицу. Кукаћеш вечито на неправде, док сви возови пролазе поред тебе. Е, па ја нећу више да возови пролазе поред мене. Збогом”, тада је изашла из стана и његовог живота.

Опсовао је и светла, док се блатњав, уморан и покисао придизао. Да су бар хтела да га прождеру и запале ономад. Можда би било боље и да су га Бужимљани живог одрали, него ово умирање на одложено. Окренуо се и загледао у кладионицу; размишљао је да ли да се препусти болу толико да натера светла да запале кладионицу и све у њој, а онда је ипак одустао и кренуо према стану. Преспаваће, ујутру ће размислити шта ће. Можда ће успети да натера светла да га спале, пре него што му Кумашин стигне у посету.

Довукао се некако до стана, легао је на кревет, мокар, уморан, уништен, склопио је очи, покушавао да заборави на светла, да не мисли на грозно Кумашиново лице, да не мисли на Грмеч, на умируће крикове Бужимљана, на протраћене године, желео је да избаци све из главе, чак и дебелу крмачу из кладионице која му је управо упропастила живот, да заспе без снова и кад се пробуди да више не буде овде, у овом телу, у овом свету, а да светла пређу на неког другог, заувек.

Из сањарења га је тргло звоно интерфона. Једном, два, три пута. Опсовао је и довукао се до врата.

„Ко је?", узвикну. „Шта хоћеш?"

„Ја сам", чуо се плачни, сањиви женски глас. „Морамо причати. Сиђи, молим те."

„Ти!", сместа се разбудио. „Шта хоћеш? Попни се горе ако желиш да причамо."

„Сиђи, молим те", осетио је сузе у њеном гласу. „Ако... ако дођем горе, бојим се да више нећу имати снаге поново да одем. Молим те, сиђи, морамо разговарати."

Опсовао је и кренуо низ степенице. Шта сад хоће, ког ђавола? Хоће ли опет сипати тираде о његовој неспособности, или се плачљиво правдати за то што му је дала шут карту?

Витка женска фигура заиста га је чекала испред улаза у зграду.

„Дајана!", узвикну. Помислио је да сања, али то је заиста била она. Витко тело под јакном, дугачка плава коса, плаве очи, анђеоско лице и тај дивни, дивни осмех. Кренуо је да је загрли, дошло му је да потрчи, а онда га страховит бол пресече преко леђа и он се нађе поново на киши, на коленима. Чуо је њене крике, док су га млатили бејзбол палицама, крв је пљуштала из њега, тама га је обузимала, тама и бол, мешале су се киша и светла, светла и киша, светла, светла, светла...

„Рекли сте да га нећете повредити!", вриштала је Дајана. „Рекли сте да ћете га само заплашити! Обећао си!"

„Ацо", чуо је Кумашинов глас, више га је чуо него што је могао да га види, јер је вид готово изгубио од удараца. „Ућуткај курветину." Грмаљ се покренуо и зарио Дајани песницу у стомак.

Пала је кркљајући. Сада је видео и другог, кроз крв и маглу испред очију.

„Наш пријатељ нам је послао поруку из кладионице", говорио је Кумашин. „Рекао је да си пропао начисто, да лове немаш. Мене нико неће зајебавати. Сада ћемо завршити са тобом, а њу сам довео да ти покажем колики си бедник. Узео сам ти све, а на крају и рибу. Моја је већ месецима. Како ти се то допада, сероњо?"

Бобан испљуну крв. Светла су лудачки пулсирала у његовој глави, а он је негде далеко, у неком другом животу и времену, плесао по киши у шумама Грмеча. Почео је да се смеје, они га зблануто погледаше. Погледао је ка Дајани.

„Значи у овај си воз ускочила? Живот достојан човека? Је л' ме зајебаваш? Живот достојан човека са овим мајмуном? Са овом дебелом наказом?", смејао се и смејао, неконтролисано, лудачки.

Кумашиново лице је поцрвенело, помодрело, позеленело, променило све могуће боје од беса. Очи му се још више уситнише, лице поприми зверски и дивљи израз.

„Знаш како ћемо, сероњо", процедио је. „Поломићемо ти прво све прсте на рукама. Затим на ногама. Онда ћемо ти клештима ишчупати све нокте. Кад то завршимо, силоваћемо је пред тобом сва тројица. Онда ћемо ти одсећи уши и нос, на крају тог црва што ти је међу ногама, и ничему ти не служи, њега ћу ти одсећи и лично набити у та погана, лажљива и смрдљива уста. Како ти се то допада?"

„Нећеш ти више ништа. Никада", рече Бобан док му је страховити прасак у глави коначно ослобађао светла и наједном потпуно осветлио ноћ. „Твоје је време истекло. Збогом, дебела наказо", насмејао се грлено, радосно.

Светла блеснуше, страховито, као да се поцепа ваздух, време и простор. Главе двојице снагатора прснуше као лубенице, тело им захвати бели пламен. Дајана је вриштала, Кумашин буљио отворених уста, потпуно заборавивши на пиштољ у руци.

Тада и њега захвати пламен.

Светла су испунила Бобану последњу жељу. Убијала су Кумашина полако, подесивши топлоту пламена таман толико да трпи стравичан бол али да и даље остаје у животу. Крвави каишеви коже с његовог масног тела топили су се, цврчали и отпадали у стравичном плесу. Кумашин је вриштао до неба. Светла у свим зградама се попалише. Неко је трчао из кладионице. Бобан окрену главу и један крак беле светлости претвори у живу буктињу ћелавца који га је посматрао у кладионици и који је дотрчао да помогне газди.

Дајана је и даље вриштала, није престајала чак ни када је Кумашин коначно издахнуо и почео да се топи у ништавило.

Бобан сав свој бес усмери према кладионици. Све је прокључало у њему, све, године понижавања, године страха и потискивања звери коју је носио у себи.

„Нема милости!”, вриснуо је.

Понеки су ипак успели умаћи у околне улице, али већину је захватио пламен. Дебела Јована, избезумљена од страха, закључала се у тоалет. Светла су јој прво спалила косу, затим наочаре, очи, уста (сада ти је избрисан тај пакосни кез са усана, помислио је; е па да си пажљивије куцала тикете, ово ти се не би догодило — насмејао се), а онда јој је цело тело захватио пламен.

Снага му је потпуно усахла, кад се ватрена стихија испразнила. Био је разорен, исцрпљен, његово пребијено тело тонуло је у ништавило. Светла су појела и оно мало физичке снаге што му је преостало. Знао је да ће крај брзо доћи. Дајана је, јецајући, стајала поред улаза.

„Шта је ово? Ко си ти? Ко си ти?”, завриштала је.

„Долази овамо", рекао је. У даљини су се већ чуле сирене полицијских кола. Наравно, помисли, неко од станара их је позвао, или преживели из кладионице. „Долази, или ћу те спалити као њих. Сместа."

Није имао више снаге да управља светлима, али она то није знала. Плачући, кренула је дрхтавим кораком. „Сада ме пољуби", рече кад је дошла до њега.

„Бобане, молим те... молим те", плакала је.

„Не фемкај се, него ме пољуби", зарежао је. „Издала си ме, требало би да те убијем, а не да ти тражим да ме пољубиш. Уради то, у име старих дана. Умирем, јеботе. Испуни ми последњу жељу."

Знао је да ће то упалити. Ипак је била женско, колико год прорачуната, у њој је као и у свакој жени чучала сажаљивост. Пољубила га је дрхтавим уснама. Светла се погасише у његовој глави, знао је да су га коначно напустила, а и он је напустио њих. Склопио је очи. Сада је коначно био слободан, слободан да оде тамо куда одлазе ратници. Да поново лута бескрајним шумама Грмеча, али убудуће без бола, страха, немоћи. Не више као прогоњена ловина, никад више. Ако се икад поново пробуди, пробудиће се само као ловац, ратник. Овом свету и овој реалности више није припадао.

Издахнуо је и коначно отишао.

***

Дајана је наредне недеље провела на готово свакодневним испитивањима у полицијској станици. Инспектори су збуњено тресли главама на њене изјаве које су им се чиниле сулуде. Ипак, и преостали живи сведоци видели су иста бела светла и бели пламен, а кладионица је до темеља изгорела (и неке суседне зграде су начете пожаром). Кумашин је био крупна зверка, његови политички и пословни партнери притегли су полицију и тужилаштво за врат, али истрага је тапкала у месту. Дајани нису могли ништа пришити, а за јавност је склепана нека немушта прича о мафијашком обрачуну и пожару у кладионици. Ипак, било је превише мртвих да би се све олако завршило, и Дајана је знала да ће ускоро морати дати петама ветра. Није смела напуштати град, али потегла је неке везе да се тајно пребаци преко границе. А онда ће се већ некако дочепати Европе, и побећи могућем бесу Кумашинове екипе. Није веровала ни полицији. Лако се могло десити да је ипак жртвују и пришију јој убиство из страсти, чисто да би задовољили бесну и незадовољну јавност.

Ноћ пред полазак преко границе уснила је сан.

Ходала је испод високих, тамних четинара, гола, као од мајке рођена. Киша је падала оркански, ножни прсти су јој тонули у блато и муљ. Свуда око ње у мраку, назирала је тамне обрисе, схватала је да су то планинске косе и отео јој се крик са усана. Знала је име те планине. Бобан је често помињао, кад се бацакао по кревету у кошмарним сновима. Мрзела је то име, али сада је знала да је оно што је из неких немерљивих даљина и димензија слетело у мрак планине, дошло по њу.

Погледала је у небо изнад Грмеча, и видела бела, заслепљујућа светла која су се ротирала, обртала, скакала, играла као веселе искре. Знала је да у том плесу ипак нема ничег веселог.

„Молим вас", зајецала је. „Молим вас. Пустите ме."

Светла изненада јурнуше према њеној глави, и док је безумно вриштала схватила је да је то само опсена, да су светла већ одавно у њој, недељама, а да је ово само финални чин, њихово буђење и сурово поиграње с њом, да јој се овако обзнане. Сазнање јој натера сузе у очи. Схватила је све, када је добила паразита, и ко јој га је пренео, када и како.

„Проклетниче!", заурлала је у сну, у небо, у ноћ, у светла. Заурлала, и пала на колена, у блато и муљ, као некада он. Иза ње више није било ничега, испред је чекао Грмеч и стаза ратника. Стаза смрти, бола, страха. Стаза уништења. Стаза лова, али она није била ловац, већ ловина.

„Здраво, нови домаћине", огласио се бестелесни глас светлости у њеном уму. „Лепо ћемо се дружити."

Ову причу посвећујем мом деди Давиду Мандићу.
Иако нисам био у прилици да одрастам поред тебе, увек ћеш
бити у мом срцу и мојим мислима.

ПОЛАЗАК

Мати је болесна, знојавог и врућег чела, заспала. Саша јој нежно спусти руку на чело, помази косу и образе. Дисала је тешко, храпаво, са напором. Читав овај пут био је грешка, помисли. Мислио је да ће завичај и родне планине и брда, висина и проређени ваздух благотворно утицати на њено здравствено стање, али оно се само погоршало доласком. Од завичаја је остала само празна слика, љуштура и форма без садржаја. Пустош и празнина коју је последњи рат оставио иза себе, била је чинило му се, коначна и неопозива. Притискала је својом стравичном тежином и његове груди, уносила у срце болни немир и разочарање. То незаустављиво пропадање, та безмерна тишина која је полегла по стазама детињства, било је превише за мајчино ионако већ нарушено здравље. Болест се поново вратила још јача, у пуној, разарајућој снази. Опоравку имунитета нису помагали ни затровани комшијски односи. Нису то више били људи које је Саша познавао, или су пак одувек били такви, а сада су недаће на светло дана само изнеле њихову праву природу. Грамзивост, похлепу, завист, љубомору. Туђе се присвајало и узимало без питања. Разговори су бивали горки и опори. Избијала је завист и неприкривена мржња зашто више не живи ту, зашто се није вратио, зашто не дели с њима њихову муку и невоље већ мирно и безбрижно живи у далеком, великом граду. Тако су они мислили, сви, сем пар његових старих школских другова који нису изгубили разум, осећајност и оданост пријатељству. Више ту није припадао, а било му је тешко да се помири с том чињеницом, јер неизмерно је волео ово место, његову ширину, зеленило поља и плаве и сиве врхунце планина, плаветнило неба и светлост звезда и месечине које би ноћу попут вилинске светиљке осветљавале предео. Није знао може ли да се помири са овим местом, са овим људима, може ли да излечи мајку. Губио је веру и наду, и смисао свега му је измицао. Као да је све било узалуд.

Мајка је при том бунцала тих дана. Али речи су биле потпуно разговетне. Причала је у том бунилу о шуми коју су имали на планини Јадовник, оној што се три километра од њихове куће, дизала изнад поља и прострла се плавосива изнад хоризонта. Знао је приче о тој шуми од малих ногу, иако је никада није видео, а колико је знао, ни мајка никада није била у њој. Сумњао је и да постоји, вероватно су је након рата потпуно посекле тзв. „Херцегбосанске шумарије", а документација којом би тражили одштету одавно је била изгубљена. Нису ту шуму ни помињали, сигурно бар двадесет година, а ево сад је у бунилу мајка савршено јасно описивала. У дубокој долини, парцела заклоњена високим јелама и смрчама, било је ту и квалитетне букове шуме, и у том стању полусна, мајка му је описала и где се налази, и како да дође до ње. Било је превише детаљно описано, помислио је Саша, да би било само производ несвестице и болести; долазило је негде из дубина подсвести. Тамо је, рекла је мајка, деда посадио крушку. Саша деду никада није упознао, јер је деда умро убрзо после његовог рођења. Замишљао га је годинама кроз мајчине и бакине приче (и бака је умрла, пре неколико година, у дубокој старости), покушавајући да створи и у мислима оживи његов благи, нежни лик.

„Убери ми ту крушку са дрвета које је посадио", шапутао је мајчин глас. „Молим те. Немој то да заборавиш. Молим те."

Грло га је стегло, очи се напуниле сузама. Испочетка је наравно, мислио да је све то само бунцање из болести, нешто што се нагомилало кроз снове, сећања на детињство, на нешто драго. Међутим, понављало се упорно и упорно, данима, са све прецизнијим описима. Кратко би се будила, уз грозничаво питање: „Јеси донео? Јеси донео крушку?", а он би, постиђен, мрмљао неке несувисле одговоре. У једном тренутку је помислио да једноставно оде у комшилук, убере крушку са комшијског дрвета и каже мајци да је то дедина крушка са Јадовника. Постидео се истог трена када му је пала на памет таква замисао, али од ње није одустао због стида; сам себи није веровао у оно што мисли, али некако је био убеђен да би мајка сигурно препознала да то није крушка са Јадовника. Како, то није знао, али је знао, можда снагом оне подсвести која је тако детаљно описивала шуму и пут до ње, можда је та иста подсвест савршено могла да препозна лаж.

Седмог дана како се прича понављала, нешто у њему је пукло, и решио је да мајци испуни жељу. Задужио је најближу комшиницу да остане крај њене постеље, пољубио је у образе и помазио по коси, ставио ранац на леђа и по јутарњем сунцу, кренуо преко поља.

Пред њим се уздизао Јадовник, још увек снен, бунован од зоре и бескрајне тишине која је полегла по хоризонту.

Сећао се некада, као дечак, како је из своје спаваће собе кроз прозор гледао на Јадовник, и замишљао шта се крије иза њега. Замишљао је иза његових плавих врхова и тамнозелених шума на ивици хоризонта, бескрајна пространства ливада, планина, језера, великих река. Мора, јер сигурно је ту некад било и море, јер кажу да су на планини нашли трагове великих бродских ланаца, а он је замишљао како се тим бродовима може отпловити далеко, низ целу Босну и целу Србију, све до самог Црног мора. И то небо изнад Јадовника, небо по дану окупано плаветнилом и блиставилом сунчевог светла, а ноћу посуто безбројним звездама, чинило му се да је то Небо његова веза са светом, и да је повезано са свиме, да мора постојати нека Стаза, макар небеска, којом је повезан и може се обићи цео свет. Мислио је тада Саша, својом детињом, неустрашивом вером, да ако се хода преко Јадовника, једном се несумњиво може стићи и до срца света, до бескрајних руских степа и поља, брезових шума и пропланака, оних о којима је маштао док је не штедећи очи ноћу читао руске класике. Маштао је о бескрајним даљинама које миришу на снег, на хладноћу, на прелепе девојке округлих лица и плавих плетеница, на нешто вечно и благотворно, на нешто што је изнад свега, изнад сваке људске слабости и људског зла. Тада је имао веру и наду, а сада чинило му се, та нада га је напустила. Бескрајне степе и брезове шуме биле су далеко најмање хиљаду и по, две хиљаде километара, а Јадовник његовог детињства му се више није чинио као планина пуна скривених чудеса, већ као обична крашка, травнатим покривачем и ретким грмљем прекривена висија, са нешто више шуме само око највиших врхова и по забаченим удолинама.

Заобишао је село Зебе, не желећи да се приближава људима и њиховим двориштима, мада је био у искушењу да утрчи у неки воћњак и убере крушку, те поштеди себе ходања по пустој планини. Ипак, неки немир у срцу, осећај да би то било неправедно и непоштено према мајци, спречавао га је да попусти и заустави свој поход на планину. Док се пењао, није било никакве мистерије ни тајновитости. Пред њим је била густа планинска трава, прошарана безбројним камењем и кржљавим растињем. Морао је добро да пази куда се креће, јер је овај крај врвео од змија. После рата, користећи насталу празнину и одсуство људи, намножиле су се као никада пре, и Саша је сада жалио што није понео планинарске штапове или било шта друго што би могло да ствара звукове и производи вибрације које би змије на време могле чути и склонити му се с пута. Због тога је напредовао дупло спорије, са повећаном опрезношћу. Чуо је приче да на Јадовнику постоји слепи Змијар, који живи у колиби препуној змија, али у сваком случају одлучио је да не проверава те наводе, и да се клони стаза за које су говорили да воде његовом боравишту. Сунце је полако почињало да пржи, будиле су се птице и инсекти, и разни звукови су нарушавали тишину скоро лишену људског присуства. Ипак, било је нешто људи још увек присутно у селима, макар лети, и Саша је чуо лавеж паса и повике њихових власника, доле ниже у селу. Сео је да предахне на један кршевити брег, и пред њим се распрострло поље, и у даљини преко поља испод планине Уилице, по висини готово близнакиње Јадовника, дремало је његово родно село Пећи, и видео је у даљини и своју кућу и обузела га је страховита чежња за мајчиним присуством, само да додирне њено благо лице и помилује је по коси; спавала је у кући, уморна, болесна, и он се за тренутак поново упита не чини ли лудост што се овде ломата за некаквом крушком, а шта ако када се врати, затекне...

Отресао је главом и отерао такве мисли од себе, и кренуо поново узбрдо. Висина је све брже расла, бивао је све задиханији, пред њим су се отварали све пространији крајолици и коначно он угледа на хоризонту густу тамнозелену четинарску шуму, и знао је према мајчином опису да се у њој крије долина са дедином шумом, ако је шума још увек и постојала, ако је нису исекли и заувек уништили херцеговачки дрвни тајкуни и локални лопови и кријумчари. Срце му је јаче закуцало, нешто дубље у суштини ствари говорило му је да је шума још увек на свом месту, да нешто такво као што је дедина шума не може да тек тако нестане и испари, јер све оно што се помиње у детињству обавијено је велом магије који траје и не нестаје ни у свету одраслих. Нешто га је звало и привлачило из те шуме, снажно, дубоко, био је то зов иза граница видљивог света, зов иза слике и огледала, те јеле, смрче и борови звали су га песмом његовог детињства, песмом оног времена када је сматрао Јадовник чаробном планином, осом света одакле се могло стићи свуда, до Јадранског и Средоземног, Црног и Каспијског мора, и још даље преко бескрајних степа и равница на Исток, тамо одакле смо сви потекли и где нам станује душа и где ће заувек бити.

Ипак су прошли сати пре него што је ушао у шуму, пронашао долину и угледао дедину шуму. Растојање и удаљености на планини су варљиви, тако да оно што се чини близу, често се испостави да захтева сате и сате хода. Тако је било и сада. Али вредело је, помисли Саша. Није умео да објасни усхићење које га је обузело када је угледао стабло крушке — то је морала бити она, није било никакве сумње. Некаква радост му преплави срце, осећао се као млада птица која се спрема на свој први лет, као да је са мајком, баком и братом у башти куће пред Богојављенску ноћ, и као да гледа у звезде и замишља жељу, и зна да ће све бити добро и да ће сви бити срећни.

Али онда зачу неко шушкање и радост доживљене магије се прекину. Увек је имао добар вид, и добар осећај за простор; угледао је човека, тек неколико метара испред себе, скривеног иза дрвећа. Нишанио је пушком. Саша тада угледа и његову мету, која се појавила на ивици шуме и опрезно закорачила у долину.

Био је то медвед, величанствени мрки медвед, снажних и гипких мишића, кретао се попут неке савршене машине, само што је он био природна креација, величанственија од сваке машине. Саша осети дивљење према тој дивној звери, а онда схвати шта ће се управо догодити, и потрча.

Није стигао на време. Одјекну пуцањ. Медвед се огласи снажно, љутито, када му метак запара око ногу. Стрелац љутито опсова и спреми се за следећи хитац, али Саша је сада пристигао таман да рукама гурне пушку у тренутку када је поново опалила; довољно да мало скрене путању хица и промаши медведа. Човек се љутито окрену, нешто је викао и псовао, али Саша није стигао ни да упамти његове црте лица, јер је у следећем тренутку осетио страховит бол. Добио је ударац кундаком, и заслепљујућа магла посута крвљу га обузе. Није могао да одреди где је добио ударац, у главу, раме, врат, лице, али бол је уистину била неподношљива, имао је осећај да му се глава распрсла и да је више ништа неће моћи поново саставити. Утонуо је у таму, и тако није видео када се медвед у неколико крупних скокова створио поред њих. Човек је заурлао од страха, али није стигао да поново употреби пушку, јер су му медвеђи зуби покидали гркљан, а моћно тело га је потпуно поклопило. Али Саша то није видео, његова свест већ је потонула у лавиринт бола и сенки.

МАША И ДАША

Пробудило га је нешто топло, храпаво и лепљиво што му се разливало по образима. Отворио је очи, дошао свести; бола није било, нестао је, није више осећао да му се глава распрсла и да га све кости боле. То топло, храпаво и лепљиво био је језик, језик огромне зверке која се пропела на његов кревет — био је у кревету, осетио је додир чисте и мирисне постељине, постељине по којој се пропињао медвед, али није осећао страх, препознао га је одмах и присетио се свега; Јадовника, лутања по шуми, ловца који је пуцао на медведа, њега како јури и гура пушку таман у тренутку кад је одјекнуо пуцањ, кундака који му је, чинило му се тада, расцепио лобању, и медведа који се у трену створио код њих, ловац је крикнуо и...

Тада је потонуо у таму. Сада је будан лежао у кревету, док му је медвед коме је спасао живот језиком миловао образе. Опипао је лице, врат, главу — све је било на свом месту, није осећао никакво напрснуће ни модрице. Погледао је около, жељан да схвати где се налази и како је ту доспео. Налазио се у пространој просторији, која је била старински, али са укусом намештена. Соба је била сва у дрвету, и прозори и врата су били од дрвета, на средини је стајала старинска, велика пећ која је испуњавала просторију топлотом. На крају те просторије дрвено степениште је водило на спрат; очито је било још соба. Видео је доста посуђа, шољица за чај, а просторијом се ширио топао, леп и угодан мирис. Није то била само ватра старинске пећи, допирао је, сада је видео, из кухиње која се настављала на ову централну просторију, и тек сада је приметио неку прилику која се врзмала по њој.

Препознао је и мирис, био је то сладак, радостан мирис из детињства. Мирис палачинки. Медвед га поново лизну по лицу, и Саша тада из кухиње зачу глас.

„Даша!", глас је био мек, мелодичан, нежан. „Даша, доста! Пусти нашег госта да мало предахне. Даша! Дашењка!" Медвед испусти нешто налик цвилежу, и отрапка просторијом до прилике у кухињи. А та прилика сада је коначно пришла ближе, носила је тањир пун топлих палачинки са пекмезом, и била је жена, девојка несумњиво, бар се тако Саши чинило на први поглед.

Била је средњег раста, дугачке, блиставо златне косе коју је увила у плетенице, лепог, овалног лица и правилног носа, витке фигуре чије је обрисе назирао у светлоплавој хаљини коју је носила. Али најлепше од свега на њој су биле очи. Црне, дубоке попут ноћи, дубоке попут Бајкалског језера и бескрајне као величанствене руске степе; младе као у девојчице а истовремено је кроз њих јасно видео поноре времена и слике својих предака и свега оног што су поштовали још Стари Словени. Иза тих немирних дубина, изнад тих нежних трепавица и обрва које су се чудесно извијале попут планинских ланаца, видео ју је онакву каква је одувек била. Пуна љубави, срца које је куцало за цео свет и волело сваког човека, свако дрво, сваку ласицу и сваку шкорпију. Видео ју је и како разочарана људском похлепом, несрећом, њиховом немогућношћу да воле, одлази из њиховог света, одлази неком Стазом на којој важи другачије време него оно што га мери људски род. Није знао где се налази кућа у којој се обрео, али је из њеног погледа схватио да тога места сасвим сигурно нема ни на једној познатој мапи.

„Сигурно си гладан", рече она. „Донела сам ти палачинке."

Заиста су дивно мирисале. Узео је тањир из њених руку и приметио њене мале, фино обликоване шаке и прсте. Смазао је две-три палачинке за минут. Крај његових ногу се поново нашао медвед, и жалостиво је гледао у њега. Саша се насмеја схвативши шта медвед жели па му добаци једну палачинку коју овај у једном залогају прогута.

„Овај прождрљивац овде", насмеја се девојка, „зове се Дарја. Даша. Ловци су јој убили мајку. Срећом, пронашла сам је на време и побринула се за њу. Веселе је нарави, али превише скита.

Понекад одлута... ван сигурности ове шуме, и ван Стазе. Хвала ти што си је спасао.”

„А ти?”, упита Саша. „Ниси ми рекла како се ти зовеш?”

„Маша”, одговори девојка и насмеја се. Био је то леп, пријатан осмех, али прожет неком меланхолијом, тугом. „Маша и Даша. Овде је наш дом. Овде је и она безбедна.”

„Машо”, котрљао је полако њено име по језику, уживајући у њему, у властитом звуку који је производио изговарајући то име, као да је желео да помилује њено име на тај начин, „како сам доспео овде? И како то да немам... видљивих повреда? Добро се сећам да ме је ловац распалио кундаком пушке. Сећам се да је бол била ужасна.”

Није могао да се заустави с палачинкама, заиста су биле дивне. Неколико њих је поклонио Даши, која их је халапљиво гутала.

„Нисам одмах схватила где је Даша одлутала”, наставила је, након што га је мало посматрала док је јео палачинке. „Била сам заузета неким послом... Кад сам вас пронашла, лежао си у несвести. Пренели смо те овамо. А повреде... срећом није ти повредио ништа што би могло нанети непоправљиву штету. Имам неког биља и масти које су помогле.”

Слушао ју је пажљиво, поново опипао своју главу, и нашао да је она у праву. Устао је, отворио прозор и погледао у хоризонт. Отео му се крик.

Били су усред брезове шуме. Око те шуме даље према ивици хоризонта пружале су се мочваре, језерца, брезове шуме прелазиле су у четинаре, а на самој ивици видности наслућивала се нека велика водена маса, највероватније велика река. Унаоколо километрима и километрима није било никакве планине, ни брда, брежуљка, само бескрајна равница, брезе, борови, језера, мочваре, река, сунце које попут црвеног ужареног диска тоне у земљу и облаци, облаци бескрајни као и небески свод изнад и земља испод њих. Стајао је запрепашћен, не схватајући где се то нашао, како су га могли одвући на ово место, које је сигурно било удаљено хиљадама километара од Јадовника.

„Ако питаш где си", предухитрила га је. „На безбедном си. То је једино важно. Не могу да ти кажем локацију наше кућице и овог места, јер ње ни њега нема убележених на мапама које познајеш. Требало нам је неких пола сата да те пренесемо у кућу."

„То није могуће", Саша је завртео главом. „То једноставно није могуће."

„Не кривим те", рече Маша. „Људи једноставно не прихватају другачији концепт времена и простора, од онога којег познају својим чулима. Поготово у зрелом добу. Деца још и могу да осете где и када време тече другачије. Одрасли ретко. Иако осете, не прихватају. Њихов разум, све оно научено, одбацује га."

Саша је ћутао дуго, зурећи у бескрај простора испред себе. Затворио је прозор, вратио се на кревет. Гледао је дуго изгубљен испред себе, док је руком миловао топлу Дашину њушку. „Како знаш мој језик?", упита Машу.

„Ја знам све језике, Саша", одговори му она. „И знам сва имена, као што знам и твоје. Сви људи потичу од истог корена, од истог стабла. Кад то знаш, све остало је лако, сваки језик и свако име."

„Опрости", рече Саша. „Тотално сам збуњен и дезоријентисан. Пошао сам на Јадовник да уберем крушку, спасао сам медведа, ловац ме је распалио кундаком, а пробудио сам се усред руске шуме... Не разумем шта ми се дешава. Хвала ти што си ме довукла овамо, и хвала ти што си се побринула за моје повреде. А палачинке су ти дивне."

Она се насмеши, а њему срце заигра кад је видео јамице на њеним образима. Али онда се сети свега и врати му се немир и натмуреност.

„Ја... ја... мајка ми је болесна", готово је муцао. „Пошао сам по крушку... на Јадовник. Ја морам некако да се вратим, хитно је... молим те, ако знаш пут, покажи ми..."

Узела му је руку у своју, и он осети мек, живахан, радостан додир њених прстију. Осети да умор, немир, неповерење чиле из њега. Њен додир је лечио. Даша је довршавала остатке палачинки.

„Знам по шта си пошао", рекла је. „Сама крушка није довољна, али је потребна. Када њу добијеш, мораш отићи на још једно место. Да би била делотворна, мораш добити благослов од Старца."

„Од Старца?", питао је. „Ко је старац?"

„Сазнаћеш", рече Маша. „Одвешћу те њему. Али прво мораш по крушку. По крушку мораш сам, као што си и пошао." Она се озбиљно загледа у њега. „Да ли ми верујеш?", упита.

Пажљиво је посматрао њене црне очи, очи у којима је била сва тајна и лепота света, очи које су криле давно заборављене бајке и зору човечанства.

„Да", рече Саша. „Верујем ти."

„Пођи онда са мном", рече она, поведши га за руку. Попели су се дрвеним степеништем, на спрату су биле још две собе. Испод врата једне од соба треперила је и врцала бела светлост, будећи у Саши неко чудно усхићење. Чак је и у очима медведице, која их је пратила уз степенице, препознао усхићење када је угледала светлост. И Саша је осећао радост, као да су му и срце и душа треперили од те беле светлости.

„Ово је соба само за драге госте", рече му Маша. „Отвори та врата и уђи. Ту ћеш пронаћи пут до оног шта тражиш."

Саша хтеде да је пита како ће се вратити, али се угризе за језик. Рекао је да јој верује. Сигурно ће му се показати неки пут за повратак. Није вредело о томе сада разбијати главу. Решио је.

Отворио је врата. Није било собе, заправо. Ничег материјалног. Само заслепљујућа бела светлост, која је испуњавала све, и оно где је требао бити под, и зидове, и таваницу, текла је, треперила, увијала се, комешала, простирала попут магле свуда около. Није изгледало да има било чега чврстог на шта би закорачио, деловало је као да је само небо у тој соби, светлост која несумњиво може постојати само на небу, не и на земљи. У тренутку му се поново врати страх, шта ако закорачи и једноставно пропадне у амбис ништавила, који се, сасвим могуће крио испод беле светлости. Али нешто у њему је веровало Маши. Затворио је очи, и упркос страху, закорачио у белу светлост. Када их је отворио...

ДЕДА

Стајао је испред, одмах ју је препознао, зграде Основне школе у Босанском Грахову. Ту где је провео четири најлепше године, од петог закључно са осмим разредом. Нешто је лагано сипило по њему, по лицу му, коси, одећи; топла, мека и угодна летња киша падала је по њему. Сунце се тек помаљало, била је рана зора. Школа је била закључана, слутио је да је недеља, она дивна летња недеља када пада топла кишица, када не морате устати у школу и када чекате да вас мајка пробуди уз мирис кајгане или палачинки. Ваздух — сав ваздух около је мирисао на срећу, само на срећу и ништа друго; деведесете су биле још увек далеко, ни у мислима, ни у предвиђањима.

Доспео је у осамдесете, нема сумње, мислио је Саша.

Успео се низ степенице и кренуо према центру града. Заплакао је од среће када је у центру видео Дом културе — читав, блистав, монументалан, онакав каквог га је запамтио у детињству. И хотел „Сарајево" је био ту. Није било рушевина. Није било ни морбидног „крижа” којег ће десетак година касније поставити „ослободиоци”, након што су град ослободили од живота. Све је било ту, као некада, и Саша је плакао, плакао од среће, сузе су му се мешале са капима кише, и није више знао ни да ли плаче или га то та киша среће и детињства милује. Захваљивао је Маши, медведици Даши коју је спасио, Богу, било коме, било чему, што му је омогућило да још једном види град свог детињства из оног најсрећнијег времена. Када би само могао да сачува овај тренутак, помислио је Саша, да га сачува заувек, замрзне у времену, онако као што фосил остане заувек у кречњаку, то би било дивно, ох Боже, како би то било дивно, када би могао још једном прошетати његовим улицама а да не види ни једну једину рушевину.

Ипак, људи није било на улици. Можда је било сувише рано, мислио је Саша, а можда им није ни дато да му се покажу. Можда и не може да их види. Могуће да постоје неке законитости у спиралама времена, струнама, димензијама које се уврћу, обрћу и просецају. Можда може да види само одређене људе. Одувек су га учили да је време физички мерљива величина. Људи су покушавали да га измере часовницима, календарима, да га заробе у мобилним телефонима, лаптоповима, рачунарима. Али слутио је, негде дубоко у срцу, тамо где још одјекују гласови предака са Врата народа, да је време много сложеније, да има много лица, онолико колико океан има капи воде, а пустиња зрнаца песка, и да никаква наука коју је човек измислио не може ни да се примакне поимању тог концепта, а они ретки који успеју наслутити само део тог бесконачног механизма, то могу само мислима, осећањима, љубављу, вером. То су били једини инструменти којима се могло пловити океанима времена. Никаква математика ту није помагала.

Кренуо је кући. Пред њим су се отворила поља и брежуљци, а у даљини су дремали висови Уилице и Јадовника. До Сашине куће у Пећима има отприлике десет-једанаест километара, и рачунао је да ту раздаљину може прећи за мање од два сата. Али чинило му се да просто гута километре, да не хода сатима, већ минутима. И као да се сваким пређеним километром додатно одмотавала пређа времена; осећао је то сваким откуцајем срца. Престала је и киша, сунце се попело на хоризонт, небо се плавило, певале су птичице, а он је лагано клизио у седамдесете године прошлог века.

Када је стигао кући, једва ју је и препознао. То није била кућа у којој је одрастао. На њеном месту стајала је стара кућа, која је срушена пре његовог рођења, коју није ни запамтио. Стара кућа и...

Речи му запеше у грлу. Која је срушена пре његовог рођења. Значи да стоји испред куће која је постојала пре његовог рођења, стоји испред ње одрастао, зрели човек, посматра тај немогући парадокс бледо, али с надом, очекивањима. Ако је ово година пре његовог рођења, онда су још живи бака и деда. Деда је умро непуних месец дана након његовог рођења. Није га ни запамтио, знао га је само из прича и ретких слика. Ако је ово година... ноге су му биле као од олова, а мисли узбуркане. Ипак се покренуо, отворио капију и несигурним корацима кренуо ка кући.

Врата му је отворила ситна старица, свезане мараме око лица, препознао је одмах њен благи поглед, добродушно лице, осмех, веселост израза лица, ход, стас.

„Бако", промуцао је, а онда се коначно тргнуо из обамрлости и потрчао јој у сусрет. „Срећо моја", узвратила му је. Осећао је лаганост њеног тела, тежину година и терета који је подносила, али и њену, као увек, непоколебљиву вољу и одлучност. Није могао пуно да говори, није знао шта да каже, само је плакао,

плакао од среће што му је допуштено да ходи овим малим фрагментом времена, малим комадићем у мозаику вечности, и да поново види вољене.

А онда се неко помоли у сенци иза баке, и Саша га сместа препознаде.

Мршав, висок, као испијен, можда је болест тад већ кретала, али са сјајем у благим очима, са изразом мира, доброте, среће, продуховљености на лицу.

Саши је дошло да клекне од узбуђења и радости, може ли се, мислио је, ичим платити овај тренутак, постоји ли ишта вредније, ишта на целом свету.

„Деда”, изустио је кроз тихе сузе, а деда га снажно загрли. „Нека сам те видео”, рече Саши. „Нека сам те само видео. Дао је Бог.” Деда је заплакао, и Саша их је грлио обоје, тешио је тог нежног старца, тај добродушни лик који никад није упознао а којег је ипак осећао толико блиским.

Поседели су мало, изнесоше пред њега кафу, ратлук и коцку шећера. Није се више имало тада, није замерао. Није гледао ни кућу, није га занимала њена архитектура, само је упијао очима њихове драге ликове. Причали су кратко, тихо, неповезано, о времену, тешком животу на селу, како је њему у граду. Снага доживљаја је била толика да није могао да се бави парадоксима времена, ни чињеницама да он није био ни рођен у ово време, нити тиме да су обоје одавно мртви, а деда још од године његовог рођења, која ће тек доћи. Више су се миловали, додиривали једни другима руке, лице, образе, косу, него што су говорили. Речи су биле сувишне. Речи би биле погрешне. Постојао је само тај тренутак, као устакљен у комаду вечности.

Време је брзо пролазило. Приметио је да се згледавају, обарају поглед, крше прсте. Схватио је. Сила која је ово омогућила, која је преточила његову, и њихову љубав, веру и наду у овај тренутак, ову годину и ову радост, није била свемоћна. Није могло бесконачно да се поражава време, и они су то осећали. Био је захвалан и на овом комадићу раја који му је приказан.

Устао је.

„Морам да идем?”, рекао је. Било је то и питање и констатација. Климнули су обоје главом. Загрлио их је поново, снажно, чежњиво. „Хвала на свему”, рекао је, и тешка срца кренуо назад, ка капији. „Чекај!”, повикао је деда изненада. „Умало да заборавим. Имам нешто за тебе.” Ускоро се вратио, носећи нешто замотано у крпи. Када је одмотао, Саша угледа крушку, жутозеленкасту, сочну, блиставу, здраву, крушку која је подсећала на дом, детињство, башту, планине, небо, на вољене. „Ова је крушка из наше шуме на Јадовнику”, рече деда. „Убрао сам је пре неки дан. Осетио сам... осетио сам да треба. Понеси је мајци. И много је поздрави. Знај да ћемо је увек волети. Као што и тебе и брата ти волимо. И увек ћемо бдети над вама.”

Узео је крушку, загрлио их још једном и пољубио, а онда кренуо ка капији. Сунце је блештало све јаче, чинило се да планина Уилица изнад села гори од топлоте и јаре, али та светлост као да је испред капије прелазила у бело, и Саша је знао да тренутак када му је дато да завири у ово време неповратно пролази. Окренуо се баки и деди да им махне, и они су њему махали, али већ су бледели, њихови ликови су полако губили лица и обрисе, и он им тешка срца окрену леђа, отвори капију, и закорачи у белу светлост, која се већ попут магле згушњавала пред капијом, закорачи и као да пропаде ногом кроз амбис, кроз небо, кроз маглу, кроз етар, а када је поново закорачио...

Његова рука је отворила врата собе, а са степеница су га посматрала насмешена лица Маше и Даше. Затворио је врата за собом, док се бела светлост испод њих повлачила у собу. Сео је на степенице, са крушком у крилу, исцрпљен, уморан, и тужан и бескрајно срећан.

Даша му је прва пришла, њушкајући крушку, али је оштар Машин повик: „Дашо! Дашењка! Ни случајно! На место!", пресече и натера је да се покуњено одгега доле низ степенице. Маша му приђе и седе до њега, загрли га, осећао је мир и разумевање које је избијало из тих сјајних црних очију.

„Јеси ли срећан сада?", упитала га је. Саша климну главом.

„Да", рече. „Тешко је. Али сам срећан. Видео сам град мог детињства, из времена када је био срећан и леп, а не тужан и разрушен. Видео сам баку и деду. Деду кога никад нисам упознао. Одрастао сам на причама о његовој доброти, благости, његовој љубави за ближње и уопште за људе. Све је истина. Вредело је. Вредело је сваке сузе."

Дуго су ћутали, да би напослетку Саша рекао:

„Молим те реци ми, морам да знам. Је ли све било само илузија? Да ли су они заиста постојали у том комадићу времена, или је све била само обмана, трик, сан? Хоће ли памтити мој долазак?"

„Саша", обраћала му се мирно, сталожено, као драгом детету које ништа не разуме. „Тешко је некоме ко је читав живот веровао само у науку ирационално објаснити истински концепт времена. Није била илузија. У том тренутку јесу постојали, и тај тренутак у њиховом тада потрајаће заувек. Они су били свесни да долазиш из будућности, као што си и ти био свестан да су они у прошлости. Прошлост и будућност су се сусреле у тој тачки. Хармонизовале су се. Као што се у једном дану могу на планини променити сунце, киша и снег, тако се и различита времена понекад могу мешати, додиривати."

„Али то не може трајати предуго", констатовао је.

„Не", рече Маша. „Не може предуго."

Саша је погледа.

„Захвалан сам и за оволико", рече. Погледао је у крушку која му је била у крилу и помазио је. „Машо", рекао јој је, „захвалан сам ти за све, не знам како време тече у овој твојој зачараној шуми или шта је већ, али мени време цури. Морам да идем кући. Морам мајци да однесем крушку. Можда јој је вера у њу једина нада. Не смем губити време."

„Стићи ћеш", Маша климну главом. „Не вреди да сада само одеш, већ сам ти рекла. Требаш добити благослов, и онда и само онда вера у крушку може имати ефекта. Отићи ћемо човеку који разуме, зна и осећа шта је време. Он ће ти сигурно помоћи. Старац је помогао свима. Помоћи ће и теби. Одавде до њега, пречицом, има неких око сат времена. Он је у Козељској области." Ништа му није значило то име. „Кад се вратимо од њега, одвешћу те на Стазу и тај ће те пут довести кући. Бићеш код куће пре јутра. Веруј ми. Верујеш ли ми?"

Заустио је да је пита ко си ти, шта си, јеси ли чаробница, свештеница, Мајка природе, богиња, врховна принцеза из времена када је бескрајним степама владао матријархат, али знао је да су та питања бесмислена, и да она на њих не би ни одговорила. Али у тим дубоким црним очима слутио је топлу кишу детињства, не, у њима није било, нити могло бити зла.

„Верујем ти", рече. „Поћи ћемо том твом Старцу."

Необична поворка, плавокоса, лаконога девојка, крупна, снажна медведица и висок, смеђокос мушкарац, грабила је стазама и пречицама кроз шуме бреза и борова, око речица, мочвара и бара. Села и уопште људска насеља избегавали су. Људи не би баш добро реаговали на Дашу, рекла му је Маша. Саша је разумео страх људи, мада сам није имао никаквог страха од Даше. Рука му је мазила и чешкала њено густо и топло крзно.

Чим су се удаљили од Машине колибе, иста као да је потпуно нестала са хоризонта; испрва се свела само на сенке и обрисе, а касније на необично и трепераво светлуцање, попут звезда. Више није био сигуран ни да ли та кућа постоји.

„Да ли ти долазе неки посетиоци, некад? Неко из света људи?", питао је Машу. Погледала га је мирно својим дубоким црним очима, и Саша још једном осети блаженство од те лепоте, од тог милог, округлог лица правилних црта, правилног и као извајаног носића, нежних трепавица и црног извијеног лука обрва којим је изражавала своју зачудност и упитност, од плетеница боје жита, све у њој одисало је још неком много дубљом лепотом од оне телесне, лепотом и ширином пространства по ком су управо ходили.

„Долазе. Старци углавном. Највећи подвижници и искушеници. Долазе на шољу чаја, и разговора. А понекад залутају Стазом и људи из насеља. Нахраним их, помогнем им, излечим ако је потребно и вратим их назад, људском свету."

„Зар се не врате поново?", додао је Саша. Тешко му је било замислити било кога ко Машу не би желео видети поново.

„Не могу да пронађу пут до мене поново", насмешила се, и њеним лицем се рашири осмех од кога му би топло око срца.

„Зашто... зашто си овде?", упита Саша. „Зашто се не вратиш у свет људи? Могла би толико да учиниш у свету... за свет..."

„Љута сам на вас", рече она, и очи јој севнуше попут муње, иза тих дубина Саша осети вихорове што су дивљали бескрајним степама и шумама, ноћи и олује са Бајкала, Каспијског и свих мора, и оних мора што су постојала давно пре свих нас. Помислио је да је пита на кога је тачно љута, али одустао је од даљег разјашњавања. У њеном тону је осетио неки општи, генерални призвук, деловало је као да је љута на цело човечанство.

У даљини, испред њих, раширио се огроман простор, птичице су цвркутале, чули су се цврчци и зрикавци, крекетале су жабе, негде из даљина допирао је лавеж паса, мук крава и блејање оваца. Живот је текао, у пуној својој снази и пуноћи, вечит и обновљив, попут велике и моћне Волге, која се изнова и изнова миленијумима ваљала степом. Одсутно милујући Дашу, која му је њушком нежно додиривала длан, Саша је упита:

„А хоћеш ли се вратити ако се... поправимо? Можемо ли се ми икада поправити?”

„Можете!”, ускликнула је, са неком вером, у заносу, и нарочито му је била мила тада, и најлепши њен смешак би тад. „И не само да можете... морате! То мора бити! Јер ако се не промените, онда је све узалуд. И њима требате”, показала је руком на Дашу. „Чујеш ли ове птичице? Потребни сте и њима. Потребни сте свету. Излечени. Здрави. Срећни. Не овакви какви сте се сада. Овакви никоме не требате, ни сами себи.”

„Сећам се”, рече Саша, „када сам дуго година након завршетка последњег рата дошао у свој завичај, у моје порушено село. Данима сам поправљао и радио око куће. Дуго се ништа није чуло около, никаквог звука, ни инсекта ни цвркута птице, тотална пустош која је сламала срце. А онда се седмог дана појавише две ластавице, док сам одмарао испред баште. Слетеле су тачно изнад мене, кунем ти се гледале су тачно у мене, узбуђено и срећно су пијукале. То никад нећу моћи заборавити.”

„Ето видиш”, Маша поново одушевљено ускликну. „То је оно што сам ти говорила. Потребни сте сваком живом створу. Мислиш да те ластавице не боли празнина и пустош, напуштена огњишта? Биле су срећне када су те приметиле. Зашто мислиш да вам у градове долазе гугутке, грлице, голубови, слећу на прозоре, гледају вас, умилно гугучу? Зашто вам долазе пси, мачке, и безбројна друга створења? Само због тога што их храните, пружате им сигурност, уточиште? Као да они не могу пронаћи храну и дом и без вас, као да је то њима проблем. Долазе јер им је потребна ваша љубав. Јер је све повезано, и све је део Једног. И све је дело Творца. И све те миле птичице, и сва друга створења осећају да нису целовита ако не добију и вашу љубав. Као што ни ви нећете бити целовити док не научите да волите свет у коме живите. И све у њему. И другог човека, и птицу, пса и мачку, краву и јагње, зеца и срну, и осу, шкорпију, ајкулу, змију, пацова, паука.”

„Баш све?”, упита Саша.

„Све”, Маша одлучно климну главом. „Све. Без изузетка.”

На то Саша није имао шта да одговори, ни поводом досадашњег поступања људи према другим људима, ни поводом њиховог поступања према другим живим бићима. Постиђено обори главу. Да не би мислио даље о тој људској срамоти, упита је:

„Знаш, ни сам себи не верујем како сам у све ово што ми се данас десило тако брзо поверовао. Јер ово ипак, није могуће. Чуда се не дешавају. Мора да је све ово само сан. Или нека обмана болесног ума.”

„Чудна сте ви људи сорта”, насмеши се Маша. „Дубоко у себи стално тежите и маштате о ономе што зовете чудом, а када вам се догоди, онда се свим силама трудите да га негирате, рационализујете или потпуно потиснете из сећања. Ипак се надам да ће ти овај ’сан’ остати у лепом сећању”, додала је враголасто. Саша по други пут постиђено погну главу.

Брезе су тихо шушкале својим нежним листовима, док су остатак пута прелазили у тишини. Саши се чинило да путују сатима. Коначно, пар стотина метара испред њих, иза великих древних брестова, указаше им се плава и зелена кубета, дивна у својој пуноћи и светлости, кубета цркве беле и нежне светлоплавкасте боје. Изнад њих раширило се небо, попут бескрајног плавог тепиха, по ком су пловили облаци, и било је неко неухватљиво време између дана и сумрака, али сунце је још увек блештало, и његови зраци, чинило се, падали су право кроз процеп између облака на та кубета и зидове цркве, творећи неку умилну игру сенки и светлости. Саша необјашњиво осети топлину, срећу, раздраганост у грудима. Неки занос га обузе. Као да су му, необјашњиво, сви терети пали са леђа. Одједном је био сигуран да ће мајка оздравити. Потпуно сигуран. Поново је видео драга лица деде и баке. Детињство. Мирис топле кише у Босанском Грахову, у оном дану у раним осамдесетим, онај најсрећнији и најспокојнији дан у недељу ујутру, све је то поново осетио чисто и блиставо. Окренуо се усхићен ка Маши, која је већ опазила, а чинило се и очекивала овакву појаву његове усхићености.

„Шта је ово Машо?", упита је. „Какво је ово место? Каква лепота..."

„Ово што видиш је Света Оптина пустиња. Неки је зову и срцем Русије, једним од последњих уточишта светлости и љубави, не само у Русији, него на целом свету. Она је, попут Хиландара, заувек победила време. Нема пуно таквих места на овом свету. Ово место је бакља у ноћи, светионик у мору светске таме, светло на Стази. И овде је човек који ти је потребан", наставила је. „Одавде ћеш даље кренути сам. Мене поједини старци и монаси знају, али није препоручљиво да ме виде посетиоци, којих је сада пуно. Да не говорим како би тек реаговали на Дашу", она нежно помази медведицу, а ова јој из захвалности лизну руку.

„Видећеш доста народа испред капије. Данас прима Старац, и биће сигурно доста људи који ће пожелети да му се пожале, да им каже како ће решити неки проблем и да добију благослов.

Чекај стрпљиво, примиће свакога. Кад завршиш, ми ћемо те чекати овде, на ивици шуме. Вратићу те назад, не брини.”

„Ја слабо говорим руски”, признаде постиђено Саша. „Давно сам га учио. Не знам колико ће ме разумети... колико ћу ја разумети њега.”

„Не брини”, Маша се насмеши. „Мислим да он говори твој језик. А и да не говори, није важно. Он ће те све разумети, јер разуме људску душу. Свеједно да говориш и арапски, он ће те разумети. И ти ћеш разумети њега. Крени сад Саша, да не заноћимо под ведрим небом.”

И одмицао је тако путем, повремено се осврћући према Маши и Даши, док је пред њим расла колона људи; мушкарци, жене у марамама, деца, сви су стрпљиво, озарених лица чекали у дугачком реду. Пред њим се у свој својој лепоти указа Оптина, сада блиска и још му дража, са својим чаробним кубетима и куполама, зидовима на које је падало сунце и испред којих је чекао човек коме су сви ови људи очигледно безрезервно веровали. „Само му отвори своје срце и душу. Само то. Ништа више није потребно”, то су биле последње речи које му је Маша упутила пре него што се упутио ка свом циљу. И ето га ту коначно, у реду, чека стрпљиво да види Старца.

СТАРАЦ ОПТИНСКИ

Сва та лица, румена, сељачка, бледуњава, господска, узвишена, приземна, обична, сва она мирно су посматрала ред који се споро помицао, и ниједно лице, помисли Саша, од свих њих није одавало нестрпљење, бес, нервозу, умор. Напротив, на њима је видео неку смиреност, неко тихо, радосно ишчекивање, долазили су по молитву, благослов, савет, утеху, али на њима, у њиховим погледима није било ни трачка несреће, уздржаности или сумњичавости. То се добро расположење прелило и на Сашу, те је и он без нервозе, мирно и стрпљиво чекао свој ред. Плаве и златне куполе и кубета Оптине тонула су већ у део дана у коме сунчева светлост полако креће на заслужени одмор, а велики црвени сунчев диск почиње да тоне у бесконачну равницу. Под крошњама старих брестова лагане сенке плесале су по светлоплавим, нежним линијама манастирских зидина, и Саша још једанпут осети блиставу снагу овог места, снагу у благости, оно је мирисало на срећу, на дом, на топлу летњу кишу детињства недељом ујутру, мирисало је на мајчин осмех, на ведра и мила лица баке и деде, мирисало је на плаве врхунце Уилице и тамнозелене шуме Јадовника, мирисало је на цврку птичица и њихове нежне гласове, на топло и густо Дашино крзно, на ласавице и гугутке, на верне очи старог пса, мирисало је на Машине плетенице боје жита, и овде, јасно је осећао, страшни и непроменљиви постулати времена нису постојали; овде је као и на Хиландару, време сведено на ону праву, нематеријалну и духовну меру.

Меру која се опирала затварању у физичке и математичке решетке просте реалности, овде су важила нека потпуно другачија правила, којих није био сасвим свестан, али их је осећао. Пролазили су чинило се сати, али он као да их није осећао. Чинило му се да је последњи у реду стигао до Старца. Није знао шта тачно очекује да угледа пред собом; снажну, харизматичну, магичну личност, духовника који самим својим погледом чита карту свачије душе, нешто мистично, тајновито, готово онострано.

Уместо тога пред њим је седео наизглед потпуно обичан старац, једноставно одевен, у средњим седамдесетим, проценио је на брзину. Мршав, коштуњав, али чио, покретан, густе, дугачке седе браде, лица избразданог борама, шибаног олујама и недаћама. Од те обичности одударале су само очи — блистави, плави драгуљи, готово младалачке очи на телу старца, очи небеско плаве, плаве попут мора, попут неба, попут Уилице кад се плави из даљине и Јадовника када му сунце и светлост подаре плаве сенке; плаве попут светлости, попут неба и мириса детињства. Благост је исијавала из њих и Саша поново заплака, зајеца од среће и покуша да заподене разговор:

„Ја... дошао сам... из даљине... моја мајка... руски... давно сам га учио... заборавио сам." Али Старац се само нежно осмехну, и бледим, кошчатим прстима га помази по коси.

„Говори сине слободно својим језиком. Боравио сам неколико месеци у српским манастирима."

Талас олакшања преплави Сашу. Он се обазре иза себе, покушао је на ивици видности да запази Машу и Дашу, али није их видео. Сигурно су се повукле у дубину хлада шуме, не желећи да узнемиравају и препадају посетиоце манастира.

Старац се поново осмехну.

„Не брини", рекао је Саши. „Твоја пријатељица и њена медведица неће те напустити. Чекаће те. Не мораш журити. Реци све што ти је на срцу."

„Знате за Машу, оче?", упита Саша.

„Знам", потврди му Старац. „Неки, чак и на овом месту, мисле да је горда и самољубна у својој узвишености, али погрешно мисле. Она је само љута на нас људе, а љута је због оног што чинимо једни другима, и целом живом свету око нас. Није она горда, већ је њено срце нежно попут ластавице."

Саши би мило што Старац тако лепо говори о Маши, и одједном му попустише стеге, све бране и уставе падоше, и са његових усана потече бујица речи. Причао је о свему, о мајчиној болести, како је пошао на Јадовник по дедину крушку, причао је о његовом спаљеном и опустошеном завичају, о комшијама сељанима који су замрзели једни друге, који отимају једни од других, завиде, лажу, подмећу, причао је како је разочаран што уместо да их заједничка невоља уједини, они су постали гори него икада; причао је о ластавицама које су одушевљено поздравиле његов долазак у завичај. Причао је о граду у коме живи и борави, о гугуткама које су га годинама посећивале, о томе како су угинуле али су стигли њихови потомци, и како је могуће да су дошли на исти прозор, где су чежњиво гледали, зобали остављену храну и доносили у кљуну гранчице да ту направе гнездо; ко им је све те информације пренео, како, када, каква је тиха и неприметна сила све то уређивала? Причао је о свом сусрету са Машом и Дашом, о срећи која га је обузела док је лутао градом свог детињства у времену среће, о сусрету са баком и дедом, о радости коју је осетио када је коначно, макар само и на трен, могао да види и загрли деду.

„Велики је Господ у својој милости, сине", рекао му је Старац. „Дато ти је да видиш много, јер је твоје срце чисто, спремно да пружи и прими љубав. Не љути се на своје сељане. Покушај да их разумеш. Да опростиш. Неке ствари људи не раде зато што су зли, већ зато што су слаби и немају довољно вере и љубави у свом срцу. Али то не значи да су зли. Није на нама да судимо. Само Он може и треба да суди."

„Патио сам оче", рекао је Саша. „Тровао сам своје срце бесом и огорченошћу. Био сам киван на цео свет. Због тога што нам се догодило. Због рата, због пропасти, због пустоши. Био сам киван на себе, на мој народ, на државу, на свет који нам је све ово урадио. Мислио сам да више никада и никога нећу моћи волети, да ми више ништа не може прирасти срцу."

„Твоје срце и даље је способно да воли", рекао је благо Старац, и поново га помиловао по коси. „Чим си могао да стигнеш довде. Приметио сам са колико љубави си говорио о птичицама које те посећују, а знај да су птичице анђеоска створења, од свих животиња најближе небу. Ризиковао си живот да спасеш Дашу од ловца. Бес и огорчење плутају на површини, али испод тога, оно племенито и добро у теби није нестало. Извуци то на површину, сине. Не брини хоћеш ли бити повређен или преварен ако чиниш добро. Не мари ни ако будеш. Не постоји ништа лепше ни значајније на овом свету него непрекидно чинити добро.”

Саша ће се, знао је, заувек сећати тог разговора, благослова који је добио, и тренутка када је Старац погледао крушку коју је носио са собом.

„Упамти, сине”, рекао је, дајући благослов. „Ова крушка нема никакво магично својство. Никакви мистични лекови, ни не знам какве тајне нису садржане у њој. Али има оно најважније потребно за оздрављење — љубав. Посађена је са пуно љубави, посадио ју је један диван човек, посадио ју је за своје дете, и у овај плод који видиш пред собом уткана је снага његове љубави. И та ће снага победити болест. Запамти сине, љубав је најбољи лек за све несреће, зла и болести овог света. Воли све сине, од најмање птице певачице до сељака који те је највише повредио. Не гуши то у себи, пусти те таласе нека те носе, нека избију на површину. Воли. Нема ничег лепшег него волети. У томе је све чудо овога света, и највеће чудо. Љубав је чудо.”

Саша је загрлио старца.

„Хвала вам, оче”, рече. „Бескрајно вам хвала. Ја... идем сада. Оне ме чекају. Хвала вам на свему. Памтићу и вас, и ово свето место.”

„Дођи нам поново, када будеш могао”, рече Старац. „Могуће да ја више тад и не будем ту”, он се насмеши. „Биће други. Овде ћеш увек пронаћи љубав.”

Дан је већ залазио у сумрак, када се Саша кроз капије манастира запутио према шуми у даљини.

ПОВРАТАК

Маша је стално запиткивала, весела, чинило се јако охрабрена Сашином посетом Старцу. Саша је већ више пута до детаља препричао разговор, али не само разговор, делио је са Машом и своје одушевљење манастиром, његовим појавним, спољашњим обликом, бојама, мирисима, звуковима, а све је то заправо и спољашње и унутрашње било део Једног јединственог места, места где се време чудесно хармонизовало, а материјално и рационално спајало са духовним и осећајним, све је то причао преплављен утисцима, док је чешкао и мазио медведицу која је укорак ишла с њима.

Зашли су већ дубоко у сумрак, али приметио је да је пут дужи, да се не враћају истим путем. Саша није желео да то помиње Маши, одлучио је још давно да јој чврсто верује, а не веровати јој после онако лепих Старчевих речи о њој, било би заиста бесмислено, помислио је. Ипак, пут се удаљио од оног којим су дошли, то је било несумњиво. Удаљили су се још више од река и мочвара, а и од насеља; лавеж паса ни други звукови домаћих животиња нису се одавно чули. Пролазили су кроз шуме — брезове, борове, храстове, а онда је дефинитивно наступила ноћ, и готово да се прст није видео пред оком, није ни ухватио тренутак када су прешли у густу четинарску шуму. Јеле су биле огромне, високе, и то га је чудило, одакле толико високе јеле усред ове степе, али знао је, знао је дубоко у души, поготово када се тло одједном почело уздизати, прво у таласасте, благе брегове, а онда је под собом осетио камен, и тада је већ почињао да схвата, али није могао да од обриса тог високог дрвећа назре рељеф испред и око себе, али видео је звезде, велики број звезда на небу, а толико звезда могло се видети само на висини, а одакле висина усред степе, ходали су несумњиво сатима, али овде је могла бити само равница чак и да ходају недељама, а не сатима, али чуда више није прихватао са негирањем, већ отвореног срца, и таман када је коначно хтео да упита Машу где су, баш у том тренутку су изашли из јелове шуме на једну травнату чистину посуту камењем, и у ноћи испред њега указаше се јасни призори рељефа које је добро познавао.

Стајали су на планини — то му је сада било потпуно јасно, испод су светлела домаћинства у селу, и познавао је то село, и поље које се пружало пред њим, познавао је и светла села преко поља, и могао је по њиховом положају да одреди и где је и његова кућа, јер знао је сада, стајао је на Јадовнику, испод њега је било село Зебе, а преко поља је гледао у своје село Пећи, тамни обриси изнад села чинили су планину Уилицу.

Окренуо се према Маши и Даши. Медведица је почела жалостиво да цвили, слутећи растанак.

„Ја... морам да идем”, говорио је Маши. „Желим да стигнем пре јутра кући. Чека ме још неколико сати хода...” Застао је, гледајући у Машу. „Хоћу ли те поново видети?”, изустио је. Она се насмешила, топлим, лепим осмехом и он поново осети спокој тихе, летње кишице.

„Ако заслужиш”, она се гласно насмеја, и Саша се насмеја заједно са њом. Тај смех није зачикавао, пре је миловао и мазио. „А засад си на добром путу. Послушај Старца. Пусти бес и огорчење, нека оду далеко од тебе. Пусти љубав у свој живот. Имаш право да волиш и будеш вољен, као и свако људско биће. А ја и Даша увек ћемо бити с тобом. Бићеш у нашим мислима, као и ми у твојим, Једног дана... ко зна... ако кренеш поново пут Оптине, можда се и сретнемо.”

Загрлише се, Маша га нежно пољуби у образе, а затим му нешто стави на длан. Упитно је погледао. „Ово је мала фигура”, рече му. „Један стари испосник, пре пар година, изделяо је у дрвету мој и Дашин лик. Желео је тим поклоном да искаже поштовање и дивљење према мени. Поклоне обично не дајем другима, али он се неће љутити. Нека те подсећа на нас.”

Саша зарони обема рукама у густо Дашино крзно, медведица га олиза језиком по образу, још једном га погледа, замумла гласно у знак поздрава и замакну према јелама.

„Иди сад”, рече Маша. „Време је да пођеш кући. Чека те још једно дуго пешачење. И ја и Даша смо заслужили добар одмор и сан”, додаде весело. Саша је загрли још једном, хтео је још нешто да јој каже, нешто велико, нешто значајно, али није више знао шта је тачно хтео, стизао га је умор и деконцентрација, Маша је лагано отрчала према шуми, махао јој је дуго, све док и она и Даша нису нестале са хоризонта. Ставио је дрвену фигуру у џеп и с крушком у рукама, кренуо да се спушта низ стрме падине.

Већ је готово свитало кад је стигао кући. Мајка је спавала, испуштајући шумне, испрекидане уздахе. Очистио је и исекао крушку на танке комадиће, пробудио мајку и нахранио је. Није му се чинило да га је ишта разумела, можда чак ни препознала, али барем је појела то што јој је припремио. Угасио је светло, фигурицу која је представљала прелепу девојку са плетеницама и њену медведицу ставио је на комоду, и исцрпљен заспао. За више у том моменту није имао снаге. Учинио је све што је могао, помислио је, видеће шта ће донети јутро и хоће ли то бити довољно. Веровао је снажно да хоће. Старчеве речи још су му одзвањале у глави. Машин осмех и загрљај. Дашина верност. Мила и драга лица деде и баке. Духовна лепота Оптине која је опчињавала, доводила ум у стање тихе радости и заноса. Све је то заједно чинило да верује. Чврсто је веровао. Тако је и заспао.

ЕПИЛОГ: ЗВЕЗДЕ

Сашу је пробудио мирис који му је весело голицао ноздрве и усне. За тренутак је збуњено трептао, помисливши да се пробудио у Машиној колиби, да ће сад однекуд дотрупкати весела медведица која ће му лизати образе, али онда је схватио где је, времена и простори су престали да се мешају и хармонизују; био је у Пећима, у породичној кући, заспао је исцрпљен након што је нахранио мајку, и сада је јутро, сунце је изашло и...

Мајка је била на ногама. Радила је по кухињи, из које су се и ширили топли мириси. Сада их је препознао, потицали су од кајгане коју је мајка спремала, кајгане коју је од детињства највише волео да маже са џемом. Мајка је деловала весело, стабилна на ногама, лице јој више није деловало измучено, бледо, жуто. У очи јој се вратио стари сјај.

„Мајко!", скочио је радосно из кревета, загрливши је. Пипнуо јој је чело руком, више није било врућине ни температуре.

„Пуно ми је боље", рекла му је. „Како сам се пробудила, осетила сам да је нестало некаквог терета с мене. Јесам ли те стварно терала на Јадовник? Стварно си донео крушку?"

„Није ми било тешко", рекао је. „Донео сам ти је. Ноћас си је појела. Била си у бунилу, врућици, па се и не сећаш." Одлучио је да засад прескочи све остало, део о ловцу, Маши и Даши, колиби, неизмерној срећи коју је осетио када је угледао мила лица баке и деде, да не спомиње засад манастир Оптину, древне руске степе и брезове шуме, Старца. То би било превише, ни сам није био сигуран да ли ће моћи икада у потпуности све да разуме, али сада је било најважније да се мајка опоравила и да је оно најтеже иза њих.

„Сањала сам ноћас јако леп сан", рекла му је мајка. „Сањала сам да сам седела у кући са твојим дедом и баком, миловали су ме и говорили нежне речи, а напољу је падала топла, ситна, летња киша. Изашли смо напоље у башту и видела сам, чини ми се да никад пре нисам могла толико далеко да видим, видела сам далеко, далеко иза Јадовника, иза планине, видела сам бескрајна поља и бескрајне шуме брезе, а тим пољима и шумама ходала је прелепа девојка плаве косе са плетеницама боје зрелог жита, поред ње је ишао крупан медвед, али за дивно чудо, уопште се нисам бојала тог медведа, напротив, била сам сигурна да су обоје добри и да ми не желе зло. Мислим да су и они мене могли да виде, смешили су ми се и поздрављали ме. А у даљини, на самом крају видности, даље нисам могла да видим, стајала је црква, тако лепа, сине у животу нисам видела тако лепу цркву, плавих и зелених купола и кубета, нежноплавих и белих зидова, и сунце је читаву обасјало, и силан народ је чекао испред ње, и нико се није плашио ничега, на том месту као да престаје сваки страх, и била сам сигурна да си и ти тамо сине, и да ћеш се вратити отуда, вратити са много љубави и вере у срцу. Шта значи тај сан?"

„Значи", рекао је, загрливши је поново, „значи", поновио је, колико је запамтио, речи које му је Старац упутио, „да је љубав најбољи лек против сваке несреће, зла и болести на овом свету. Само љубав."

„А најчудније је", настави мајка, „што она фигурица на комоди коју си донео, невероватно личи на ту девојку и медведа које сам видела у сну. Ма исти они! Где си је нашао?"

„На Јадовнику", рече Саша, што је у неку руку била и истина. „Вероватно је испала неком ловцу. Или неком пустињаку, чудаку, какви се мотају по овим крајевима последњих година... има свакаквих чудних људи на свету, и разних чуда.”

„Сигурна сам да постоји црква коју сам видела у сну”, рече мајка. „Тако је лепа, и тако шири око себе неку благост и умилност. Волела бих да је посетимо. Сигурно негде постоји њена слика.”

„Посетићемо је обавезно”, рече Саша, и то је заиста и мислио.

Доручковали су топлу кајгану, а онда изашли напоље, у двориште. Дан је био диван, сунце је блистало, из зелених недара Уилице чула се кукавица, а на кров куће су слетеле ласте. У даљини, сив и плав, уздизао се изнад поља Јадовник, иза његових висова лежале су густе, тамнозелене шуме јела, и тамо иза њих чекао је свет, чудесан, чаробан, бескрајан, свет у коме је још увек било лепоте и у коме је још увек било љубави.

Дошле су и комшије, и Саша их по први пут прихвати са истинском радошћу, на њиховим лицима више није видео злобу, притворност, превару, завист, у њиховим очима више није читао скривене намере, у њима је коначно видео људе, само људе, са свим врлинама и манама.

А увече се небо посуло звездама, ситним треперавим небеским фењерима, и Саша се питао када ће им та неизмерна звездана пространства отворити своје двери. Нисмо још спремни, помислио је. Човечанство није још спремно. Тек када научимо да волимо, тек онда ће нам бити допуштено да се винемо пут звезда. Кад научимо да су светиње мајке, ћерке, сестре, баке, тетке, браћа, пријатељи, људи уопште, да је свака, и најмања ластавица и гугутка и грлица и пас и мачка и јагње и сива соколица и гуштер, да су сви они светиње, а не државе, корпорације, идеологије, заставе и барјаци, кад научимо ту лекцију љубави и светости, тек онда ће нам се отворити небеса. Кад научимо да истински волимо све Маше овог света, истински, не само њихова тела, већ да волимо и њихове светле, чисте душе, тек онда ће нам се отворити звезде. И не само звезде, већ и све оне сићушне честице од којих смо сачињени, од којих је све сачињено и које у себи крију трилионе и квадрилионе микросвемира, сви ти микросвемири ће нам се онда отворити, јер свака је та сићушна, невидљива честица, треперава, сјајна и блистава попут звезда, свемир за себе. И сада док је загрљен са мајком гледао у звезде, гледао у Јадовник и као да је на хоризонту на чистини испод тамне четинарске шуме угледао силуету девојке и медведице, док је осећао као да га однекуд посматрају мила лица баке и деде, а у даљини се чује звон манастира иза далеких руских степа, а људи у колонама радосно хитају Старцу, док су ластавице дремале под стрехом, а тамо далеко у граду гугутке и грлице чекале њихов повратак, Саша је знао да тај тренутак, када ће им се звезде отворити и небеса им показати своја чуда, још увек није дошао и да скоро неће доћи. Али у једно је био сигуран.

Једном ће доћи. Једном, у бескрају времена, када љубав победи заувек све страхове, зла и несреће, отвориће се све, сви велики и мали свемири, и безброј светова биће ту за људе.

Звезде ће их чекати, био је сигуран. А до тада, може и треба само волети.

Пред читаоцем је трећа збирка кратких прича Бориса Мишића. Оне су делимично међусобно увезане, са актерима који се повремено појављују у различитим причама, доприносећи да приповедач произведе амбијент са специфичним везивним ткивом. Тако, ако смо у *Вили шаторици* имали вилинска и друга створења за тај централни мотив, а у *Небеским звонима* водене површине — реке, мочваре, језера — као поприште догађаја, у *Срцу Динаре* су српске и балканске планине одабране као место око кога се одигравају догађаји; они су умногоме потакнути самим особинама одређеног географског поднебља, екосистема, односно планинског масива.

Саме приче, међутим, не почивају искључиво на фикцији. У њима се прожимају реалистички и историјски догађаји са светом који обично припада жанровској литератури. Писац их често комбинује са догађајима из последњег рата, и подстакнут дубоким личним разочарањем у човекову природу и домете, често своје актере одводи у усамљенички живот у коме они срећу налазе у друштву медведа и змија, затим птица, вукова и другог животињског света. Обично су тим усамљеницима приписане најбоље особине људског рода. Писац нас тако држи у уверењу да за човека као врсту није све изгубљено и да, упркос на први поглед песимистичним изгледима, човечанство ипак има оазе доброте на којима се могу градити и оптимистична очекивања за будућност.

Планине (али и реке) у *Срцу Динаре* нису само гомила стена, нити предели који имају задатак да разоноде туристе; оне поседују одређену свест, и као и ма који живи свет могу да сањају, осећају, али и да кажњавају људско зло и похлепу. Дужност човека је да тај свет ослушкује и да се не прави већим него што заиста јесте; јер, не сањаш ти планину, него сања она тебе.

У систему који Мишић гради ова свест почива на одређеној многострукости светова природе. Писац у својој фикцији развија познату претпоставку физичара да истовремено може постојати више универзума, и он им једноставно на планини даје могућност да се сусретну. У том сусрету, међутим, бића природе су на страни добра, док су злочинци из последњих ратова део ништавила и као такви заувек треба да остану у њему. Планина је само наизглед мирна и тиха, она има своје методе да казни неискреност, злочин и сваку врсту бешчашћа.

Стиче се утисак да се Мишићева уверења развијају и на религиозним темељима, и отуда се у збирци провлачи признање српским манастирима на дуготрајном раду и трајању на задатку који су себи поставили током свих ових немирних векова.

Збирка је садржајно на ивици хорора и фантастике. Често су (раз)решења изненађујућа, а нека су, попут приче *Глад*, која је наставак недовршене приче Едгара Алана Поа — *Светионик*, права ремек-дела жанровске литературе.

Све у свему, може се закључити да је пред нама још једно квалитетно Мишићево остварење и да ће читаоци уживати у дружењу са овом збирком кратких прича.

Предраг Милојевић

Борис Мишић рођен је 6. маја 1974. године у Ријеци. Детињство и део младости провео је у Пећима код Босанског Грахова, за које тврди да су најлепше место на свету. Живи и ствара у Новом Саду. Обожава фантастику, планине и птице. Приче су му објављиване у више збирки, часописа и зборника у Србији и окружењу. Неколико прича преведено му је на словеначки језик и објављено у словеначком СФ часопису „Супернова". Збирка прича коју сада држите у рукама, његова је трећа самостална збирка прича фантастике и хорора (претходне две — *Вила шаторица* и *Небеска звона*). Тренутно ради на свом првом роману.

САДРЖАЈ

Борис Мишић
СРЦЕ ДИНАРЕ

Лондон, 2024

Издавач
Globland Books
27 Old Gloucester Street
London, WC1N 3AX
United Kingdom
www.globlandbooks.com
info@globlandbooks.com

Насловна фотографија
Aeryk Payne
(https://unsplash.com/photos/
selective-photo-of-green-mountain-
under-white-sky-at-daytime-ufD8zIX6E4w)

www.ingramcontent.com/pod-product-compliance
Lightning Source LLC
Chambersburg PA
CBHW070628170726
48291CB00003B/918